现代与正义
晚清民国侦探小说研究

战玉冰 著

上海社会科学院出版社
SHANGHAI ACADEMY OF SOCIAL SCIENCES PRESS

图书在版编目(CIP)数据

现代与正义：晚清民国侦探小说研究 / 战玉冰著.— 上海：上海社会科学院出版社，2022
ISBN 978-7-5520-3787-6

Ⅰ.①现… Ⅱ.①战… Ⅲ.①侦探小说—小说研究—中国—近代 Ⅳ.①I207.42

中国版本图书馆 CIP 数据核字(2022)第 012282 号

现代与正义
——晚清民国侦探小说研究

著　　者：战玉冰
出 品 人：佘　凌
责任编辑：邱爱园
封面设计：周清华
出版发行：上海社会科学院出版社
　　　　　上海顺昌路622号　邮编200025
　　　　　电话总机 021－63315947　销售热线 021－53063735
　　　　　http://www.sassp.cn　E-mail:sassp@sassp.cn
排　　版：南京展望文化发展有限公司
印　　刷：上海龙腾印务有限公司
开　　本：890毫米×1240毫米　1/32
印　　张：8.25
插　　页：1
字　　数：203 千
版　　次：2022 年 10 月第 1 版　2022 年 10 月第 1 次印刷

ISBN 978－7－5520－3787－6/I·448　　　　定价：58.00 元

版权所有　翻印必究

自序

本书中所收录的文章主要是围绕晚清民国时期的中国侦探小说而展开,大概可以视为我近几年对于相关问题的思考成果集结和部分内容呈现。其主要可以分为以下几个面向:

首先,侦探小说作为诞生于现代法制社会之中,以罪案和破案为主要情节内容的小说类型,先天便内含了对于"正义"问题的考量。这既包括小说中作为主角的"私家侦探"和国家司法体系之间的复杂关系(法律之外的正义与法律之内的正义),也涉及侦探小说作为"小说"本身的"诗学正义"想象与"法律正义"之间所存在的一致性及裂隙。而聚焦到晚清民国时期的中国侦探小说,则又多了一个"传统侠义"如何转化为"现代正义"的思考向度,以及随着民族危机的日益加深,"民族大义"中的"正义性"在具体伸张过程中,又和"传统侠义""法律正义""诗学正义"等在精神内核与实践形式层面怎样相互融合或彼此抵牾等。本书"侠义与正义"一辑中的相关内容,即对上述问题所作出的尝试性回答。而当我们看到 20 世纪 40 年代中国侦探小说作家孙了红笔下的"侠盗"鲁平形象兼具古代侠客之风采、现代侦探之才干与民族气节之担当,作者孙了红本人却贫病潦倒、一无所为时,就完全可以知道侦探小说中的这种"正义想象",其实不过是一种"正义的虚张"。

其次,诚如本雅明所言,世界早期侦探小说同时又是现代都市的产物:从爱伦·坡笔下侦探杜宾昼伏夜出的巴黎,到柯南·道尔所塑造的福尔摩斯对伦敦街巷的了若指掌、堪称"城市活地图",再到民国时期霍桑、李飞、鲁平等侦探或"侠盗"大显身手的上海……小说中适合侦探们施展才华的舞台无一不是资本主义经济发展最为充分和成熟的现代化大都市。甚至于我们可以说,现代都市不仅是早期侦探小说的故事发生空间,更是深刻参与构成了侦探小说自身的类型气质与形式特征。本书"侦探与都市"一辑中所分别讨论的,则包括充满了"惊惧体验"的都市街头,作为金钱与欲望交换场所的舞厅,以及提供另一种侦探叙事传播媒介的电影院等现代都市场所。此外,中国传统文化场域对于西方都市现代性的接受与抵抗,则被形式化为"苏州案件与上海侦探之关系"这个有趣的侦探小说情节想象而得到讨论和处理。

再次,侦探小说作为一种类型小说,其类型自身的传承演变也是相关研究所必须关注的重要问题。本书"百年类型史"一辑中,主要以阿加莎·克里斯蒂侦探小说的百年汉译历程和作为侦探小说"亚类型"的中国间谍小说百年发展史作为研究案例,从类型小说、文学翻译、文学史、时代思潮等方面初步探讨中国侦探小说的类型承续与断裂,其涉及历史范围其实已经不止于晚清民国时期,而是会一直延续到当下。但晚清民国侦探小说既是中国百年侦探小说的时间与逻辑起点,又是与后来者可资比较的参照对象,在百年中国侦探小说史乃至百年中国类型小说史上的地位不言而喻。而这两篇文章中具体时间范围上的"超出",在某种程度上正是要反过来凸显晚清民国作为中国侦探小说史发展起点对于后来者的重要意义。

最后,侦探小说中一方面充满了关于现代科技的想象,而这些"科技想象"在晚清民国时期则常被视为"夷之长技""奇技淫巧""西方巨兽",并相应伴生了崇拜、不屑或恐惧的不同心理反应;另一方面,西方侦探小说不容忽视的来源之一却又是哥特小说与都市怪谈,其传奇性、幻想性的情节成分也是普遍存在(虽然这些内容在侦探小说里最终往往要寻找到一个符合逻辑的解释)。本书最后一辑"科技与传奇"中的几篇文章,先借助克拉考尔《侦探小说:哲学论文》一书中精辟论述的启发,着力探讨世界早期侦探小说中的理性精神;之后分别以"动物杀人""铁路巨兽""摄影术"为例,对相关议题进行案例式分析。而《侦探小说研究中的类型理论与"远读"方法随想》一篇小文,则既可以视为对相关类型研究方法的总结与反思,也是对当下或未来运用现代科技手段展开侦探小说研究的一点遐想。

总的来看,一方面诞生于现代都市之中的侦探小说成功捕捉到了现代都市人群的某种"惊颤体验"或"感觉结构",并承载了他们关于理性的信仰、秩序的想象和自我主体性的乐观;另一方面,正义又是侦探小说中重要的价值范畴,这既包括福柯所说的侦探小说产生于国家权力展现方式转型的这一历史过程之中,即从视觉暴力的展演转变为专业知识的档案,又进一步涉及司法正义、法外正义、诗学正义、传统侠义和民族大义的相互辩证。因此,本书取名为"现代与正义",正是试图揭示晚清民国侦探小说中这两个方面的内涵与意义。

　　需要补充说明的是,本书中收录的很多文章,都是源自于我的博士论文,并曾在《学术月刊》《中国比较文学》《现代中文学刊》《扬子江文学评论》《中国现代文学论丛》《电影新作》《复旦谈译录》《海南师范大学学报(社会科学版)》《太原师范学院学报(社会科学版)》《苏州教育学院学报》《书城》《书屋》《文艺报》《文汇报·文汇学人》《南方周末》等报刊上发表,特此感谢!

目录

第一辑　侠义与正义

003　清末民初中国侦探小说中的传统性因素

023　正义,侠义,民族大义?——以亚森·罗苹系列小说的翻译、模仿与本土化创作为中心

044　亭子间、咯血症与"侠盗"想象——以20世纪40年代孙了红的居室及"侠盗鲁平奇案"系列小说为中心

第二辑　侦探与都市

081　从匿名性到"易容术"——现代都市与侦探小说起源关系初探

102　晚清民国侦探小说中的"苏州书写"

116　罪案与舞厅——民国侦探小说中的"舞女"书写

139　民国时期电影与侦探小说的交互影响——以陆澹盦的观影活动、影戏小说与侦探小说创作为中心

第三辑　百年类型史

157　"侦探小说女王"的两次"来华"——以20世纪40年代和80年代阿加莎·克里斯蒂侦探小说汉译为例

179 知识癖、叙事迷宫与摄影术——小白的谍战小说及其类型突破

第四辑 科技与传奇

205 早期侦探小说中的理性精神

219 侦探小说里的"动物杀人"

227 火车、时刻表与陌生人——晚清民国侦探小说中的现代性想象

238 民国侦探小说中的摄影术

248 侦探小说研究中的类型理论与"远读"方法随想

255 后记：做学术，像侦探一样

第一辑

侠义与正义

清末民初中国侦探小说中的传统性因素

在传统的文学史叙述中,明清以来的公案小说在进入晚清以后似乎呈现出逐步衰落的发展态势。尤其在西方侦探小说译介进入中国之后,公案小说更是被认为渐渐为侦探小说所取代:一方面梁启超及其代表的"小说界革命"极力推崇从西方而来的政治小说、侦探小说、科学小说等小说类型,而将中国传统小说简单归结为"诲淫诲盗"予以贬低和排斥[①];另一方面,当时中国传统公案小说确实从情节人物到叙事模式都自觉不如西方侦探小说,并对其展开了"全方位"的模仿或学习。所以侠人才会说:"唯侦探一门,为西洋小说家专长。中国叙此等事,往往凿空不近人情,且亦无此层出不穷境界,真瞠乎其后矣。"[②]而周桂笙更是将小说类型之间的差别与社会文化制度相关联:"吾国视泰西,风俗既殊,嗜好亦别。故小说家之趋向,迥不相侔。尤以侦探小说,为吾国所绝乏,不能不让彼独步。盖吾国刑律讼狱,大异泰西各国,侦探之说,实未尝梦见。"[③]而从公案小说到侦探小说的这一发展过程通常被后来的文学史家形象地描述为"包拯

---

① 梁启超在《译印政治小说序》中说:"述英雄则规画《水浒》,道男女则步武《红楼》,综其大较,不出诲盗诲淫两端,陈陈相因,涂涂递附,故大方之家,每不屑道焉。"收录于陈平原、夏晓虹编:《二十世纪中国小说理论资料(1897—1916)》(第1卷),北京:北京大学出版社,1987年,第55页。
② 侠人:《小说丛话》,《新小说》第十三号,1905年。
③ 周桂笙:《歇洛克复生侦探案·弁言》,《新民丛报》第三卷第七期,1904年。

与福尔摩斯交接班"①。

诚然,传统公案(题材)小说在进入晚清以后,的确出现了不少新变化。如果我们沿着《包公案》《施公案》到《狄公案》一路看过来,甚至加上经常被放在一起讨论的《老残游记》与《九命奇冤》,不难得出结论:情节重心上,小说从以判案结果为重,渐渐转向对查案曲折过程的表现;人物形象上,作为"德性"代表与拥有官方身份的清官逐步让位于"智性"化身的私家侦探;叙事方式上,全知叙述视角转化为限制性视角,顺叙结构也过渡为倒叙结构,等等。但在这一"冲击—反应"与线性发展的文学类型演变轨迹背后,其实还有一条潜在/显在的传统公案小说对现代侦探小说所发生持续影响的文学史线索,而这却常为学界所忽略。

从《老残游记》到"老王探案"

刘鹗的《老残游记》无疑是晚清时期具有时代征候意义的重要文学文本,按照学者关爱和的说法:"《老残游记》几乎兼具晚清几种主要小说类型的形式:小说对'清官'酷吏的刻画,使人们把它归入社会、谴责小说;申子平桃花山之游,在通过人物对话直接表达作者理想上,与政治小说如出一辙;老残的私访破案,无疑是对公案、侦探小说的模仿。谴责、政治、公案、侦探各类小说,都是晚清最流行的小说。"②而《老残游记》自身所具有的谴责、政治、公案与侦探等几种小说类型混合所形成的特点正是其文本复杂性产生的根源所在,甚至《老残游记》中还吸收了传

---

① 范伯群主编:《中国近现代通俗文学史》,南京:江苏教育出版社,1999年,第743页。
② 关爱和主编:《中国近代文学史》,北京:中华书局,2013年,第235页。

统游记的写法与内容。

一方面,《老残游记》中当然不乏对当时官场的批判与对传统"清官文化"的解构。小说不仅塑造出玉贤、刚弼等一批反面清官形象,作者甚至还在小说中满心愤慨地批判清官误国:"赃官可恨,人人知之,清官尤可恨,人多不知。盖赃官自知有病,不敢公然为非;清官则自以为我不要钱,何所不可?刚愎自用,小则杀人,大则误国。……历来小说,皆揭赃官之恶;有揭清官之恶者,自《老残游记》始。"[1]此外,小说中老残本人的民间身份也构成了对传统公案小说存在基础的结构性反讽与彻底颠覆。

而在另一方面,被认为是"现代侦破小说的开端"[2]的《老残游记》的确用了整整六回的篇幅来描写白子寿、老残对魏谦父子冤案的侦破、澄清与纠正,将这一部分内容单独抽取出来看,就是一篇完整的中国式的侦探故事。但从文本细部来看,《老残游记》仍然不能算是一篇严格意义上的现代侦探小说,尤其是在具体的破案手法上,老残其实还没有完全掌握西方侦探小说中那套严谨科学的侦查手段,比如小说里出现的"千日醉"是一种喝下之后会让人"就仿佛是死了",但四十九天后给"死者"灌下草药,却又能让人"死而复生""一治就好"[3]的神药。"千日醉"在老残破案过程中是一件起着关键性功能的道具,但这件道具本身又带有浓厚的中国传奇故事中"非科学"的幻想色彩,与中国传统小说中的"化骨药水"(《聂隐娘》)等大概可归属为一类。而在后来的中国文学作品里,"千日醉"一类的文学道具也更多出现

---

[1] 刘鹗《老残游记》第十六回《六千金买得凌迟罪,一封书驱走丧门星》原评,见刘德隆等编:《刘鹗及老残游记资料》,成都:四川人民出版社,1985年,第78页。

[2] 该说法见陈辽:《现代侦破小说的开端》,《东岳论丛》1993年第1期。

[3] 关于"千日醉",参见刘鹗《老残游记》第二十回《浪子金银伐性斧,道人冰雪返魂香》,天津:天津古籍出版社,2005年,第134—141页。

在武侠、修仙小说,而非侦探小说之中。

因此,总的来说,《老残游记》是因为具备谴责小说的特性,对传统公案小说中"清官"进行批判,进而完成了对公案小说存在合法性的有力质疑;与此同时,小说又借鉴了侦探小说查案的故事框架,将这种对清官的质疑落实在具体的案件查办之中,并由此产生了一些类似侦探小说的情节乃至章节。但无论小说中白子寿如何称赞老残:"你想,这种奇案岂是寻常差人能办的事?不得已才请教你这个福尔摩斯呢!"①《老残游记》依然不是一篇严格意义上的侦探小说。当然,本文在这里并非想要进行文体高下的比较判断,或者认为侦探小说优于公案小说,而是恰恰相反,本文认为简单将《老残游记》这样一个复杂的文本归类于任何一种既有的文学类型之中,都是对这部小说的简单化和片面化理解。《老残游记》的魅力与价值正在于其具备了现代侦探小说、传统公案小说与晚清时一度风靡的谴责小说三种小说类型相互混合之特点。

如果说《老残游记》中某种程度上充当"侦探"角色的老残还只是简单指出了清官比贪官更可恨,那么刘半农在侦探小说《淡娥》中则直接塑造了一个和官场对立的侦探形象老王。而且更为有趣的是,老王竟然是在官府内担任捕快,拥有着官家的身份背景。侦探/捕快老王一方面深感中国官场生态之恶劣:"我闻西洋侦探能变易容貌,自以未能谙此为恨。若官者,时而倨,时而恭,面具一日数十易,变化不出,辗转不穷,试问彼西洋侦探能乎不能?是则中国之官,固贤于西洋侦探多矣。"②另一方面又不得不在这一中国官僚场域中尽可能凭一己之力查案锄奸、匡扶

---

① 刘鹗《老残游记》第十八回《白太守谈笑释奇冤,铁先生风霜访大案》,天津:天津古籍出版社,2005年,第124页。

② 刘半农:《匕首》,《中华小说界》第一卷第三期,1914年3月1日。

正义。甚至于身为官府中人的捕快老王，竟然以"不讼"作为自己为民查案的目标之一："若经官办理，则辗转牵连，必成大狱。彼狗官之欲壑，终古难填。又何苦竭吾民之膏血，以供其大嚼也？当知吾辈执业，乃保护良民，非为虎作伥。我自少而壮而老，未尝须臾离此旨。特狗官爱钱，我亦爱钱。狗官之钱取诸民，我老王之钱乃取诸官。凡有重要之案，于狗官之顶子有关者，我辄需索不已。狗官心虽恶之，而以我之术工，亦不敢不奉命惟谨。我诚可谓取精用宏者矣。然使遇有民委之案，则未尝妄取一钱。其有案之可以自了者，余必竭力斡旋以'不讼'二字为无上法门。盖余之主张不讼，非弁髦法律也，实不愿以老百姓之血汗钱，膏虎而冠者之馋吻，故余虽执役于官，实为官之大敌。此余之所以由探业起家，而乡党中未尝有一不直语。"[①]在这里，老王是完全站在民间立场之上，表现出了对整个官场，尤其对司法体系的极度不信任和反感心理，可以说是对刘鹗笔下老残形象进一步地延伸和发展。

而在具体处理案件时，一方面，老王身为一个中国老捕快，却也知道"余佇查缉案件时，于未得证据之前，不宜以盗名加诸人"。同时老王也的确是对手下蒋和郑三令五申，不许他们胡乱"拘人"，这明显是受到了侦探小说正义伦理与西方个体权利意识的影响。但从另一方面来看，一旦确定凶手之后，老王立即又恢复到了使用棍棒刑罚绝不手软的"清官面孔"，并宣称"呜呼！刑讯二字，世人诟病久矣。然使遇此等黠犯，设不借刑以示威，则举凡劫盗奸杀之案，必无有澄清之日。死者之冤不得雪，抑且适足以率人而入于奸盗之途，故刑之一事，但求其行之适当而已。若欲完全消灭，窃恐福尔摩斯再生于中国，亦将无往而不见

---

① 刘半农：《淡娥》，《中华小说界》第二卷第十二期，1915年12月1日。

其失败也"①,这又完全回到了中国传统公案小说的逻辑中来。而到了小说最后,往往是老王一通棍棒皮鞭之下,开始负隅顽抗的凶手还真的彻底招供,沉冤也就此得雪。因而在刘半农笔下的侦探老王身上,我们看到了中国清官与西方侦探、传统伦理与现代正义、刑求手段与探案方法之间某种奇怪却有趣的纽结和组合,甚至我们可以说,"老王"在某种程度上可以视为中国本土警察侦探类型的先声。若以此判断,其在时间上比欧美的警察侦探小说出现得还要早。

吴趼人的"民族主义"立场与《中国侦探案》

相比于刘鹗的《老残游记》和刘半农的《匕首》《淡娥》还都是在文本内部呈现出公案小说与侦探小说之间的类型混杂与张力,吴趼人则在小说文本之外更为直接地表达出其捍卫传统公案小说的立场。

当时绝大多数中国侦探小说译者、作者与评论者在谈及传统公案小说时,都或多或少地站在侦探小说的立场上来说话,比如程小青就曾对侦探小说与公案小说进行概念区隔,然后在这一过程中批判传统公案小说的不足之处:"在我国的故籍里面,如唐宋以来的笔记小说等,固然也有不少记述奇狱异闻的作品,可是就体裁性质方面说,决不能算作侦探小说。他如流行通俗的施公案、彭公案和龙图公案等,虽已粗具侦探小说的雏形,但它的内容不合科学原理,结果往往侈述武侠和掺杂神

---

① 刘半农:《匕首》,《中华小说界》第一卷第三期,1914年3月1日。

怪。这当然也不能算是纯粹的侦探小说。"①范烟桥更是站在现代侦探小说的立场上来批评传统侠义公案小说趣味性不够："旧时武侠小说,有侦探意味者,如《七侠五义》《彭公案》《施公案》诸书。惟老吏断狱,尚问情察理,而于物证之侦查,殊少用心,有时且涉于神怪。固远不若今之侦探小说醰醰有味也。"②用学者陈平原的话说："对'新小说'家及其读者最有魅力的,实际上并非政治小说,而是侦探小说。""时人有看不起西方言情小说、社会小说乃至政治小说的,可没有人不称赞西方的侦探小说。"③

面对这股西方侦探小说译介和阅读的热潮,也有一些中国文人对此提出自己的忧虑和不满,比如李怀霜就跳出了对侦探与公案"一褒一贬"的对比评说模式,而是在批评中国侦探小说作家"效颦"西方的同时,指出了侦探小说中的很多积极元素早在中国古代公案中就已经能够找到其源头,并部分涉及中西两大文类深层次的彼此相通之处："庚子而还,国人迻译,侦探小说日益以繁,震惊欧美之侦探,亦日益以甚,醉心福尔摩斯,信以为良有其人者。既诟病中国无侦探之善术,勉强效颦者,又复凭空结撰,远于事理。实则中国虽无侦探专门之学,而贤能之吏,诇察灵警类于侦探者,固恒有之。"④

此外,当时更有影响力的公案小说捍卫者当首推吴趼人。相比于好友周桂笙满怀热忱地拥抱西方侦探小说,并将其视为

---

① 程小青:《侦探小说的多方面》,收录于《霍桑探案》第二集,上海:文华美术图书公司,1933年。
② 范烟桥:《旧小说》,《侦探世界》第五期,1923年。
③ 陈平原:《中国小说叙事模式的转变》,北京:北京大学出版社,2003年,第43页。
④ 李怀霜:《装愁庵随笔·侦探小说》,收录于《民权素笔记荟萃》,太原:山西古籍出版社,1997年,第98页。

改良中国法制、开启民智的手段之一。吴趼人显然也看到了当时中国人对西方侦探小说的追捧与侦探小说阅读市场上"供不应求"的局面:"乃近日所译侦探案,不知凡几,充塞坊间,而犹有不足以应购求者之虑。"①针对这一情况,吴趼人首先对其产生的原因进行了调查和分析:

  彼其何必购求侦探案?则吾不知也。访诸一般读侦探案者,则曰:"侦探手段之敏捷也,思想之神奇也,科学之精进也,吾国之昏官、聩官、糊涂官,所梦想不到者也。吾读之,聊以快吾心。"或又曰:"吾国无侦探之学,无侦探之役,译此者正以输入文明。而吾国官吏徒意气用事,刑讯是尚。语以侦探,彼且瞠目结舌,不解云何。彼辈既不解读此,岂吾辈亦彼辈若耶?"②

显然,吴趼人并不认可这一当时风行的翻译与阅读潮流,并且将其与崇洋媚外捆绑到一起进行了一番颇具"民族主义"情绪③的批判:"还要恳请诸公,拿中国眼睛来看,不要拿外国眼睛来看;拿中国耳朵来听,不要拿外国耳朵来听……甚至于外国人的催眠术,便是心理学;中国人的蓍龟,便是荒唐。这种人不是

---

①② 吴趼人:《中国侦探案·弁言》,见《吴趼人全集》(第七卷),哈尔滨:北方文艺出版社,1998年,第72页。
③ 关于吴趼人的这种"民族主义"情绪,学者杨绪容曾做过很深入的分析:"相比于周桂笙大力翻译侦探小说的目的是'输入新文明',吴趼人创作《中国侦探谈》的目的则是'恢复旧道德',这里体现出一个民族主义者在西方文明入侵之下,如何既要吸收新学,又要维护旧礼之间的悖论与困境""吴趼人'恢复旧道德'与周桂笙'输入新文明'的对立,正是晚清旧学与新学,或者说中学与西学,这两种现代化思路的论争在小说领域的反映。"(参见杨绪容:《吴趼人与清末侦探小说的民族化》,《华中师范大学学报(人文社会科学版)》2010年第49卷第2期。)

生就的一双外国眼睛,一对外国耳朵么?"①"呜呼!公等之崇拜外人,至矣尽矣,蔑以加矣。"②同时吴趼人也认为当时人们所追求的通过侦探小说来普及法制、改良社会的理想并不可行:"以此种小说,而曰欲藉以改良吾之社会,吾未见其可也。"③值得注意的是,吴趼人所警惕的不仅是西方侦探小说,更包含西方侦探小说背后的一整套西方生活方式、社会制度与价值观念。而其与好友周桂笙对待西方侦探小说立场上的不同,在二人分别翻译小说《毒蛇圈》并为其作评点时就已经有所体现,正如学者韩南所指出:"(周桂笙)尽量利用 Boisgobey 原著来提倡中国的社会变革,而(吴趼人)试图警告读者采取西方的做法的后果会有多么可怕。"④

除此之外,吴趼人还特地编著过一部短篇小说集《中国侦探案》,其内容主要是将中国古代或近代的公案故事用侦探小说的手法改编重写。无论从书名还是内容,我们都不难发现作者试图写出中国人自己的侦探小说的野心,及和西方侦探小说一较高下的决心,吴趼人自己就曾明确声称:"请公等暂假读译本侦探案之时晷之目力,而试一读此《中国侦探案》,而一较量之:外人可崇拜耶,祖国可崇拜耶?"⑤甚至于在一些具体小说的创作过程中,吴趼人也时时不忘揶揄、讽刺西方侦探——比如在颇有些

---

① 吴趼人:《情变》,转引自阿英编:《晚清文学丛钞·小说二卷》(下册),北京:中华书局,1982年,第384—385页。
②③ 吴趼人:《中国侦探案·弁言》,见《吴趼人全集》(第七卷),哈尔滨:北方文艺出版社,1998年,第72页。
④ Patrick Hanan, Chinese Fiction of the Nineteenth and Early Twentieth Centuries: Essays by Patrick Hanan, p.158.转引自魏艳:《福尔摩斯来中国:侦探小说在中国的跨文化传播》,北京:北京大学出版社,2019年,第59—60页。
⑤ 吴趼人:《中国侦探案·弁言》,见《吴趼人全集》(第七卷),哈尔滨:北方文艺出版社,1998年,第72页。

传统志怪传奇与公案、侦探小说混搭风格的《守贞》的故事结尾处，吴趼人就写道："虽然，吾不知科学昌明之国，其专门之侦探名家，设遇此等奇案，其侦探术之所施，亦及此方寸否也？一笑。"①

从书名到"弁言"，我们都能看出吴趼人想要写一本生长于中国本土的侦探故事集，"是书所辑案，不尽为侦探所破，而要皆不离乎侦探之手段，故即命之为《中国侦探案》。谁谓我国无侦探耶？"②但最终的结果是集子中除了有部分小说运用了某些侦探小说的手法，但整体上仍未脱公案小说窠臼，甚至也有不少涉及鬼神的内容。刘半农就曾"点名"批评说："数年前，见某书局出版之《中国侦探谈》，搜集中国古今类于侦探之故实，以及父老之传闻，汇为一编，都百数十则，则仅一二百言，长者亦不过千言。虽其间不无可取，而浮泛者太多，事涉迷信者，更不一而足，未足与言侦探也。后又见阳湖吕侠所著之《中国女侦探》，内容三案均怪诞离奇，得未曾有。顾吕本书生，于社会之真相，初不甚了了，故其书奇诚奇矣，而实与社会之实况左。用供文人学士之赏玩，未尝不可，若言侦探，则犹未也。故谓中国无侦探小说，不可谓过当语。"③

但事实上，吴趼人的这本《中国侦探案》已然在鬼神迷信方面有意做了规避，他在全书"凡例"中就明确说道："我国迷信之习既深，借鬼神之说以破案者，盖有之矣，采辑或不免辑此。然过于怪诞者，概不采录。"④在《中国侦探案》收录的三十四个故事

---

① 吴趼人：《中国侦探案·守贞》，见《吴趼人全集》（第七卷），哈尔滨：北方文艺出版社，1998年，第114页。
② 吴趼人：《中国侦探案·凡例》，见《吴趼人全集》（第七卷），哈尔滨：北方文艺出版社，1998年，第69页。
③ 刘半农：《匕首·弁言》，《中华小说界》第一卷第三期，1914年3月1日。
④ 吴趼人：《中国侦探案·凡例》，见《吴趼人全集》（第七卷），哈尔滨：北方文艺出版社，1998年，第69页。

中,有十一篇涉及现场实地勘察或验尸,十七篇运用到了推理思考的方法,而仅有四篇涉及超自然力量,分别是《争坟案》《清苑冤妇案》《审树》和《犍为冤妇案》,占比仅为十分之一左右,比起鲁迅统计出的《包公案》中涉及鬼神的故事共有六十三则之多,占全书比重超过半数,可以说是有很大的变化。①

具体到文本细部,我们会发现吴趼人《中国侦探案》兼有侦探小说与公案小说的部分特点,且有双方经常彼此矛盾抵牾的过渡性时代特征。比如《捏写借券案》一篇,这是一则典型的公案故事,小说结尾甚至还用了传统史传写法的"野史氏曰"作结,但小说同时也指出"群役之呵,实我国法堂之恶习也"②,从而对传统公堂上的一些旧例本身提出了批评。又如《假人命》一篇中,小说先是运用了类似侦探小说的一点验尸报告和观察方法:"曰:'何以能知其伪死也?'曰:'验尸之顷,已洞见之矣。彼云死以十三日,验尸为二十一日,相距不及旬,而时在冬月,置尸又在山谷寒冷地,夫何朽之速? 而至于面目不全也?'"但很快又回到了传统公案小说依靠"相面"来判断人之善恶好坏的老路上去:"曰:'何以知有主使之者?'曰:'是则以其市井人或不能此,姑该讯之耳! 吾察此五人者,面目都良善,室家市业都于潮,故纵之使为我用,不犹愈于签差耶?'"③至于《浦五房一鸡案》一案:"至署升座传伙问曰:'若素饲鸡者何物?'曰:'糁饭糠秕耳。'问甲曰:'乡人饲鸡何物?'曰:'无所饲也,放之野外,使自觅食耳。'乃呼役尽杀两造鸡,剖其朜而验之。则甲鸡朜内,皆砂石青草之类,

---

① 参见李奕青:《包青天遇见福尔摩斯:〈中国侦探案〉故事之创新与承继》,硕士学位论文,台湾师范大学,2016 年 2 月。
② 吴趼人:《中国侦探案·捏写借券案》,见《吴趼人全集》(第七卷),哈尔滨:北方文艺出版社,1998 年,第 80 页。
③ 吴趼人:《中国侦探案·假人命》,见《吴趼人全集》(第七卷),哈尔滨:北方文艺出版社,1998 年,第 83—84 页。

而浦五房之鸡皆糠秕，其中独多一肫为沙石青草者。"①虽然这里也运用到了实物化验一类的侦破方法，但这个故事的原型其实脱胎于《包公案》第六十八回《大白鹅独处为毛湿，青色粪作断因饲草》，原先的小说就已经是《包公案》中极少有的依靠科学化验破案的故事，而吴趼人的《浦五房一鸡案》也并未赋予其更多新的内容和思想。与此类似，在《控忤逆》一篇中婆婆状告儿媳妇虐待自己，后来两人同时呕吐才发现婆婆吃得其实很好，儿媳妇吃得很差，"俄延良久，三人忽大吐，呼役验之；则媪所吐者肴馔，而子媳所吐者藜藿而已"②。这也是一则借助物证判案的例子，和《浦五房一鸡案》堪称异曲同工，只不过把化验对象由鸡换成了人。

  相比于刘半农所批评的"事涉迷信者"，吴趼人的这本《中国侦探案》在内容方面更大的问题可能还是在于对官吏与私家侦探分辨得不够清晰，就连吴趼人本人在评价自己的这本小说集时都说："惟是所记者，皆官长之事，非役人之事，第其迹近于侦探耳。然则，谓此书为《中国侦探案》也可；谓此书为《中国能吏传》也亦无不可。"③所以，吴趼人这部自称为"中国侦探案"的小说集其实还只是尝试性地借鉴、运用了某些西方侦探小说手法的"中国公案集"。此外，周桂笙也曾指出《中国侦探案》与西方侦探小说之间的差别："还有我们《月月小说》社里的总撰述、南海吴趼人先生，从前曾经搜集了古今奇案数十种，重加撰述，汇成一册，题曰《中国侦探案》。这就是吾中国侦探案有记事专书

---

  ① 吴趼人：《中国侦探案·浦五房一鸡案》，见《吴趼人全集》（第七卷），哈尔滨：北方文艺出版社，1998年，第86—87页。
  ② 吴趼人：《中国侦探案·控忤逆》，见《吴趼人全集》（第七卷），哈尔滨：北方文艺出版社，1998年，第74页。
  ③ 吴趼人：《中国侦探案·弁言》，见《吴趼人全集》（第七卷），哈尔滨：北方文艺出版社，1998年，第72—73页。

的滥觞。以前不过散见诸家笔记之中。其间案情,诚有极奇极怪,可惊可愕,不亚于外国侦探小说者。但是其中有许多不能与外国侦探相提并论的。所以只可名之为判案断案,不能名之为侦探案。虽间有一二案,确曾私行察访,然后查明白的。但这种私行察访,亦不过实心办事的人,偶一为之,并非其人以侦探为职业的。所以说中外不同,就是这个道理。"①作为侦探小说译介的大家,周桂笙非常敏锐地指出侦探小说之为侦探小说的核心,并不在于其情节波折复杂,而在于侦探小说有着根本的类型文学形式上的制约,用周桂笙的话来概括,侦探小说内容上的制约主要有二:一是"其人以侦探为职业",即需要一名专门的侦探来作为小说的主要功能性人物;二是要以调查推理作为破案的主要手段。如果不满足这两点,在基本内容上就不符合侦探小说的一般规范,所以吴趼人笔下并没有出现专门意义上的"侦探",其破案过程也仍是以"判案断案"为主,运用"私行察访"的手法,"亦不过实心办事的人,偶一为之",即使这样的小说在情节上做到了足够的曲折,甚至达到"极奇极怪,可惊可愕"的程度,也不能算是严格意义上的侦探小说。

教化读者与娱乐大众

侦探小说在西方读者心目中,主要仍然是娱乐消闲的大众读物,比如英国作家毛姆就曾说过:"当你感冒卧床,头昏脑涨,此刻你并不想要伟大的文学作品;你宁愿冰袋敷额,热水浸脚,两三本侦探小说,伴你度过病榻时光。"②(其实,刘半农在侦探小

---

① 周桂笙:《上海侦探案·引》,《月月小说》1907年3月。
② 转引自[法]卡斯顿·勒鲁《黄色房间的秘密·编辑前言》,南京:译林出版社,2004年,第1页。

说《匕首》中也有过类似的表达,即"当初余初上船时,目分必病",但一路上听老王讲侦探故事十分入迷,"今竟不病亦不疲,侦探诚足疗我疾也"①。)相比较而言,中国译者与作者对待侦探小说的态度,显然是"别有怀抱"。具体而言,即在近现代很多文人,尤其是不少侦探小说译者、作者、编辑者和出版者对于侦探小说的相关表述和阐发中,我们可以发现,他们对于侦探小说的理解,仍带有一些道德教化或者实用主义功能性的认识。比如翻译家林纾在赞颂侦探小说的译介和阅读时说:

> 近年读上海诸君子所译包探案,则大喜,惊赞其用心之仁。果使此书风行,俾朝之司刑谳者,知变计而用律师包探,且广立学堂以毓律师包探之材……下民既免讼师隶役之患,或重睹清明之天日,则小说之功宁不伟哉!②

林纾的这段话中充满了其对侦探小说的实用性认识,他称赞侦探小说的理由是"惊赞其用心之仁"和"小说之功宁不伟哉",并且认为侦探小说的译介传播最终将有助于推动中国侦探与律师的专业化培养。在这里,林纾几乎完全把侦探小说作为增强司法官员办案能力与提高百姓普法意识的教科书来看待,而并未对侦探小说本身的文类特点和阅读趣味予以任何评价。

持这种类似观点的当然不仅仅是林纾,甚至于中国最为知名的侦探小说作家程小青也认为"侦探小说是一种化装的

---

① 刘半农:《匕首》,《中华小说界》第一卷第三期,1914 年 3 月 1 日。
② 林纾:《神枢鬼藏录·序》,收录于阿英编:《晚清文学丛钞·小说戏曲研究卷》,北京:中华书局,1960 年,第 238—239 页。

科学教科书"①,是有着除了智力快感之外的诸多"功利主义"的阅读功能和认知价值的:

> 我们若使承认艺术的功利主义,那么,侦探小说又多了一重价值。因为其他小说大抵只含情的质素,侦探小说除了"情"的原素以外,还含着"智"的意味。换一句说,侦探小说的质料是侧重于科学化的,它可以扩展人们的理智,培养人们的论理头脑,加强人们的观察力、想象力、分析力、思考力,又可以增进人们辨别是非真伪的社会经验。所以若把"功利"二字加在侦探小说身上,它似乎还担当得起。②

这些来自译者、作者对于侦探小说所赋予的社会功能性认识,一方面自然是和梁启超"小说界革命"中所主张的"欲新一国之民,不可不先新一国之小说"及其同时代的一系列文学工具论的若干观点密切相关。毕竟最初登载侦探小说翻译的《时务报》和后来大量刊发侦探小说的杂志《新小说》背后都是梁启超等维新改革人士在主持工作和掌握方向。我们也很容易通过上述认为侦探小说可以促进司法改革、推广侦探学科、开启民智、惩恶扬善、充当科学教科书等诸多观点联想到康有为所说的"故'六经'不能教,当以小说教之;正史不能入,当以小说入之;语录不能喻,当以小说喻之;律例不能治,当以小说治之"③等类似观点。

---

① 程小青:《从"视而不见"说到侦探小说》,《珊瑚》第二卷第一期,1933年1月1日。
② 程小青:《论侦探小说》,《新侦探》第一期,1946年1月10日。
③ 康有为:《〈日本书目志〉识语》,收录于陈平原、夏晓虹编:《二十世纪中国小说理论资料(1897—1916)》(第1卷),北京:北京大学出版社,1987年,第13页。

正如孔慧怡所说:"这个时期的文学作品中译却并不以'文学'为目标;促成文学翻译兴盛的原因并非文学本身,而是当时中国社会对变革的需求。"①甚至于到了20世纪五六十年代,胡适在台湾演讲时,还劝新闻记者们要"多看侦探小说",因为"侦探小说是提倡科学方法最好的材料,读侦探小说也是训练科学头脑的一种方法"②。其思想取径,和晚清时期的梁启超、林纾等人如出一辙。学者谭景辉(King-fai Tam)甚至就此认为民国侦探小说在将小说视为科学教育之工具与社会改良之手段这一点上,已经以其严肃的创作态度超越了通俗文学的一般内涵,从而接近于夏志清所说的"感时忧国"/"执迷中国"(obsession with China)的五四新文学传统之中。

在这一认识中,不容忽视的问题是,对侦探小说赋予过高的社会责任期待也和古代公案小说中教化读者的创作目的不期而遇。按照米琳娜的说法,即"初看起来,在改良主义者倡导的小说教育作用与儒家将文学作为实用主义的和意识形态的工具的做法之间,似乎没有明显区别""改良主义者确实与儒家分享了功利主义的文学观念"③。学者陈平原也认为,梁启超所倡导的"小说界革命","从政治小说入手来提倡新小说,小说固然是'有用'了,也'崇高'了,可仍然没有跳出传统'文以载道'的框架,只不过所载之道由'忠孝节义'改为'爱国之思'罢了"④。二者之

---

① 孔慧怡:《翻译·文学·文化》,北京:北京大学出版社,1999年,第19页。
② 新闻《胡适勉记者看侦探小说》,《正气中华日报》(发行地:金门岛),1959年12月9日第一版。
③ 米琳娜:《导言》,收录于[捷克]米琳娜编、伍晓明译:《从传统到现代:19至20世纪转折时期的中国小说》,北京:北京大学出版社,1991年,第5页。
④ 陈平原:《中国现代小说的起点:清末民初小说研究》,北京:北京大学出版社,2010年,第7页。

间的差别可能仅在于,古代公案小说背后隐藏着教化读者的创作动机,其创作目的更多的是要让读者不要作奸犯科,而近现代文人对于侦探小说的功能性认识则将其扩展到了增强执法机关工作效率、普及法制观念、扫除迷信等方面。表面上看,侦探小说似乎全面瓦解并取代了传统公案小说,但公案小说背后教化读者的创作动机与目的,却借着近代的"小说界革命"与现代的"文学工具论"的思想大潮而成为中国很多侦探小说作者创作侦探小说、中国很多近现代文人评价审视侦探小说的思考维度和价值取向。和林毓生所谈论五四新文化与中国传统文化之间的关系相类似,步入现代以来,侦探小说逐步取代了传统公案小说,但这"并不蕴涵他们已经与中国社会与文化的遗产隔绝","对于在传统构架崩溃以后尚能生存、游离的、中国传统的一些价值之意义的承认与欣赏,是在未明言的意识层次(implicit level of consciousness)中进行的"[1]。或者如何锡章所说,"现代'启蒙文学'与古代'教化文学'具有深刻的精神联系"且"现代启蒙传统是古代教化传统的继承和发展"[2],更是可以作为我们理解晚清民国时期中国文人试图通过侦探小说来改变中国的司法与社会,与古代文人通过公案小说教化读者之间内在的、深层的心理关联。侦探小说也正是在这个意义上和晚清"新小说"及五四以来"启蒙民众"的中国文学主流相汇合,而其中我们隐隐能看到传统公案小说"还魂"的身影。

---

[1] 林毓生:《中国传统的创造性转化》,北京:生活・读书・新知三联书店,1988年,第150—151页。
[2] 何锡章:《中国现代文学"启蒙"传统与古代"教化"文学》,收录于《中国现代文学传统》,北京:人民文学出版社,2002年,第116页。

余论：传统的魅影

　　除了前文所述诸如中国侦探小说中"传奇"而非科学的情节因素（刘鹗《老残游记》）、公差而非私家侦探的人物身份（刘半农"老王探案"）、以小说教化读者的创作目的（林纾、程小青），乃至于作者本身的"民族主义"倾向（吴趼人）等方面的内容之外。公案小说对于中国近现代侦探小说的影响还表现在一些内容题材与具体写法方面，比如清末民初无名氏的《古钱案》①、芦苇的《鬼窟》②、天虚我生的《衣带冤魂》③，以及前文中提及的吴趼人所作的《中国侦探案》中的部分作品，多少都涉及了一些鬼魂的情节。又比如戴望舒以"戴梦鸥"为笔名所创作的侦探小说《跳舞场中》④中，既可以看到亚森·罗苹小说的影响，但又明显带有传统京剧《摘缨会》的桥段，而这些也都可以视为传统公案小说在过渡时期所遗留下来的痕迹。

　　此外，特别值得一提的还有当时中国文人对于中国传统"侠义"和西方现代"正义"⑤概念的暧昧理解。实际上，晚清与民国时期的中国文人很多时候都是在用其自身已经具备的对"侠义"

---

①　无名氏：《古钱案》，《神州画报》，1909 年 8 月（标"绘图侦探小说"）。
②　芦苇：《鬼窟》，《小说时报》第十九期，1913 年。
③　天虚我生：《衣带冤魂》，《礼拜六》第五十七期至第六十期，1915 年。
④　戴梦鸥（戴望舒）：《跳舞场中》，《兰友》第十三期"侦探小说号"，1923 年 5 月 21 日。
⑤　从词源与翻译的角度来进行考察，晚清民国时期中国文人将英文词汇"justice"翻译为"正义"本身也是一个经历了不断历史选择的过程。在中国传统语汇中，"正义"基本上可以理解为两层含义：一层是"今游侠，其行虽不轨于正义，然其言必信，其行必果，已诺必诚，不爱其躯。"（《史记·游侠列传》）；另一层是"是以范武归晋而国奸逃，华元反朝而鱼氏亡。故正义之士与邪枉之人不两立之。"（《潜夫论·潜叹》）。前者指的是朝廷礼法，后者则指的是公道正直。我们大概可以将前者理解为法律之内的正义，将后者理解为法律之外的正义。

概念的先在认知来"翻译"和理解西方一些有关于"正义"的概念。比如法国小说家大仲马的长篇小说《三个火枪手》(*Les Trois Mousquetaires*)最初就被翻译作《侠隐记》(伍光建译,1907年)。类似的情况也出现在中国文人对亚森·罗苹系列小说的翻译、宣传与接受过程中,比如1925年《亚森罗苹全集》出版时,在《新闻报》上所刊登的宣传广告:

> 亚森罗苹诸案,有神出鬼没之妙。福尔摩斯案无其奇,聂卡脱案无其诡,可作侦探小说读,亦可作武侠小说读。兹尽收集其长短各案,汇为一集,以成全豹。
>
> 法人玛利塞·勒白朗所著亚森罗苹诸案,不论长篇短篇,皆神奇诡谲,如天半蛟龙,不可捉摸。其叙侠盗亚森罗苹之热肠侠骨,冲网罗,剪凶残,令读者敬之佩之,几不知其为剧盗、为剧窃矣。①

在这里,我们可以看出当时的译者或者是囿于自身理解,或者考虑到宣传策略(用"武侠小说"与"侠客"等概念更容易帮助广大读者理解并接受这套外来小说作品),因而提出"亚森罗苹诸案""可作侦探小说读,亦可作武侠小说读","亚森罗苹"本人也是个"侠盗",其人"热肠侠骨,冲网罗,剪凶残",俨然是一副《三侠五义》等中国传统小说中的侠客面孔与做派,是传统文学文化在现代侦探小说译介与理解过程中发挥影响的又一有力说明。而正是在20世纪20年代同一时期,在中国侦探小说作家对亚森·罗苹系列小说的"模仿"与再造过程中,也存在着用传统"侠客"形象来理解和塑造"东方亚森罗苹"这一小说人物的倾

---

① 《亚森罗苹案全集》广告,《新闻报》1925年3月24日第五张第一版。

向。从张碧梧模仿亚森·罗苹大战福尔摩斯的系列小说所写的《双雄斗智记》①中的"草上飞""冲天炮"与"急先锋"等人物绰号,到吴克洲名为"东方亚森罗苹新探案"的系列小说(包括《卍型碧玉》《樊笼》《东方雁》等短篇作品)"劫掠良民的东西"是"破坏党规"②的声明,完全可以视为对《水浒传》中人物起姓名绰号风格的模拟以及梁山好汉们"只杀贪官,不劫良民"理念与口号的翻版,只是囿于文章篇幅所限,这些内容要在另外的文章中专门进行讨论和展开了。

---

① 张碧梧:《双雄斗智记》,《半月》第一卷第一期至第一卷第二十四期(其中第十期、第十六期未刊登),1921年至1922年。
② 吴克洲:《东方雁》,《半月》第四卷第二十四期,1925年11月30日。

正义,侠义,民族大义?
——以亚森·罗苹系列小说的翻译、模仿与本土化创作为中心

侦探小说诞生于西方现代司法背景之下,和读者对于社会正义的想象有着天然联系。其中,勒伯朗的亚森·罗苹系列小说通过塑造一个"亦盗亦侠"的主要人物为侦探小说的"正义表达"提供了某种新的诠释类型与可能。而随着该系列小说被包天笑、周瘦鹃等人译介进入中国,并经过张碧梧、吴克洲、何朴斋、柳村任、孙了红等作家的模仿与本土化创作,"侠盗"身上原本具有的"司法正义/法外正义"也逐渐和中国传统的"侠义"观念以及时代所赋予的"民族大义"精神相互融合,产生出一批颇具在地特色的中国"侠盗"人物形象序列,而在这些不同"侠盗"形象的背后,则是现代中国正义观念不断演进的轨迹。

司法正义与法外正义

侦探小说史家朱利安·西蒙斯指出:"英美侦探小说最明显的特征之一就是完全站在法律和秩序一边。"[1]而当西方侦探小说在清末民初刚刚译介进入中国时,其自身带有的法治文化元素更是颇为当时中国的译者与读者所看重,比如翻译家林纾在

---

① [英]朱利安·西蒙斯著,崔萍、刘怡菲、刘臻译:《血腥的谋杀——西方侦探小说史》,北京:新星出版社,2011年,第10页。

赞颂侦探小说时就曾说：

> 中国之鞫狱所以远逊于欧西者，弊不在于贪黩而滥刑，求民隐于三木之下；弊在无律师为之辩护，无包探为之询侦。每有疑狱，动致牵缀无辜，至于瘐死，而狱仍不决。……近年读上海诸君子所译包探案，则大喜，惊赞其用心之仁。果使此书风行，俾朝之司刑谳者，知变计而用律师包探，且广立学堂以毓律师包探之材，则人将求致其名誉。既享名誉，又多得钱，孰则甘为不肖者！下民既免讼师隶役之患，或重睹清明之天日，则小说之功宁不伟哉！①

林纾的这段话中充满了对侦探小说的实用性认识，他甚至于把侦探小说作为增强司法官员办案能力与提高百姓普法意识的教科书来看待。与此类似，中国早期最重要的侦探小说翻译家之一周桂笙也曾热烈赞扬侦探小说：

> 吾国视泰西，风俗既殊，嗜好亦别。故小说家之趋向，迥不相侔。尤以侦探小说，为吾国所绝乏，不能不让彼独步。盖吾国刑律讼狱，大异泰西各国，侦探小说，实未尝梦见。互市以来，外人伸张治外法权于租界，设立警察，亦有包探名目。然学无专门，徒为狐鼠城社，会审之案，又复瞻徇顾忌，加以时间有限，研究无心，至于内地谳案，动以刑求，暗无天日者，更不必论。如是，复安用侦探之劳其心血哉！至若泰西各国，最尊人权，涉讼者例得请人为辩护，故

---

① 林纾：《神枢鬼藏录·序》，收录于阿英编：《晚清文学丛钞·小说戏曲研究卷》，北京：中华书局，1960年，第238—239页。

苟非证据确凿,不能妄入人罪。此侦探学之作用所由广也。而其人又皆深思好学之士,非徒一盗窃充仆役,无赖当公差者,所可同日而语。①

周桂笙从侦探小说,联想到侦探学,再进一步讨论到警察司法乃至人权等现代性议题,侦探小说在周桂笙这里已经完全超越了一种类型小说和大众读物的范畴,而成为其关注中国司法现代化的切入点。

从清末民初的时代背景来看,我们可以理解这种将侦探小说与现代司法制度相关联的认知和期待。正如学者刘小刚所说:"清官是正义的投射,但是在一个社会大变动的时代,清官不再能够承载民众的期待。在公众关于正义的想象形成真空的时候,侦探小说的翻译恰逢其时,替代了清官小说,重构了正义想象的空间。"②晚清时期整个中国都处在社会秩序崩塌与社会正义缺失的局面中,侦探小说正是在这一背景下取代了传统公案小说成为社会正义与诗学正义的责任担当。严独鹤在为《福尔摩斯侦探案全集》所写的序言中就明确将现代侦探与古代游侠进行关联和对接:"为私家侦探者,必其怀热忱、抱宏愿,如古之所谓游侠然,将出其奇才异能,以济法律之穷,而力拯众生之困厄者也。"③大骂"清官更可恨"的《老残游记》本质上即传统中国侠义公案小说与西方现代侦探小说的某种混合体。在目前存世的二十回《老残游记》中,小说用了整整六回的篇幅来描写白子

---

① 周桂笙:《歇洛克复生侦探案·弁言》,《新民丛报》第三年第七期(总第五十五期),1904年。
② 刘小刚:《正义的乌托邦——清末民初福尔摩斯形象研究》,《中国比较文学》2013年第2期。
③ 严独鹤:《福尔摩斯侦探案全集·严序》,上海:中华书局,1916年。

寿、老残对魏谦父子冤案的侦破、澄清与纠正。而这篇小说中相当值得玩味的一点还在于老残的民间身份,即作为离开官场却又和官场保持密切联系,同时具备"私人身份"的老残,在身份定位与归属上即形成了现代私家侦探对传统官府"青天"的隐喻性批判和结构性反讽。

甚至于到了20世纪40年代,学者费青在《从法律之内到法律之外》这本小书中比较侦探小说与武侠小说时,也认为前者代表法律之内的正义,后者代表法律之外的正义,并将这两类小说及其所代表的正义差别上升到了民族性与中西方集体无意识的高度来进行理解:

> 侦探小说是现代英美一般人民间最流行的读物,它们的翻译本在中国也已相当流行。可是中国作家却始终未能用中国背景来写一本侦探小说。反之,在中国一般人民中最流行的读物是侠义小说。这两个互相对照的不同事实,实乃发生于同一基本原因。这两种小说之所以为一般人民所喜读,除了它们故事内容的紧张离奇外,是因为它们都能够满足一般人民心理上对于公平正义的需求。所不同者,侦探小说乃是从法律之内获得公平,而侠义小说则是从法律之外获得公平。于是:侦探小说在现时英美的流行,正表示在现时英美一般人民意识中,公平正义乃存在于法律之内;而侠义小说在中国流行,以至侦探小说的迄今未能用中国背景来写,正又表示在迄今中国一般人民的意识中,公平正义只存在于法律之外,在中国,这个人民意识的形成实已有了很久的历史。①

---

① 费青:《从法律之内到法律之外》,上海:上海生活书店,1946年,第1—2页。

费青将"法律之内"和"法律之外"作为区分"侦探小说"与"侠义小说"的标准,敏锐地从伸张正义的不同路径这一角度指出了两种小说类型之间的本质差别:"侦探小说"是在法律框架内来实施正义,即侦探的推理思考与侦查实践最终仍要落脚到将犯罪分子"绳之以法",这与中国传统"侠义小说"通过构建一个虚拟的江湖世界,并以"快意恩仇"作为行动目标和阅读快感获取机制[1]有着根本性的不同。而费青由此得出进一步推论,认为侦探小说在西方的流行是根源于西方国家司法体系与法治社会建设的完善。

　　从后来者的角度来看,我们不得不指出,晚清民国文人将侦探小说视为现代司法体系与法制精神"代言人"的期许多少有些一厢情愿的成分。侦探小说与法制正义的关系某种程度上更符合陈晓兰所说的——"这些小说在表现对于犯罪、混乱和无序之恐惧的同时,又表现出对于法律及秩序的极度不信任。"[2]以柯南·道尔的相关代表性作品为例,在"福尔摩斯探案"系列小说里,法律、凶手与正义三者之间的关系往往充斥着某种暧昧性:法律层面的凶手不一定是道德层面的"坏人",而法律也很少对犯法的"好人"进行真正的制裁,"好人"犯法往往被描述为持有某种正义的目的或具有值得被同情之处,"好人"的结局也多半是在面临司法审判与裁决之前就已经猝死或自杀(如《血字的研究》),有时候福尔摩斯本人也会对其"法外开恩",对案情真相部分地进行隐瞒(如《失踪的中卫》),甚至于对罪犯逃脱法律制裁"睁一只眼闭一只眼"(如《戴面纱的旅客》)。即如学者卫景宜所

---

　　[1] 关于"侠义小说"的相关观点与论述可参见陈平原:《千古文人侠客梦》,北京:北京大学出版社,2010年。
　　[2] 陈晓兰:《城市意象:英国文学中的城市》,桂林:广西师范大学出版社,2006年,第149页。

言:"柯南·道尔通过福尔摩斯的形象——执法者,却不属于官方;拥护法律,但常常自行主张;偏差于法律之外,弥补法律对于正义的无能为力——引领读者在小说世界参与法律与正义的博弈,寻求一个比现实更加完美合理的乌托邦式的解决。"[1]这里我们需要注意的是,福尔摩斯帮助犯罪的"好人"寻求法律之外的正义和"比现实更加完美合理的乌托邦式的解决"这一行为未被言明的前提在于司法正义在此之前的"失效",正是因为法律无法为《血字的研究》和《戴面纱的旅客》中的"被害人"有效地伸张正义,最终才导致新的复仇与犯罪,才使得前一桩案件中的"被害人"转而成为新一桩案件中的"犯罪者",因而才会有侦探后来的"法外开恩"。从这个角度来看,我们或许才能更好地理解美国学者拉里·N.蓝德勒姆的说法:"虚构的侦探,甚至19世纪的攻击者也喜欢指出,与现实生活中的原型并不十分相符。相反,他们似乎代表着以自己的理解反映生活中比较黑暗的社会隐喻的一种方式。"[2]即侦探小说在某种程度上是在通过"诗学正义"(poetic justice)或想象中"迟来的正义"(justice delayed)来弥补/否定现实生活中"缺失的正义"(justice denied),而其绝非司法正义本身的文学代言人。

从"剧贼"到"侠盗"

侦探小说中的正义伦理和现实司法正义之间的张力最为明显地体现在法国作家勒伯朗笔下的"亚森·罗苹系列小说"中。

---

[1] 卫景宜:《柯南·道尔侦探小说里的社会伦理镜像》,《英美文学研究论丛》2008年第2期。

[2] [美]拉里·N.蓝德勒姆著,高振亚译:《侦探和神秘小说》,见[美]托·英奇编:《美国通俗文化简史》,桂林:漓江出版社,1988年,第87页。

勒伯朗在该系列小说(一共有四部长篇,数十篇短篇,以及几个剧本)中不仅塑造了一个"亦盗亦侠"的"反侦探"形象的侦探小说主人公——亚森·罗苹,更为侦探小说的"正义表达"提供了某种新的诠释类型与可能。亚森·罗苹一方面作为司法制度与规范的破坏者(身为"盗贼"),另一方面却又是惩恶扬善的朴素社会正义的践行者(身为"侠客"),其身份的双重性进一步模糊/撕裂了侦探小说与司法正义之间的复杂关系。而其在民国初年被译介进入中国之后,自身形象也经历了一个从"剧贼"到"侠盗"的有趣转变。

目前所见到的国内首篇亚森·罗苹系列小说中译版本是1912年4月由杨心一翻译的《福尔摩斯之劲敌》[①],之后十年间,经由包天笑、周瘦鹃、徐卓呆、张舍我等译者的不懈努力,大约有20篇亚森·罗苹系列长短篇小说被译介进入中国。而在其中最主要的译者和推手周瘦鹃看来,亚森·罗苹所为仍是"剧盗之行径"[②],并称其为"胠箧之王"。亚森·罗苹本人大概也可以和明代话本小说中的宋四公、"我来也""一枝梅"懒龙[③]等"侠盗"形象视为同一脉络下的人物来看待。1925年4月,上海大东书局出版了周瘦鹃、孙了红、沈禹钟等人用白话译的全24册的《亚森罗苹案全集》,收二十八案,其中长篇十种[④],短篇十八种。这是继

---

① [法]勒伯朗著,杨心一译:《福尔摩斯之劲敌》,《小说时报》第十五期,1912年。原作为1907年出版的 Arsene Lupin, Gentleman-Cambrioleur (Paris: Pierre Lafitte & Cie, 1907, 现通常译作《侠盗亚森·罗苹》)中的 Herlock Sholmes arrive trop tard 一篇,现通常译作《歇洛克·福尔摩斯姗姗来迟》。

② 周瘦鹃:《怀兰室杂俎》,收录于蒋瑞藻编:《小说考证》(下册),上海:上海古籍出版社,1984年,第592—593页。

③ 分别出自《喻世明言》中的《宋四公大闹禁魂张》和《二刻拍案惊奇》中的《神偷寄兴一枝梅 侠盗惯行三昧戏》等小说。

④ 民国译本中所说的"长篇"和我们今天通常所说的"长篇"并不相同,很多当时所谓的"长篇小说"现在看来大概也就是中短篇小说的篇幅和体量。

1916年中华书局出版《福尔摩斯侦探案全集》之后,中国侦探小说翻译界的又一件大事。到 1929 年 12 月,该书已经印至第三版。而在 1942 年,上海启明书局又一次推出了《亚森罗苹全集》。可以说,对亚森·罗苹系列小说的翻译、出版和阅读贯穿了整个民国时期。

如果说福尔摩斯等侦探的"法外正义"行为还是在基本的司法框架与方向之外偶尔施行"法外开恩"(起码福尔摩斯还是帮助警察破案的,虽然他心里并不真瞧得起苏格兰场的警察们),那么亚森·罗苹则完全可以说是一个"法外之徒",甚至是司法体制所要惩处的对象。而从勒伯朗的小说原著和当时法国读者的接受情况来看,亚森·罗苹戏弄权贵、劫富济贫、挑战法律秩序与社会常规伦理的行为显然契合了第一次世界大战前欧洲贫富差距日益加剧,上流社会与底层民众之间阶级板结,社会矛盾激化的时代症候和民众心理。而其被翻译进入中国后,则又被进一步披上了一层"侠义"的外衣,同时被赋予了反抗资本家与神奸巨恶的"正义"担当使命,与上海当时的华洋冲突、阶层矛盾及其所引发的人们不满心理相暗合。甚至于包天笑不惜通过贬低福尔摩斯来提升亚森·罗苹的形象和地位:"福尔摩斯不过一侦探耳,技虽工,奴隶于不平等之法律,而专为资本家之猎狗,则转不如亚森罗苹以其热肠侠骨,冲决网罗,剪除凶残,使彼神奸巨恶,不能以法律自屏蔽之为愈也。"[①]而早期《亚森罗苹案全集》最重要的编译者周瘦鹃在"剧贼"之外,也赋予了亚森·罗苹以"义侠"的美名,并将这种身份的二重性与分裂性放在中国传统"盗亦有道"的文化脉络下进行理解。

---

① 包天笑:《亚森罗苹案全集·序》,收录于[法]勒伯朗著,周瘦鹃编:《亚森罗苹案全集》(第一册),上海:大东书局,1925 年,第 1 页。

从之前的"盗贼"和"剧贼"到 1925 年将亚森·罗苹定位为一个"智""勇"双全的"侠"盗,亚森·罗苹的形象在此时发生了根本性的转变。我们甚至可以说《亚森罗苹案全集》的出版在很大程度上确立了后来中国读者对"侠盗"亚森·罗苹的认知和想象,"侠盗"形象与中国传统侠客形象的先天性亲缘关系,使得中国读者更易对其产生认可和接受①。而通过当时《亚森罗苹全集》在《新闻报》上所刊登的出版广告可知,当时的编译者和发行商其实是在有意地借用武侠小说中的"侠客"来帮助中国读者建构对亚森·罗苹的想象,他们甚至将《亚森罗苹全集》视为侦探小说与武侠小说的某种"混合体":

亚森罗苹诸案,有神出鬼没之妙。福尔摩斯案无其奇,聂卡脱案无其诡,可作侦探小说读,亦可作武侠小说读。兹尽收集其长短各案,汇为一集,以成全豹。

法人玛利塞·勒白朗所著亚森罗苹诸案,不论长篇短篇,皆神奇诡谲,如天半蛟龙,不可捉摸。其叙侠盗亚森罗苹之热肠侠骨,冲网罗,剪凶残,令读者敬之佩之,几不知其为剧盗、为剧窃矣。②

如前文所述,在这里,我们可以看出当时的译者很可能是考虑到宣传策略(用"武侠小说"与"侠客"等概念更容易帮助广大读者理解并接受这套外来小说作品),因而提出"亚森罗苹诸案""可作侦探小说读,亦可作武侠小说读","亚森罗苹"本人也是个"侠盗",其人"热肠侠骨,冲网罗,剪凶残",俨然是一副《三侠五

---

① 关于亚森·罗苹这一形象认知的变化,可参见石娟:《从"剧贼"、"侠盗"到"义侠"——亚森罗苹在中国的接受》,《苏州教育学院学报》2014 年第 4 期。
② 《亚森罗苹案全集》广告,《新闻报》1925 年 3 月 24 日第五张第一版。

义》等中国传统小说中的侠客面孔与做派。而可以进一步指明的是,这里的微妙之处或许在于,当亚森·罗苹获得了"侠客"和"侠盗"的身份定位之后,他的"盗贼"和"剧贼"行为似乎就变得不再重要("几不知其为剧盗、为剧窃矣"),甚至可以被视为他行"侠"所必需的手段/不择手段。

其实,无论是"剧贼",还是"侠盗",都是勒伯朗小说原著主人公身上所拥有的身份和行为特征。但是其译介进入到中国后,却渐渐向"侠盗"这一方面发展倾斜,这在某种程度上体现出中国译者与读者更能够接受一名"侠盗"而非"剧贼"作为其正义想象承担者的潜在心理。而用传统"侠客"形象来理解和塑造亚森·罗苹这一小说人物的倾向,在同一时期(20世纪20年代)中国作家模仿及创作的各种"东方亚森罗苹"系列侦探小说中表现得则更为明显和自觉。

五种"东方亚森罗苹"系列侦探小说

在民国时期,有不少模仿亚森·罗苹系列小说而创作的反侦探故事,甚至于早年在兰社时期的张天翼和戴望舒笔下,也隐约出现过亚森·罗苹的影子①。而在这些众多的模仿者中,有五种"东方亚森罗苹"系列侦探小说影响力较大,其作者分别是张碧梧、吴克洲、何朴斋、柳村任和孙了红。

回顾1925年《亚森罗苹案全集》的译者阵容:其中不仅有周瘦鹃、程小青、徐卓呆这样的知名文人和译者,更有张碧梧、孙了红等人,而他们后来所写的"鲁宾系列"和"侠盗鲁平系列"都明

---

① 分别是张天翼(无净)的《少年书记》(《半月》第一卷第二十二期,1922年7月24日)和戴望舒(梦鸥)的《跳舞场中》(《兰友》第十三期"侦探小说号",1923年5月21日)。

显受亚森·罗苹系列小说的影响,这种影响与他们本人参加这次翻译工作的经历和经验是密不可分的。甚至我们可以说这次对亚森·罗苹系列小说的翻译经历和经验,在某种程度上规定了中国国内后来各种"东方亚森罗苹"系列侦探小说创作的基本模式和人物塑造路径。

张碧梧模仿亚森·罗苹大战福尔摩斯系列小说所写的《双雄斗智记》①是民国时期难得一见的中国本土长篇侦探小说创作。在这部小说一开篇,张碧梧就清楚地交代了自己创作这部小说的动机和所依据的故事来源:"今者东方之福尔摩斯既久已产生,奚可无一东方亚森罗苹应时而出,以与之敌,而互显好身手哉?"一方面张碧梧创作的这部小说的基本情节结构是在模仿勒伯朗的小说,写一个中国版的亚森·罗苹大战福尔摩斯的故事;另一方面,作者在小说中所设立的想象中的对手正是程小青所创造的"东方福尔摩斯"霍桑。而关于小说中有着"东方亚森罗苹"之称的主人公罗平,张碧梧基本上是把他作为一名传统中国侠客的形象来进行理解并塑造的。比如在小说《双雄斗智记》中,罗平自己就曾经说过:"我的为人你向来晓得,我虽是绿林中人,做的是强盗生活,但天良未泯,事事都凭着良心。"他完全是将自己放置在"天良未泯"的"强盗"与"绿林中人"的人物序列之中进行自我认知与定位的,而这基本上可以视为对《水浒传》与《三侠五义》所开创的文学传统与人物形象的一种延续。又如小说里罗平的助手分别叫作"草上飞""冲天炮"与"急先锋"之类的名字,也完全是一派《水浒传》式的人物起姓名绰号的风格。此外,在小说每期连载最后,也经常会出现诸如"下回书中自有分

---

① 张碧梧:《双雄斗智记》,《半月》第一卷第一期至第一卷第二十四期(其中第十期、第十六期未刊登),1921年至1922年。

晓"这种传统章回说书体小说中才会用到的"过场词"。总体上来说,张碧梧是借助了中国传统侠义小说的写法和思路来重新理解并书写了这个"东方亚森罗苹"的故事。而有趣的地方还在于,这部小说中同时又出现了电气枪、汽车、密室机关等现代化的设备和科技想象,和传统的小说人物与故事风格之间形成了某种新与旧、现代与传统的张力。

  吴克洲的"东方亚森罗苹新探案"基本上可以视为对张碧梧《双雄斗智记》的一系列续作。其中在该系列的第一篇《卍型碧玉》中,吴克洲一开始就说明了自己所作故事的"承前性":"鼎鼎大名的剧盗'东方亚森罗苹'罗平自从为了枪杀张才森案(事详本志第一卷张碧梧君著之《双雄斗智记》中),被'东方福尔摩斯'霍桑费尽了千辛万苦,设计活擒。关入狱中后,只隔了一夜工夫,在第二天的早上就发现他逃狱了。"①而吴克洲的这个小说系列,就是围绕逃狱后罗平犯下的一系列新案而展开的。比如其在《卍型碧玉》中戏弄官方侦探甄范同(谐音"真饭桶")②,在《樊笼》中捉弄了前盗匪党魁郭廷振和他的同伙们③,在《东方雁》中又惩治了无良古董商人周海文④。当然,吴克洲的这个小说系列不仅仅是在情节方面延续了张碧梧的故事,更在于其对主人公罗平的侠客形象理解上,基本承接了张碧梧之前的人物性格塑造与设定。比如罗平明确对手下声明"劫掠良民的东西"是"破坏党规",而破坏党规之人是要被严惩的,这分明是对《水浒传》中梁山好汉们"不劫良民"理念与口号的翻版。吴克洲甚至还给这位"东方亚森罗苹"起了一个极具东方侠义想象的名字——东

---

①② 吴克洲:《卍型碧玉》,《半月》第四卷第八期,1925年。
③ 吴克洲:《樊笼》,《半月》第四卷第十九期,1925年。
④ 吴克洲:《东方雁》,《半月》第四卷第二十四期,1925年。

方雁,即"罗平和东方雁乃是一而二,二而一的"①,并同时指出,东方雁/罗平曾明确表示自己对于亚森·罗苹的敬意和模仿主要是在其行侠仗义和锄强扶弱方面:"法国有个著名的'剧盗',名唤亚森罗苹,他专喜行侠仗义、锄奸扶弱,真是个大英雄、大豪杰。我想起我的行动和他倒有些相像,所以就自己题了个和他同音的名字,从此竭力的摹(模)仿他了。"②这表明作者吴克洲是把勒伯朗笔下的亚森·罗苹作为一名侠客意义上的"大英雄"和"大豪杰"来认识、理解和模仿的。

相对于张碧梧和吴克洲将"东方亚森罗苹"这一人物形象进行了中国侠义化改写,何朴斋所塑造的同样有着"东方亚森罗苹"之称的鲁宾可能更符合勒伯朗小说原作中的人物性格与处事风格。在何朴斋笔下,鲁宾或者胆大包天地冒充着侦探鲍尔文(《盗宝》)③,或者无所顾忌地进行着"黑吃黑"(《人头党》)④,甚至通过随地小便的方式来嘲弄警察(《鲁宾入狱》)⑤。如果说何朴斋笔下的鲁宾在惩恶扬善的价值追求和精神底色方面和张碧梧、吴克洲的罗平之间差异并不很大⑥,那么他们之间更大的区别可能在于鲁宾身上的正义/侠义体现为一种自由洒脱的行为方式以及对权威的嘲弄与不屑一顾的处世态度。而这种行为

---

①② 吴克洲:《活绣》,《紫罗兰》第一卷第八期,1927年(标"东方雁案")。
③ 何朴斋、俞慕古:《盗宝》,《快活》第十一期,1922年(标"东方亚森罗苹奇案")。
④ 何朴斋:《人头党》,《侦探世界》第十九期,1924年。
⑤ 何朴斋:《鲁宾入狱》,《侦探世界》第九期,1923年。
⑥ 比如鲁宾也认为"你还没晓得那失去皮夹的姓黄,是做律师的,人家替他题个绰号,叫作黄蜂儿。他的流毒社会就可想而知了。这种造孽钱不妨拿他。至于那个买花生的,良心原也不坏,不过被恶社会的环境所迫,所以出这下策,很该助他一臂呢。"(何朴斋:《赌窟》,《侦探世界》第一期,1923年。)而这种看法和罗平几乎如出一辙,且"黄蜂儿"的绰号也很容易让人联想起《水浒传》中的黄文炳。

方式与处世态度落实到小说之中即凸显为鲁宾这个人物身上所带有的某种精神气质和美学风格，即如鲁宾自己所说："我的一生常在惊涛骇浪之中，可是我的精神上却仍觉得非常愉快，因为人生不过数十寒暑，谁也没有消遣的法子。劫富济贫就是我唯一的消遣法。"[1]将"劫富济贫"视为某种"消遣的法子"，这和中国传统侠客们将其高举为"替天行道"的伟大宏愿有着显著且又微妙的差别。即鲁宾在正义/侠义面前更多了一分举重若轻、优游自在的态度。也正是因此，他才会将自己一系列惊险的行为和高妙的手段都称为"滑稽剧"，仿佛一切冒险、复仇与惩恶扬善都不过是一场玩闹罢了。而这种人物精神气质与美学风格几乎是完全承袭了勒伯朗原作小说的人物设定与审美趣味，而可以一直追溯至欧洲文学传统中有关于罗宾汉传奇中的人物形象和故事传说。同时这也成为何朴斋小说中的鲁宾与张碧梧、吴克洲笔下的侠客罗平之间明显的差异和不同。

这里另外一个值得关注的细节在于，在上述"东方亚森罗苹"系列小说中，罗平/鲁宾/鲁平本人即代表着侠义或正义。而他们与同样在小说中出现的、在一定程度上也被视为正义化身的名侦探之间的关系，也随着小说对"东方亚森罗苹"人物形象塑造及其精神来源的不同[2]而呈现出不同的特点。比如吴克洲的小说《活绣》中出现过"人称中国福尔摩斯的杨芷芳"，20世纪40年代孙了红的反侦探小说中也经常有霍桑这一人物形象客串登场，但无论罗平与杨芷芳、鲁平与霍桑之间具体是合作还是

---

[1] 何朴斋：《鲁宾入狱》，《侦探世界》第九期，1923年。
[2] 本文认为张碧梧与吴克洲笔下的"东方亚森罗苹"更突出"东方"特点，即其思想精神来源是中国传统侠义文化与侠义小说《水浒传》《三侠五义》；而何朴斋笔下的"东方亚森罗苹"更突出"亚森罗苹"，即其思想精神来源是欧洲文学与文化传统中的罗宾汉形象，后来借着勒伯朗的亚森·罗苹系列小说所发展、衍生出的中国版。

竞争，抑或是彼此对立的关系，小说对于侦探的塑造还普遍比较正面，基本上还承认这些侦探的智慧、办案能力与正义性。但在那些更多偏向于模仿、承袭勒伯朗亚森·罗苹系列小说原作的作品——比如何朴斋的《盗宝》《古画》《鲁宾入狱》，及孙了红20年代所写的《傀儡剧》等一些同类型小说中，作为侦探登场的鲍尔文或者霍桑，则多半被刻画为愚蠢的、无能的、自大的、浪得虚名的形象，最后也大都落得一个被捉弄和出丑的下场。这一差别也能够从侧面说明：张碧梧、吴克洲及40年代孙了红笔下的"东方亚森罗苹"（罗平或鲁平）更多是从正面成为"侠义"或"正义"的化身，因而他们对待同样从事于正义事业的侦探们（杨芷芳或霍桑）时也还基本上能表现出一些友好的态度。但何朴斋和20年代孙了红笔下的"东方亚森罗苹"（鲁宾或鲁平）则更多是以一种游戏化的、嘲弄的、反讽式的姿态来代表正义，因而其面对另一类正义的代表（鲍尔文或霍桑）时也就相应地表现出一种不屑、丑化与捉弄的心理。

之后，在柳村任创作于20世纪30年代的"梁培云探案"系列小说中，侠盗南方雁也被称为"东方亚森罗苹"（《南方雁》）[1]，即"这东方亚森罗苹在我从前的笔记里没有记述过，但他的确是上海社会近来出的一位神出鬼没的侠贼"[2]。而无论是从名字绰号到行为风格，"南方雁"又显然是继承了20年代程小青的"江南燕"以及吴克洲的"东方雁"（同时也被称为"东方亚森罗苹"）等人物形象。但柳村任在小说中除了弘扬侠义、伸张正义之外，另一个重要的价值主张就是爱国。比如在小说《外交密约》结

---

[1] 柳村任：《南方雁》，《珊瑚》第一卷第十期至第一卷第十二期及第二卷第二期至第二卷第六期，1932年至1933年。

[2] 柳村任：《项圈》，《红玫瑰》第七卷第三十期，1932年（标"东方亚森罗苹案"）。

尾,"东方亚森罗苹"就在给包先生的警告信中明确说道:"当此国难方殷之时,尔竟作此卖国之事,实属罪不容恕。"①甚至在《项圈》中,侦探梁培云竟然假冒"东方亚森罗苹"之名去惩治了一位里通外国的奸商(其他的同类型小说一般都是相反地安排"东方亚森罗苹"冒侦探之名行事),最后还得到了真的"东方亚森罗苹"的肯定和赞许。在这里,侦探与"侠盗"之间俨然有着某种合二为一的倾向——被统合在爱国主义与民族大义的思想旗帜之下。概括来说,柳村任在"梁培云探案"系列小说中将主人公个体的行侠仗义与任侠品格又赋予了新的爱国主义的价值维度,从而使小说在展现人物潇洒风姿的同时,在民族危机的特殊时代背景下,更多了一层社会责任担当和历史厚重感。

孙了红在20世纪20年代与 40年代的反侦探小说创作

在众多"东方亚森罗苹"系列小说中,最具影响力和代表性的作家显然首推孙了红。而从孙了红的系列小说创作中,我们或许能够更为清晰地看出这种"东方亚森罗苹"人物形象与其背后所承载的正义观念的转变。一方面,孙了红的这类小说有着明显且自觉的从模仿到原创的转型意识。比如孙了红的早期作品《眼镜会》还是和张碧梧、吴克洲、何朴斋的同类型作品一样标注为"东方亚森罗苹案"②。但到了40年代,其在《万象》杂志上发表的小说就明确被统一在"侠盗鲁平奇案"这个系列标题之下

---

① 柳村任:《外交密约》,《红玫瑰》第七卷第二十四期,1931年。
② 孙了红:《眼镜会》,《半月》第三卷第十八期,1924年(标"东方亚森罗苹案")。

了。从"东方亚森罗苹案"到"侠盗鲁平奇案"这个命名方式的转变实际上标志着孙了红试图增强小说原创性和本土化特点的自觉意识和不懈努力。而这一变化趋势甚至直接落实体现在孙了红创作的小说文本之中,比如在《恐怖而有兴味的一夜》中,小说就虚构了鲁平直接跑到作者孙了红面前的相关情节。鲁平警告孙了红:"还有两件附带的事,你须注意才好。第一,我将来造成了一件案子,你笔述起来标题只许写'鲁平奇案'或是'鲁平轶事',却不许写'东方亚森罗苹案'等字样,因为我不愿用这种拾人唾余的名字。""第二,以前你著鲁平小说,假托一个叫作徐震的口录的,以后请将这虚幻的人名取消,直截痛快用你的真名'孙了红'三字,使人家知道理想已成为事实了。"①这番话大概说明了作者孙了红创作转型计划在三个层次上的展开和落实:第一,从虚构探案故事到倾向在小说中加入更多实录成分的转变;第二,逐渐摆脱"福尔摩斯—华生"叙事结构的决心(去掉虚构的"口录人徐震"这一角色);第三,也是最重要的一点,即从模仿勒伯朗的亚森·罗苹系列小说到创作具有自身风格与本土特色小说的自觉和努力(从"东方亚森罗苹"到"侠盗鲁平")。与此同时,孙了红还极力突出/反复描写其笔下人物鲁平耳朵后有一颗红痣、喜欢打红领带、抽土耳其纸烟和戴鲤鱼形戒指等人物外形上的特点,目的也无非是想借此加深读者的印象,强化自己该系列小说的人物特色和读者记忆点。

孙了红"侠盗鲁平奇案"另一方面的转型在于——和从张碧梧、吴克洲、何朴斋到柳村任的变化轨迹相一致——其后来小说中的鲁平这一人物形象身上除了传统"任侠"的精神品格之外,

---

① 孙了红:《恐怖而有兴味的一夜》,《红玫瑰》第二卷第十一期,1925年(标"一名事实上之鲁平")。

还增加了很多社会责任意识与民族爱国情怀的成分。同样是在小说《恐怖而有兴味的一夜》中,孙了红就借着鲁平之口说出了自己小说创作的动机和目的之一:"因为我感觉到现代的社会实在太卑劣、太龌龊。许多弱者忍受着社会的种种压迫,竟有不能立足之势。我想在这种不平的情形之下,倘然能跳出几个'盗'而'侠'的人物来,时时用出奇的手段去儆戒那些不良的社会组织者,那么社会上或者倒能放些新的色彩也未可知咧。然而我这种倾向事实上哪里能够办到。于是不得不退一步,只得求之于幻想之中咧。"①在这段话中,我们能明显感受到孙了红笔下的侠盗鲁平有着为弱者伸张正义的行动诉求,但其试图通过"儆戒那些不良的社会组织者"来期待使社会"放些新的色彩",也多少有些难以实现的幻想成分。同时也正如学者金介甫所说,因为缺乏对西方司法文化与价值观念的整体性认知,而只是翻译了几个侦探人物,民国时期的侦探小说并没有发展出对现代司法精神的认识高度与对"非正义"现象之所以产生的社会结构性病症的清晰把握,甚至民国侦探小说只是将罪恶归结到几个"坏富人"身上,而缺乏对当权阶层与政府的批判。因此,各种"东方亚森罗苹"的正义伸张行为仍然只能是梁山好汉式的劫富济贫与惩恶扬善,而这恰恰说明了当时中国侦探小说作者对于社会正义理解与想象的局限之所在②。

借用王本朝分析郭沫若"侠义观"时所提到的说法来进一步辨析孙了红小说中的"侠义"与"正义"观念:"仅仅有'义'的规范

---

① 孙了红:《恐怖而有兴味的一夜》,《红玫瑰》第二卷第十一期,1925年(标"一名事实上之鲁平")。

② 参见 Jeffery Kinkley(金介甫), *Chinese Justice, the Fiction: Law and Literature in Modern China*, Stanford: Stanford University Press, 2000, pp.171-180。

还不能使传统侠文化向现代转化,而且还需要一种爱国为民的大义,才能生成现代侠文化。"①即从20世纪20年代到40年代的孙了红,其笔下的"侠盗鲁平"可以说已经从传统的中国侠盗形象转型为一名现代侠客(其身上多了一层对"爱国为民的大义"的承担),但其对"正义"的理解和伸张最终仍然停留在"侠义"的层面,而没有从更为根本的社会经济与政治文化的角度来把握"司法正义"失效与"社会非正义"产生的深层原因。当然,这不能归咎于孙了红本人,而更是被侦探/反侦探小说在当时所能达到的文类边界与表达深度所局限。

倘若换一个角度来理解孙了红的这种前后"转变",即可以借助他在40年代对自己20年代的"曾经少作"所进行的修改过程与结果来窥知其创作心态和意图上的变化。众所周知,孙了红和另一位民国时期侦探小说的代表性作家程小青一样,在40年代时都对自己曾经发表过的作品进行了诸多修改。比如孙了红在1943年发表的小说《木偶的戏剧》是对其在1923年发表的《傀儡剧》的修改,而其于1944年发表的《囤鱼肝油者》则是对其在1925年发表的《燕尾须》的修改。以后一组作品修改为例,在发表于20年代的小说《燕尾须》中,鲁平施展手段的动机只是出于一种对杨小枫的个体憎恶和私人报复,其正义性仅停留在"仇富"的层面。但到了40年代修改后的《囤鱼肝油者》中,鲁平捉弄余慰堂的原因中则又多了一层惩治囤货居奇者的社会与时代背景。按照小说里的说法,余慰堂"囤过米,囤过煤,囤过纱"且"无所不囤"②。

---

① 王本朝:《论郭沫若历史剧与侠文化的现代改造》,见陈夫龙编:《激情与反判:中国新文学作家与侠文化研究资料辑》,济南:山东人民出版社,2017年,第182页。

② 孙了红:《囤鱼肝油者》,《春秋》第一卷第五期至第一卷第六期,1943年12月至1944年3月。

而对"囤货居奇者"的批判正是当时全民抗战背景下的普遍的社会舆论风潮,以及民族主义立场与爱国主义情怀的内在要求。在这一修改过程中,小说的历史时代感与现实批判意义都得到了相当程度的增强,但我们也不得不承认,小说里的伸张正义,仍然只是就事论事,是针对具体"非正义"行为的批判与惩处,而缺乏更为本质、深刻和具有普遍意义的"正义认知"。

综上所述,正义是侦探小说这一小说类型"与生俱来"的一项核心价值理念,而侦探小说中的正义伦理与我们日常的司法正义之间存在某种复杂的补偿性关联。在清末民初侦探小说译介进入中国时,中国的译者和读者因为特殊的时代环境,显然是在某种程度上将侦探小说视为司法正义的代言人,进而出现了"想象性误读"。随后译介进入中国的亚森·罗苹系列小说及中国侦探小说作家的各种"模仿"与创作则为我们提供了一个观察当时中国侦探小说正义伦理的绝佳入口。民国侦探小说作者们一方面创造了各自的"东方亚森罗苹"系列作品,另一方面也产生了在不同历史时期与不同作家作品中彼此不同面目的"东方亚森罗苹"人物形象。20世纪20年代,在张碧梧、吴克洲等人的作品中,罗平被塑造为一名中国侠客形象;而在同一时期的何朴斋笔下,鲁宾则更多承袭了勒伯朗原作中亚森·罗苹的人物性格和其小说中所具有的美学风格;到了三四十年代,在柳村任与孙了红那里,作为"东方亚森罗苹"的南方雁与鲁平身上又多了一层时代使命与爱国情愫。这种不同时代间价值取向与精神侧重的不同,从孙了红自身创作的前后转变过程中也可见一斑。

在对西方侦探小说——尤其是对亚森·罗苹系列小说——的译介、模仿和创作过程中,我们不难看出,最初伴随侦探小说一并"舶来"的现代司法正义理念,在中国本土的"落脚"与"扎根"出现了相当程度地偏移。这一方面固然和民国时期中国社会司法体系不完善,可以通过诉诸司法来寻求正义的社会机制远没有建立起来密切相关。同时需要注意的是,本文所讨论的中国版"亚森·罗苹系列小说"大都产生于上海这座都市中,而上海作为当时中国现代化程度最高的城市代表,其受西方现代司法理念的影响远非其他内陆城市可比,遑论更为广大的乡镇和农村地区。而现实司法环境的匮乏不仅是侦探小说中"司法正义"观念在中国"后天不足"、难以为继的重要原因,同时也是侦探小说本身在中国"水土不服"的关键性因素之一。

另一方面,很多民国时期的中国文人是凭借着自身对于武侠小说中"侠义"的先天认识来理解和接受侦探小说中的"正义"概念的。借用费青的话来说,即小说作者和读者都更倾向于通过"法律之外"的正义来完成对"法律之内"正义的替代性想象。这既和中国悠久的侠义文化与文学传统有关,也和当时社会环境下诉诸"法律之内"正义屡屡失效有关。而这种认识的表现形式之一就是20年代中国侦探小说作者们模仿、借鉴勒伯朗的亚森·罗苹系列小说所创作的一系列"东方亚森罗苹"作品中的主人公们,往往摆脱不了中国传统小说中侠客的影子。反过来说,对于西方侦探小说的译介和学习也在一定程度上改变了中国作者们的认知和写作,何朴斋及其所创造的鲁宾即一个非常典型的"西化"之下的产物。而到了三四十年代,随着民族国家危机的步步逼近,在"侠义"与"正义"的辩证之中又多了一层"民族大义"的正义理念与时代声音,这既使得中国的"东方亚森罗苹"系列小说的创作面貌与其正义内涵更为复杂,也使得这些作品更加厚重且具有批判力量。

亭子间、咯血症与"侠盗"想象
——以20世纪40年代孙了红的居室及"侠盗鲁平奇案"系列小说为中心

从"亭子间作家"到"租住在亭子间的作家"

一提到民国时期上海的"亭子间作家",人们往往会联想到以丁玲、萧军、周立波等为代表的有着明显左翼倾向的青年作家群体,甚至将这一概念的源头上溯至瞿秋白在《〈鲁迅杂感选集〉序言》中所提出的"薄海民"(Bohemian),即"小资产阶级的流浪人的知识青年"。后来经过毛泽东1938年4月10日《在鲁迅艺术学院的讲话》和1942年5月《在延安文艺座谈会上的讲话》对其进行阶级与文学上的定位之后,"亭子间作家"更被赋予了鲜明的思想政治内涵[①]。

[①] 毛泽东于1938年4月10日《在鲁迅艺术学院的讲话》中对"亭子间的人"(来自上海等地的文化人)和"山顶上的人"(来自革命根据地的文化人)进行了区分,并指出"亭子间的人弄出来的东西有时不大好吃,山顶上的人弄出来的东西有时不大好看。有些亭子间的人以为'老子是天下第一,至少是天下第二';山顶上的人也有摆老粗架子的,动不动'老子二万五千里'"(毛泽东著,中共中央文献研究室编:《统一战线同时是艺术的指导方向》,见《毛泽东文艺论集》,中央文献出版社,2002年,第13页。),对二者采取各打五十大板的态度。

此外,毛泽东在1942年5月《在延安文艺座谈会上的讲话》中说:"同志们很多是从上海亭子间来的;从亭子间到革命根据地,不但是经历了两种地区,而且是经历了两个历史时代。一个是大地主大资产阶级统治的半封建半殖民地的社会,一个是无产阶级领导的革命的新民主主义的社会。到了革命根据地,就是到了中国历史几千年来空前未有的人民大众当权的时代。我们周围的人物,我们宣传的对象,完全不同了。过去的时代,已经一去不复返了。因此,我(转下页)

从后见者的角度来反观"亭子间作家"群体,我们不难发现,当我们把对于"亭子间作家"的关注重点聚焦在思想政治倾向上时,二三十年代的大批"亭子间作家"后来纷纷投奔延安、追寻革命,似乎是一个顺理成章的必然选择,甚至于"亭子间作家"最终被窄化成了"从上海投奔延安的亭子间作家"。但如果我们将"亭子间作家"这一颇有些政治身份划分意味的概念拓宽到日常居住空间与生活方式层面上的"在亭子间租住的作家"来考察这一作家群体时,这一概念所包含的意涵范畴将更加宽广——凡是当时在上海谋生、经济拮据、租住在亭子间、靠写作收入糊口或补贴生计的底层知识青年,都可以被纳入"亭子间作家"的考察范围中去,其中既有激进的、左翼的、后来奔赴延安的青年作家群体,也有立足于市民阶层的、最终选择留在上海的"通俗作家"群体。

范伯群先生曾对"亭子间作家"与"封建小市民作家"的文学创作态度、受众与结果进行区分,将二者间的差异概括为"为人生"和"为生活"的不同①,可谓一针见血。但另一方面我们也需看到,"亭子间作家"与"封建小市民作家"并非截然对立,共同居住在亭子间的生活空间与边缘化的经济地位,使得这批"在亭子间租住的作家"即使在政治立场与思想倾向上有所不同,但他们仍然共享了某些经验上与生活态度上的相通之处。

据姚克明的《上海滩的"亭子间"作家》一文中介绍:"亭子间,可以说是石库门房子里最差的房间。它位于灶披间之上、晒

(接上页)们必须和新的群众相结合,不能有任何迟疑。"在这里,"亭子间作家"被等同于"从上海投奔延安的亭子间作家",并深刻影响了后来文学史对"亭子间作家"这一群体的叙述和界定。

① 范伯群:《从"亭子间作家"与"封建小市民"的关系谈起——读〈霓虹灯外——20世纪初日常生活中的上海〉有感》,《江苏大学学报(社会科学版)》2009年第1期。

台之下的空间,高度两米左右,面积六七平方米,朝向北面,大多用作堆放杂物或者居住佣人。"①辅之以当时曾居住过亭子间的作家(郭沫若、周立波、殷夫、丁玲等)的大量回忆性文章,我们不难发现,"在亭子间租住的作家"的日常生活大多具有以下特点:居住条件较差(空间狭小、层高很低、方向朝北)、经济收入拮据、社会生活边缘、与佣人甚至底层妓女拥有相似的生存环境(居住、饮食),等等。同时,"在亭子间租住的作家"往往怀有对自身生活现实处境的焦虑,对社会压迫与贫富差距的不满以及对底层人民的理解与同情。梁伟峰认为:"亭子间代表了一般左翼青年文化人所处的相类似的恶劣居住和生存环境,它既是一个实体空间,又是一个文化隐喻。所谓亭子间文化,可以说是30年代从上海的这类恶劣物质生存环境中创造出来的一种带有边缘性和激进性的青年文化。"②用"带有边缘性和激进性的青年文化"这一"都市亚文化"概念来界定"亭子间文化"显然比笼统地将"亭子间文化"等同于上海左翼文化,甚至于将其简单等同于投奔延安这一后来行为事实更富有弹性,并且可以释放出更多的阐释空间与可能。而将亭子间从一个"实体空间"上升到一种"文化隐喻",也显然更能帮助我们贴近并理解当时居住者(同时也正是文学创作者)的主体感受和内心状态,正如舒尔兹所认为的那样,在这个意义上,建筑空间即生存空间③。

由此,回过头来考察上海"亭子间作家"的人生道路选择时,

---

① 姚克明:《上海滩的"亭子间"作家》,《学习博览》2013年第9期。
② 梁伟峰:《被"浪子"反抗的"浪子之王"——论鲁迅与亭子间文化》,《上海师范大学学报(哲学社会科学版)》2007年第1期。
③ 参见[挪威]诺伯格·舒尔兹(Norberg-Schulz, C.)著,尹培桐译:《存在·空间·建筑》,北京:中国建筑工业出版社,1990年。

除了奔赴延安的一批作家之外，我们不应忽略直到20世纪40年代仍蛰居在"上海亭子间"的作家们，他们或许不像"奔赴延安"的作家那样拥有明确而崇高的革命理想，他们仍努力通过在报纸杂志上写文章满足广大市民的阅读趣味来聊以谋生。但多年来都市底层生存环境也使得他们养成了一种反抗权贵压迫、同情底层弱者的情感价值取向。尤其是当上海成为"孤岛"甚至"沦陷区"之后，当战火席卷了生活的每一个角落，物价的飞涨使得他们的物质生活条件进一步恶化，敌伪政权对报纸杂志实行严厉的政治审查直接压抑了他们的文学表达空间……对侵略者的仇视、对现实压迫的不满、对自身处境的焦虑、对贫弱者的同情都以某种委婉曲折的姿态混入他们赖以谋生的报刊文字之中，最终形成市民趣味、反抗时代与个人抒怀的混合体。孙了红笔下的"侠盗鲁平奇案"系列小说，就是在这样一种现实空间和时代背景下产生的。

"亭子间"：从20世纪40年代孙了红的居室谈起

1942年，《万象》杂志第二卷第五期刊登了一篇题为《黄蜂窠下：记"侠盗鲁平奇案"作者孙了红之居》的采访性文章，作者是孙了红的好友杨真如，他与孙了红相交多年，并且多次进入孙了红居室做客。这篇文章就是作者综合了很多关于孙了红居室情况与日常起居的细节写成的。其中描述孙了红居室的一段文字尤为值得注意：

> 他那间兼充卧室、病室、休息室，偶然间还权充一下膳室、客室、会议室的万能宝屋，式样很像一个亭子间。不过

它的位置却并不在晒台之下,也不在晒台之上,而是相反的在五开间两厢的一个西厢的中部的上面。因为巍然独峙,高出侪辈的缘故,所以又很像一个台。从建筑方面论,可以说是一所具体而微的矮楼。①

从杨真如的这段话中我们可以看出孙了红当时居住条件较为艰苦,所谓卧室、客厅、书房、休息室其实总共就是一间房,其住所"式样很像一个亭子间",只是在具体的空间结构上又和一般意义上的亭子间有所不同,"这是一所兼楼阁高台之胜的特殊屋子罢了"。但亭子间所拥有的面积狭小、独自一间(集卧室、客厅、书房等功能于一体)的特点,孙了红的房间也都具备,我们或许可以将孙了红的居所称为"类亭子间",又或者将其直接视为一种结构特殊的"亭子间"似乎也无不可。甚至孙了红自己也说过:"我所住居的地方,是一个三层小阁,这小阁约有一个普通亭子楼的地位,虽不宽敞,但是供给一个人的居住,却也并不局促。"②

居住在这样狭小逼仄空间中的孙了红,屋内家具陈设也是屈指可数,只有一床、一桌、一椅和一些书籍稿纸而已,在杨真如眼中,这简直可称得上是一间近乎"家徒四壁"的寒酸陋室:

> 书室,这一个名称是最适当也没有的了!室中无长物,除了一榻一案木椅数事之外,所有的无非是书。此外还有厚厚的一叠,书的候补者——稿纸。好在这些稿纸,

---

① 杨真如:《黄蜂窠下:记"侠盗鲁平奇案"作者孙了红之居》,《万象》第二卷第五期,1942年。
② 孙了红口述,柴本达笔录:《蜂屋笔记之一:小楼上的黄蜂》,《大众》(上海1942)第十九期,1944年。

将来终究要成为书的,因此不妨预先把它归纳在书的项目之内。

在向南的墙壁上,装着四扇玻窗,约莫有三尺直径。他的床铺便设在南窗之下。在床铺的前面,安置着一张方桌,那便是他唯一写作之所。方桌,本是四面都可设置坐椅的。可是他在习惯上,每每朝东坐着,几乎成为一个不可变易的位置。这里本是南西两窗的交点,可以说是室中空气最流通的所在。而且这样的坐着,假使从小楼梯上走个人上来,可以不消旋转头去看,那便是因为房门设置在北壁靠东的一个角度里。①

孙了红在文章中曾经提到过自己对于住宅的理想:

我的屋子主要的是两间,每间都有八块豆腐干大的面积。……一间是工作兼憩坐的地方,朋友们来时就在这里招待他们。这里的布置,不妨随便点,男子的屋子不妨带点凌乱,凌乱也有凌乱的美。靠壁我要安设两口大书橱;橱里塞满着我所爱读的书……

书橱之外,我要在这里布置一张书桌,桌前放一只转椅,让我可以坐在这里翻翻看看,涂涂抹抹。再布置一具双人沙发,旁边放着置烟茶的小几,这是为我少数的几个朋友设备的。东西不在乎考究,只要我的朋友坐着适意,我自己也感到适意,那就很好。

……

---

① 杨真如:《黄蜂窠下:记"侠盗鲁平奇案"作者孙了红之居》,《万象》第二卷第五期,1942年。

> 在另外一间屋子里我预备布置下我的卧室,我不想布置得华丽而只想布置得相当整洁。器具力求简单。①

"一间卧室"和"一间工作会客的地方",并且"每间都有八块豆腐干大的面积",可以说孙了红对于住宅的设想并不算过分奢侈,并且他也一再在文中说自己并"不想布置得华丽而只想布置得相当整洁",但就是这样一点关于居住条件的微小愿望,对于作家孙了红而言,"这不过是——幻想!"②实际上孙了红并没有两间房,他只有一间亭子间小屋可供居住,然后在这间小屋里分别辟出睡觉和写作的狭小空间;他也没有大的书橱来塞满他所喜欢的书,他只是把书堆在自己的桌子上:

> 我在四扇面南的小玻璃窗下,安设了一个铺位,睡在床上,仰脸可以看到一排椽子,和这屋子前部的一只梁。我的床沿,和上面这只梁,成平行线,这在无形之中,好像替我划下了一条界线;梁以内,算是我的卧室,而梁以外,却当作了我的憩坐和写读的地方。
> 有一只相当大的板木方桌,安放在我的床铺边上——这是我的憩坐处中的一件主要陈设。在这个板木桌子上,我也把它划分为两部分:留着一部分空处,可以做点工作,其余一部分,摊放着我所喜爱的几堆书,和一些空白的稿笺。③

---

①② 孙了红:《这不过是幻想:蜂屋随笔之一》,《幸福世界》第一卷第五期,1946年。

③ 孙了红口述,柴本达笔录:《蜂屋笔记之一:小楼上的黄蜂》,《大众》(上海1942)第十九期,1944年。

除了居住在狭小逼仄的"亭子间"之外，孙了红的日常生活消费也是颇为紧张，甚至可以说是捉襟见肘。按照《万象》主编同时也是孙了红好友陈蝶衣的描述，孙了红是一个花起钱来较为大手大脚，"金钱到手辄尽"的人，并且陈蝶衣还将孙了红的这种性格与他笔下主人公鲁平的形象联系在了一起：

　　　　了红先生实在是一个了不起的天才作家——也是中国唯一的反侦探小说作家；他的个性和英国的侦探小说家依茹华雷斯 Eager Wallace（《万象十日谈》所载《黑衣人》长篇，即其作品）有些相像：不修边幅，金钱到手辄尽，爱过漂泊的生活；他结过婚，但是没有妻子，却又有一个名义上的儿子；了红先生就是这样奇特的人；也就由于他的奇特，在他的笔下便产生了一个神秘莫测的小说人物——侠盗鲁平。①

　　确如陈蝶衣所说，孙了红笔下的鲁平虽然计谋过人，经常能通过绑架、冒充、诈骗、撬保险箱等手段从囤积居奇者或者富家大户那里大捞一笔"横财"。比如在小说《鬼手》中，鲁平假扮霍桑，一下子就拿走了十二颗大钻石②。但鲁平又确实少有余财，经常是左进右出，口袋空空，更不用说置有产业。小说《三十三号屋》开始，作者就交代了"那位神秘朋友鲁平，生平和字典上的'家'字，从不曾发生过密切的关系"③，甚至于连他时时都不离手

---

① 陈蝶衣：《编辑室》，《万象》第一卷第十二期，1942年。
② 孙了红：《鬼手》，《万象》第一卷第一期，1941年7月。
③ 孙了红：《三十三号屋》，《万象》第二卷第二期至第二卷第四期，1942年8月至1942年10月。

的烟也只是低等而廉价的土耳其纸烟①,鲁平自己便亲口说过:"你知道,我是专吸这种下等人所吸的土耳其纸烟的。"②

而作家孙了红在现实生活中也确实爱好香烟和茶叶。尤其是对于纸烟,他有着相当大的迷恋,他甚至把"较上品的纸烟"视为自己愿意留在这世界上的理由之一:

> 照眼前而论,我在这个世界上可以说是没有什么真正的嗜好。只有几只较上品的纸烟,还可以引起我的迷恋;我常常觉得,假使一天能有五十支听装的大三砲(这不能算是顶高贵的纸烟)让我抽抽,那使我感到在这个世界上多留一天也还不坏。③

而在孙了红的另一篇文章《我与香烟》中,我们也能看到孙了红每日实际吸烟量的确惊人:

> 笔者烟(此烟不是那烟)瘾极大,但究竟每天要抽多少,则从不曾下功夫统计过,不过,想想怕有五六十只吧?④

只是迫于经济压力,他就连香烟和茶叶两项小爱好也常常不能够尽兴满足,作家孙了红只能像他笔下人物鲁平一样,通过

---

① 在孙了红笔下的侠盗鲁平系列小说中,大多数篇目内容中都有鲁平吸烟的场景,甚于那土耳其纸烟,已经可以和耳朵上的红痣、胸前耀眼的红领带、左手上鲤鱼形的奇特的大指环并称为鲁平出场的四大标志性特征。

② 孙了红:《蓝色响尾蛇》,《大侦探》第八期至第十五期,1947年1月至1947年10月。

③ 孙了红:《这不过是幻想:蜂屋随笔之一》,《幸福世界》第一卷第五期,1946年。

④ 孙了红:《我与香烟》,《工商通讯》第二期,1946年。

降低烟、茶的品质来满足自己的小小兴味：

>烟的名称和品质,是随时间的不同而有所变迁的。大抵在平常休息的时候,用的是普通品；在写稿而微感疲劳的时候,品质便要提高些；如其感到过分的疲劳,或者在一天工作结算的时候,那便要尤其高贵些。茶,据说以前也是很考究的。现在物价实在太昂贵了,不得不将就些。不过在普通之中仍不能不认为是属于比较上等的一路。[①]

在平常休息时,孙了红只凑合吸一般的烟,只有到过分疲劳时才肯吸点品质好的。至于茶叶,既因为物价昂贵而不得不将就；但将就的结果仍然是"属于比较上等的一路",一个出手阔绰豪爽,懂得享受生活,但又被现实经济条件所逼迫限制的孙了红形象就此跃然纸上。因此我们也不难想见,原本出手阔绰却被生活所迫,不得已而降低烟茶品质的孙了红在设计鲁平这个小说主人公抽"下等人所吸的土耳其纸烟"时的某种内心投射了。

居住条件只是蜗居在一间类似"亭子间"而又近乎家徒四壁的房屋内,对于自己生活的烟茶等小爱好又常常难以得到满足。自身生存的窘境与物质生活条件的贫乏,让即使对于物质生活没有过高奢望的孙了红也有颇多感慨和抱怨,他就曾对好友杨真如说：

>我并没有大的欲望,根本不想有更多的钱。假使有人把像国际饭店那样大的一个建筑物送给我,我也断不会因

---

① 杨真如：《黄蜂窠下：记"侠盗鲁平奇案"作者孙了红之居》,《万象》第二卷第五期,1942年。

之而感到兴奋。甚至反而使我感到堕入了一个难于应付的窘境。诚然,我需要一些小小的享受。然而它的范围,小得为任何人的能力所可能做到的那种限度。我希望有些比较上等的卷烟和茶叶,应时的果品和糖点,两间适意的屋子,一件较小的做卧室,一件较大的做书室和客室。在我空闲的时候,有我所希望他来的朋友,跑来坐着谈着。我认为人生最快意的一件事,莫如一个"谈"字。那是说几个谈得来的人在一处坦白地闲谈,而并不是"请!请!请!"那一套谈天的把戏。而我的义务,最低限度,便应当预备着有如上面所说的那几种消闲物质。然而这一点小小的愿望,竟使我无从达到。①

对此,好友陈蝶衣也颇替孙了红鸣不平。陈蝶衣在《万象》杂志的《编辑室》栏目中拿孙了红和西方侦探小说名家依茄华雷斯作比,并为孙了红有着如此的创作才华,却依旧生活条件简陋感到慨叹和不满:

> 了红先生不但思想敏捷,而且在他的作品中,充满着一种冷峭的讽刺的力;这样的一位天才作家,却不幸生长在中国,于是像依茄华雷斯成名后那样的有三座住宅,以及一百多个佣人侍候着他的豪华生活,永远成为梦想,这是大可慨叹的事。②

除了屋舍狭窄、家具简单(甚至可以说家徒四壁)之外,孙了

---

① 杨真如:《黄蜂窠下:记"侠盗鲁平奇案"作者孙了红之居》,《万象》第二卷第五期,1942年。
② 陈蝶衣:《编辑室》,《万象》第一卷第十二期,1942年。

红的居室所处位置、窗外所见景象,甚至于屋檐下的小小黄蜂巢也是我们了解孙了红其人其作的门径与线索。

比如孙了红就曾谈到自己居住的房屋在整幢楼中所处位置偏僻,他甚至于以屋自喻,说自己之所以喜欢这"亭子间",在某种程度上正是因为房屋位置的偏僻与自己追求自由且偏僻怪异的性格脾气有关:

> 这是全部房屋中一个最偏僻的所在,正像我这人是人类中一个偏僻的人一样。虽然我觉得自己的性格,是何等的中庸直率,一些没有怪癖,奇特,像一般人所想像于我的错误那样。可是我的生活,却无可隐讳,自始便是偏僻的。
>
> ……
>
> 而这间屋子,确乎对于我有很多的便利。因为偏僻的缘故,等闲的人,都不会到这里来。更没有人会打扰我。我可以在这里,自由自在地,做着不必给人看见的小动作。其实这些动作,本是无所谓的。①

孙了红将自身生活的困窘与边缘化和这间房屋位置的偏僻联系了起来,进而对自己居住的房屋产生了某种"畸形的"、同病相怜的感情:

> 我所依托的社会,狠心地把我抛出了它的水平线。像这间屋子一样,使我成为一个被人类所拥挤出来的孤独者。我因为自感身世,所以对于这间畸形的屋子,发生了一种特

---

① 杨真如:《黄蜂窠下:记"侠盗鲁平奇案"作者孙了红之居》,《万象》第二卷第五期,1942年。

殊的同情,于是我便住下了。我有这样的一个特性,对于用惯了的一件东西,懒得去变动它。①

此外,孙了红从房间窗口望出去所看到的景象也颇值得我们关注,因为那极有可能就是孙了红创作间隙,抬头思考凝望时的所见,并以某种委曲的形式融入了他的小说文本之中。杨真如在另一篇记叙孙了红生活的文章《凡士探案的探索》中曾提到:

> 了红兄是一个不干法禁的恐怖主义者:他的寓楼的小窗,正对着宝隆医院的太平间。在他深夜写作的时候,也许有些憧憧之影,啾啾之声,为那无情笔墨勾摄而至,不期然而然的混入在文字里面,遂使读者感觉到有些阴森森的鬼气。②

在这里,杨真如已经敏锐地察觉孙了红小说里阴森恐怖的氛围与其现实生活中窗外所见太平间场景之间的某种隐秘联系,而对悬疑氛围的设置和恐怖效果的营造,也正是孙了红小说中引人入胜的地方之一:无论是《鬼手》中半夜伸向睡熟人脖颈的那只冰冷的"鬼手",还是《血纸人》中剖腹挖心的惨案、怨气冲天的哀号以及随着一阵焦枯味而出现的浸满了鲜血的"血纸人",抑或是《三十三号屋》在房间里只留下一声惨叫便神秘失踪的男子及女子……从情节悬念迭生、阅读紧张感营造和阅读欲望刺激等方面来看,这些情节或描写都堪称典范,让人读起来兴味十足。而在另一方面,我们也可以想象孙了红在生活中常常会有意无意透过屋内的窗户看对面医院的太平间时的场景,而

---

① 杨真如:《黄蜂窠下:记"侠盗鲁平奇案"作者孙了红之居》,《万象》第二卷第五期,1942年。
② 杨真如:《凡士探案的探索》,《万象》第二卷第六期,1942年。

这一站在自家房内"看"对面房屋的动作,也恰好构成了其小说《三十三号屋》中悬疑设置与情节推进的关键性结构,我们甚至可以说,小说《三十三号屋》从鲁平堕入云雾到其破解真相并加以利用,都是通过"看"对面屋舍这一动作来加以完成的:

下一天,鲁平绝早就踏上那座小型阳台。他见对面的三层阳台上,昨天的那座较大的鱼箱已经收去,而又换上了较小的一座。①

可是,当时鲁平呆望着对方的阳台,想来想去,竟想不出这问题的枢纽究竟在什么地方。②

至此,我们可以大致勾勒出孙了红的居所条件及日常生活情况:住在一间位置偏僻且类似"亭子间"的小房子里,家里除了必要的桌椅床外少有家具,生活条件窘困,从家中窗户向外望去,恰好可以看见一间医院的太平间。这样一种贫困寒陋的生活状况一般时候或许多少还可以维持,但"屋漏偏逢连夜雨",当咯血症这样的恶疾与不幸降临在孙了红身上,那么如何生存下去本身即成为作者不得不面对和解决的现实困境。

咯血症:畅销背后的生存焦虑

令我们感到惊奇的是,身居"陋室",经济紧张,连烟茶这等小爱好也不能尽兴享用的孙了红并非一个在文坛默默无闻、作品备

---

①② 孙了红:《三十三号屋》,《万象》第二卷第二期至第二卷第四期,1942年8月至1942年10月。

受读者冷遇的作者。相反,他发表在《万象》上的"侠盗鲁平奇案"系列小说可谓红极一时,甚至我们从《万象》主编陈蝶衣在亲自撰写的《编辑室》栏目中先后14次提及孙了红并反复向读者解释孙了红的小说为什么不能及时"更新"这一事实来看,孙了红的小说绝对称得上是《万象》上最受读者欢迎和"期待"的系列作品之一。

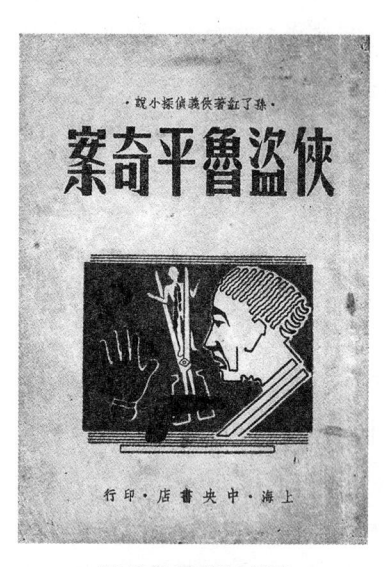

《侠盗鲁平奇案》封面
(上海万象书屋出版,中央书店印行,
1943年10月)

20世纪40年代,《万象》杂志在上海可谓是有着举足轻重的地位。在民国文学期刊的发展历程中,《万象》杂志以其综合性和趣味性而著名。在这本杂志上,读者既可以读到张恨水的长篇小说连载和张爱玲的市民传奇,也能看到阿英、叶绍钧、端木蕻良等左翼作家的文章。喜欢历史的读者可以去看那些颇为严谨的考证和掌故,比较新潮的读者也有最新电影《乱世佳人》的话剧改编剧本满足阅读需要……如果说综合性(兼收各类作家、作品)是考虑到当时上海相对孤立、外地作家投稿困难、稿件来源紧缺的现实性因素,那么趣味性(注重文章的有趣、可读)则更是为了满足更多市民阶层读者的阅读趣味与精神文化需求。

而采取兼顾综合性和趣味性办刊方针的《万象》销量也是颇为可观。其老板平襟亚曾在《万象》第三卷第一期《二年来的回顾:出版者的话》(署名"秋翁")一文中提到每期杂志销量大概在两万册左右。根据王军《上海沦陷时期〈万象〉杂志研究》一书,上海"孤岛"时期,陈蝶衣主编的《万象》一度发行量可以达到两三万册,远远超出了当时四千册的平均水平。《万象》杂志在抗战时期的"孤岛"上海能有如此销量实属难得,其在读者之中的影响力更不容小觑。

在《万象》杂志的众多作者当中,侦探小说作家孙了红的地位可以说是十分重要:一方面,据笔者统计,孙了红在《万象》发表"侠盗鲁平奇案"系列作品,从第一卷第一期开始,一直到第二卷第十二期为止,在一共24期杂志中的14期上面先后连载小说五篇,依次为:《鬼手》(第一卷第一期)、《窃齿记》(第一卷第三期)、《血纸人》(第一卷第十一期至第一卷第十二期、及第二卷第一期)、《三十三号屋》(第二卷第二期至第二卷第四期)、《一〇二》(第二卷第五期至第二卷第十二期,其中第八、十两期未登),其中断档的几期都是孙了红病重而暂时不能执笔所致。此外,《万象》主编陈蝶衣也在这一期间的《编辑室》栏目中先后14次提及孙了红(分别为第一卷的第八、十、十一、十二期和第二卷的第一、二、四、五、六、七、八、九、十、十二期)。"孙了红"堪称《万象》创刊后两年中出现频次最高的名字。此外,这一时期的《万象》杂志上还刊登了孙了红翻译爱特茄·华来斯的侦探小说《李德尔探案:诗人警察》,杨真如两篇采访孙了红的文字《黄蜂窠下:记"侠盗鲁平奇案"作者孙了红之居》和《凡士探案的探索》,以及孙了红自己病后所写的感想《病后随笔:生活在同情中》。甚至于《万象》杂志还为身患咯血症而无力支付医药费的孙了红举行了一次颇有声势的读者募捐活动。无论从哪个意义上来说,从《万象》杂志1941年7月创刊起,一直到1943年6月,在这两年间,孙了红绝对称得上《万象》最为"抢镜"的"头牌"作者。

而我们回过头来看孙了红的"侠盗鲁平奇案"系列作品时,会发现这一系列小说也颇能体现《万象》杂志注重娱乐性、趣味性的办刊理念。除了我们在前文中提到的孙了红注意在小说中设置悬疑和营造恐怖之外，鲁平形象本身也颇有趣味可言：他自称"侠盗"，有着绝对醒目和与众不同的"商标"——永远打着鲜红的领带，左耳郭上有一颗鲜红如血的红痣，左手戴着一枚奇特的鲤鱼形大指环，酷爱抽土耳其香烟。但鲁平同时又让人难以捉摸——他行踪不定，有着至少一百个名号，又有着高超无比的乔装易容手段，在江湖上被称为神秘莫测的"第十大行星"。鲁平既有着鲜明的形象定位，又在每一个故事中以不同的形象、姓名和方式登场，这个人物因此在读者心中有着足够的辨识度，同时又不失充分的吸引力。而他亦正亦邪的为人风格，对于道德法律"随心所欲不逾矩"的行为处事方式也都颇得市民阶层读者的喜爱。

而作为"侠盗鲁平"的设计者，孙了红本人在生活中所流露出的种种细节也足能表现出他是一个个性十足的人，比如郑逸梅就曾经谈及孙了红早年间颇为个性又饶有趣味的名片设计：

> 孙了红的名片有趣极了，是仿宋字印的，中为"孙了红"，旁有"别署野猫"四字，反面画着一黑狸奴，耸体竖尾，圆睁怪眼，大有搏击奋跃的样子。他又在左端亲笔写上"通信处上海北四川路忠德里一百廿二号妙乎白"，妙乎是猫叫，这张名片真可谓有声有色呢。①

虽不能说孙了红在生活中的"与众不同"和他笔下"侠盗"鲁平的"特立独行"之间有着必然的因果联系，但是作者本人性格

---

① 郑逸梅：《名刺话》，《半月》第三卷第十八期，1924年。

上的某些特点在他小说主人公身上的投射还是显而易见的。

　　与此同时,孙了红在"侠盗鲁平"系列小说中还颇善于借助当时最新最流行的电影文化来增强其小说的趣味性。一方面,电影在孙了红的小说里常常成为故事的情节元素或内容组成。比如《鬼手》中男女主人公一起去看了一场外国电影 Mummy's Hand,这是小说第一次提到"僵尸之手"或"鬼手",它也顺势成为整个故事的源头,引发读者情绪的波动,继而拉开小说的序幕①;又如《血纸人》中提到的电影《再世复仇记》,既是增强了小说悬疑惊悚的故事氛围,又对小说善恶终有报的主题进行了巧妙的结构性和主题式隐喻;在《三十三号屋》中,在一男一女先后离奇在屋中消失后,报纸上很快便刊登出了关于这一案件的报道,作者此时说道,"这篇文字,比一张侦探影片的说明书,写得更动人。于是,这前后两天的事件,更引起了群众的注意"②;同样是小说《三十三号屋》中,鲁平发现对面阳台上摆出了一张精美纸板,上面画着七个小矮人围着白雪公主的图案,"原来,在这时期内,本埠的大小各影院,正先后献映着那位华德狄斯奈的卡通新作——《白雪公主》"③;而在小说《鸦鸣声》的开篇,某公司地下餐饮部的一群年轻女服务员对鲁平究竟像劳勃脱杨、乔治赖甫德,还是贝锡赖斯朋展开争论④,她们既拿当时流行当红的好莱坞小生和鲁平做比较,还时时不忘用眼

---

　　① 于敏:《论孙了红反侦探小说创作》,《河南广播电视大学学报》2010年第23卷第1期。
　　②③ 孙了红:《三十三号屋》,《万象》第二卷第二期至第二卷第四期,1942年8月至1942年10月。
　　④ 劳勃脱杨(Robert Young),现一般译作"罗伯特·扬",好莱坞男明星,曾与秀兰·邓波儿合作电影《偷渡者》;乔治赖甫德(George Raft),现一般译作"乔治·拉夫特",好莱坞男明星,曾主演《疤面人》《热情如火》等影片;贝锡赖斯朋(Basil Rathbone),现一般译作"巴兹尔·拉思伯恩",好莱坞男明星,曾主演《出水芙蓉》《巴斯克维尔的猎犬》等影片。

神与话语和鲁平调情,鲁平也经常向她们做出电影银幕上常见的"飞吻"手势。20世纪三四十年代,大量西方电影,尤其是好莱坞电影拥入中国,从当时的报刊广告中我们可以发现,在小说发表时,《白雪公主》《再世复仇记》、Mummy's Hand 都是刚刚上映没有几年的动画片或恐怖片,是最为新潮流行的文化元素和街头巷尾的热门话题。不难想象看过这些电影的观众们在小说里重新读到与之有关的情节时,所感受到的那种亲切感和趣味性。

另一方面,电影对于孙了红小说的影响还体现在写作手法和叙事策略层面。在《蓝色响尾蛇》《血纸人》《鸦鸣声》等小说里,孙了红多次运用了一种类似于电影分镜头脚本的写法来对犯罪现场进行描绘,并借此铺设悬疑线索——镜头的移动、光线的变化、奇怪声音的突然插入等既是当时好莱坞悬疑恐怖电影常用的表现手法,也在孙了红的小说中被运用得炉火纯青。尤其是孙了红后来发表于《大侦探》上的小说《蓝色响尾蛇》,开头部分堪称电影手法运用的经典范本,被依次描绘的"大雨—房屋—黑暗中的手电筒——具面带微笑的死尸"①,完全就是电影镜头的文字复现。此外,这篇小说中还充分体现出了徐訏

《蓝色响尾蛇》封面
(上海大地出版社,1948年5月)

---

① 孙了红:《蓝色响尾蛇》,《大侦探》第八期至第十五期,1947年1月至1947年10月。

等20世纪40年代新浪漫派作家作品的风格和影子。小说《一〇二》中的一句话或许可以视为孙了红小说与电影之间水乳交融关系的绝好隐喻,小说里司机将车开得飞快,以至于"他疑惑自己已把这辆车子误驶上了一方映电影的白布而在表演一幕极度紧张的镜头了"①。

但就是如此畅销的报纸、"主打"的作家、精彩的小说、流行的元素,依旧不能解决作家孙了红经济紧张的现实情况。而孙了红作品畅销与生计艰难之间的二元悖论则可以视为整个《万象》杂志销量惊人却依旧身陷生存困境的一个缩影。一如我们在前文中所说,在40年代初的上海,《万象》杂志可以说是非常畅销,但这样骄人的销量并不意味着杂志收益良好。纸商囤货居奇,哄抬纸价,印刷成本也不断上涨,发行渠道更是频频受阻,这最终形成了《万象》杂志入不敷出的困难局面。平襟亚发表在《万象》杂志上的《不得不说的话》一文中,就对纸价暴涨有很多抱怨:"到了第二年纸价直线上升,白报纸已涨了400元一令。到1943年8月更是不可思议,涨到1 100元一令。"②此外,平襟亚还在文中预测了如果纸价继续上涨后可能发生的情况,"假使纸价不回跌,直线上腾,突破2 000元一令的大关时",《万象》只能面临停刊的命运,这"真是我们出版界的末路了,同时也是文化界的严重威胁"。③

杂志社经济效益差,作者的物质生活水平也自然令人担忧。小说《木偶的戏剧》中,孙了红就借助鲁平和其妻子的一番对话对当时作家收入低微的现实情况予以揭露和讽刺:

---

① 孙了红:《一〇二》,《万象》第二卷第五期至第二卷第十二期(第八、十期未登),1942年11月至1943年6月。

②③ 平襟亚(署名"秋翁"):《不得不说的话》,《万象》第三卷第二期,1943年。

"你这大作,结构,布局,都很缜密,如果你一旦放弃了你的'自由职业',你到很有做成一个所谓'有天才的'高贵的侦探小说家的可能哪。"

"感谢你的赞赏!"木偶(鲁平)说,"但是,我真不明白,你为什么要把这种最下贱的职业来抬举我。"

"把文人的比喻来抬举你,你还说是下贱吗?"

"一个文人的三个月的收入,不能让舞女换一双袜!你看,这是一个高贵的职业吗?"木偶冷峭地回答,"如果有一天,我不能再维持我这愉快而光荣的业务,我宁可让你到舞场里去'候教',我也不能接受文人的职业!"

"你不懂得'清高',无论如何,这是大作家啊!"

"大作家!哼!"木偶耸耸他的木肩说,"在蔬菜市的磅秤上,我还不曾看见这种东西啊!"①

鲁平这段关于侦探小说家收入微薄可怜的言论,完全可以看作孙了红借小说人物之口对自身经济状况不满的一种表达。而结合前文所述孙了红的生活贫困状况,我们不难进一步理解陈蝶衣对这一荒谬现实的无限慨叹:"这样的一位天才作家,却不幸生长在中国,于是像依茄华雷斯成名后那样的有三座住宅,以及一百多个佣人侍候着他的豪华生活,永远成为梦想,这是大可慨叹的事。"②

孙了红生活状况的窘困在其患咯血症住院后彻底暴露出来。"孙了红先生因患咯血症,已由鄙人送之入广慈医院疗治,除第一个月医药费,由鄙人负担外,以后苦无所出,甚望爱好了

---

① 孙了红:《木偶的戏剧》,《春秋》第一卷第一期至第一卷第四期,1943年8月至1943年11月。
② 陈蝶衣:《编辑室》,《万象》第一卷第十二期,1942年。

红先生作品的读者们能酌量捐助，则以后了红先生或犹能继续写作。"①由于付不起住院费和医药费，《万象》杂志主编陈蝶衣自掏腰包，资助孙了红治病，并借助《万象》的平台，发起了一场非常感人的读者筹款募捐活动。随后在《万象》杂志第二卷第五期至第十期的《编辑室》栏目中，先后列出了百余人的读者捐款名单。"《侠盗鲁平奇案》的作者孙了红先生，因患咯血症而入广慈医院疗治，这一个消息自经上期本刊透露后，接得了许多读者的来信，或致慰问之词，或助医疗之费。"②其中有"影迷服务社主持人杜鳌先生，且愿举行一次'电影明星照片义卖'，以助了红先生"③，有"自汉口、常熟、南京、奉贤等处寄来的"医药费，"盛情实属可感"，④有"与了红先生，过去是'素昧平生'的"颜加保先生，"除了捐助'利凡命'针药二盒，麦精鱼肝油二瓶之外，并亲赴医院慰问"⑤，还有"汉口梁慧玲之二百元，系汉口十数位小学生所醵集，而以梁慧玲之名义汇来者，热忱殊可感佩"⑥……杂志、作者、读者在这一场声援救助孙了红的筹款活动中，被文学紧紧地拉在了一起，在那个紧张、动荡、混乱的时代，散发出了人性的温暖与光芒。

　　孙了红的咯血肺病并非偶然，而是有着较为漫长的病史。他的另一位好友作家沈寂就说过"孙了红患肺病患了二十多年"⑦。而早在1927年在《红玫瑰》杂志连载小说《雀语》时，孙了红就经历过因为咯血症病发而不能及时交稿的情况。当时的编辑赵苕狂在《花前小语》中便提到："了红之《鸟语》寄来了上半

---

① 陈蝶衣：《编辑室》，《万象》第一卷第四期，1942年。
②③ 陈蝶衣：《编辑室》，《万象》第二卷第五期，1942年。
④⑤ 陈蝶衣：《编辑室》，《万象》第二卷第六期，1942年。
⑥ 陈蝶衣：《编辑室》，《万象》第二卷第七期，1942年。
⑦ 沈寂：《孙了红这个人》，《幸福世界》第一卷第六期，1947年。

篇,下半篇久久不寄,忙去催问时方知咯红病剧发,他又卧床不起了。只好稍缓再谈,而失信之咎当由了红负之,请读者特别原谅。"①孙了红本人也在文章里提到自己常常因为生病以至于卧床不能起,"多数的时候,病魔对我死不放松,常常把我推挤到床上,让我饱受着这婆婆世界中的应有的苦恼。"②

苏珊·桑塔格在《疾病的隐喻》一书中指出:"肺病是位于身体上部的,精神性的部位。"③而肺部所患有的疾病(在桑塔格的书里是肺结核,孙了红的实际症状则是咯血症)则也因此被赋予了一层精神性的关联和想象。而孙了红本人的创作风格也似乎因为这场疾病而发生了一定的变化。比如我们之前谈到的孙了红小说里往往充满了一种恐怖气氛,这在小说《一○二》中就有着明显改变和削弱。据孙了红事后回忆自己生病时的情况:

此番病倒,情形很有些特异,直到如今,一想起还使我感觉奇怪!记得,那是去年的秋季吧?也在一个夜凉如水的时候,我正在为《万象》赶写《一○二》,我写到"奢伟"亡命赶到大西路,代那位"易红霞姑娘",吃了一手枪。那时,在一种近乎紧张的情绪之下,写了一个"湃"字——那是手枪的声音。就在这个时候,我忽然觉得喉头有些痒而就在一个纸烟罐头做成的痰盂里面吐了一口痰。

当时我还照旧提笔写着另一行;我准备写成"一个尖锐而曳长的声音像划玻璃那样划碎了静寂的空气"那样

---

① 赵苕狂:《花前小语》,《红玫瑰》第三卷第四十六期,1927年。

② 孙了红口述,柴本达笔录:《蜂屋笔记之一:小楼上的黄蜂》,《大众》(上海1942)第十九期,1944年。

③ [美]苏珊·桑塔格著,程巍译:《疾病的隐喻》,上海:上海译文出版社,2003年,第17页。

的句子。我只写了半句,因为喉际还在发痒,不禁拿起那个痰罐来看看,我发觉了一些色彩很鲜明的东西:一口痰,半口红,半口白,真像夕阳西下时天际一抹红霞那样的好看!

奇怪的是,文字中那一手枪,不是清清楚楚的打在"吾友鲁平"(奢伟)的胸腔里的吗?而事实上这一手枪,却像打进了我的肺部;"湃"的一声,鲜血竟随之而来。[①]

我们当然不能简单地将作者(孙了红)等同于作品中的主要人物(鲁平),但我们不得不承认,作家境遇和心态的变化,确实会影响到自己笔下人物的形象与行为。根据孙了红自己的回忆文章《病后随笔:生活在同情中》所言,他此次咯血病发是在创作《一〇二》的过程之中。而我们反观他之前的几篇作品,其中鲁平的形象是充满自信、潇洒倜傥的。而陈蝶衣笔下的孙了红也正是这样一个潇洒之人:"他的个性和英国的侦探小说家依茄华雷斯 Eager Wallac 有些相像:不修边幅,金钱到手辄尽,爱过漂泊的生活;他结过婚,但是没有妻子,却又有一个名义上的儿子;了红先生就是这样奇特的人;也就由于他的奇特,在他的笔下便产生了一个神秘莫测的小说人物——侠盗鲁平。"[②]

这样一个潇洒的鲁平形象一直保持到了小说《一〇二》的前半部分,但小说后半部分中鲁平身上却呈现出了另外一些前所未见的特点:他不仅开始追述起自己曾经的一场刻骨铭心的爱情经历,甚至于小说最后出现了这样一番感叹:

---

① 孙了红:《病后随笔:生活在同情中》,《万象》第三卷第二期,1943年。
② 陈蝶衣:《编辑室》,《万象》第一卷第十二期,1942年。

"黄昏,啊!黄昏",他喃喃自语着,"我个人的人生旅途,不正走到了'黄昏',而将接近'黑夜'了么?那么……"①

我们很难想象这样一番话竟然是出自那个行事恣意妄为的鲁平口中,也无法不将这个"突然,他又悲哀起来了,彷徨,踌躇在路途上了"②的鲁平形象与当时因咯血症住院却负担不起医药费的作者孙了红的现实处境联系在一起。孙了红事后也曾谈到自己因为这场病而产生的心理变化:

我一向有一种偏见,以为我们这个世界,整个的地球中心,除了储藏着许多冰块而外,别无所有;而"同情"之类的字样,也只有在字典之中,才能找到。今番一病,使我在人海深处,发掘到了素未得到过的东西,竟纠正了我若干年近乎偏执狂的变态心理。③

这种对世界认识上的变化直接反映在作品里,具体体现为其笔下主人公鲁平形象的变化——孙了红笔下鲁平的情感变得更为细腻、温柔,甚至于多愁善感起来。

同样在经历此番大病之后的《孙了红日记》中,我们也能看到曾经不修边幅、性情豪爽的孙了红某些内心深处的痛苦和焦虑:

我开始用一本残缺的册子,记下了这颗残缺的内心所要说的话。

如何使生活严肃起来?如何使心理配合年龄?如何使

---

①② 孙了红:《一〇二》,《万象》第二卷第五期至第二卷第十二期(第八、十期未登),1942年11月至1943年6月。

③ 孙了红:《病后随笔:生活在同情中》,《万象》第三卷第二期,1943年。

老母消瘦的两颊可以填上点笑？如何使那些小"撒旦"们不再扰乱我的心？我向上帝问计，上帝微笑无言，他似说："你呀！喝点酒吧。"①

我们从这段文字中能感受到作家孙了红内心世界充满了苦闷，这苦闷既来自外在生活的压力和纷扰，也有内心产生的一些困惑和迷乱，而点燃这苦闷情绪的导火索便是那场令他险些无力面对和承担的咯血症。

在经历这场大病之后，我们再也看不到那个曾经如鲁平一样潇洒，喜欢在自己名片上写"别署野猫"和"妙乎"的充满了生命力和幽默感的作家，在他的朋友沈寂眼里，孙了红的形象落魄到让人心酸：

有一个人在路上匆匆地走着，衣服很不整齐，很不合季候，很污秽，老爷太太少爷小姐们会皱着眉远远让开他，怕弄污了自己华丽的衣饰，这个被你视为比"瘪三"高一等的同胞便是孙了红。有一个人面貌不扬，头发留得很长，天冷时，嘴唇上挂着清水，一对无神的眼睛，一副可怜的样子，你决定有着这种面相的人便永远受人欺侮，那就是孙了红。②

我们很难想象这个"已经分明纯乎是一个乞丐了"的孙了红就是当年郑逸梅笔下使用画有黑猫名片的风流作家。当然，这种作家生活上的捉襟见肘，甚至于贫病交加，孙了红绝非个例。《万象》就曾在《作家、贫病、死亡》一文中透露，作家万迪鹤因患

---

① 孙了红：《孙了红日记》，《幸福世界》第二卷第二期，1948年。
② 沈寂：《孙了红这个人》，《幸福世界》第一卷第六期，1947年。

疾病，卧床已久，穷极无药，直至1943年4月11日逝世；而另一位小说家顾明道因患慢性肺结核，病魔淹缠后写作已停止，形容憔悴，病骨之离，医药所费不足，其境况十分窘迫，虽经《大众》月刊捐款帮助却终因贫穷而病死。① 所以我们或许不应把鲁平的那番感慨看作孙了红个人境遇的表达，它更是那个时代蛰居在上海的作家们共同命运的反映与发自内心的呼声。

"侠盗"想象：社会批判与"曲线"反抗

在当时日伪政权审查颇为严格的上海，借助一些软性的、大众化的、满足市民阅读趣味的内容无疑是《万象》杂志用以自我保护的一种经营手段和生存策略，也是广大市民读者面对现实生活苦难的一种暂时性摆脱与逃避。恰如陈蝶衣在《通俗文学运动》中所讲的，"在文艺的园地里培植一些小花草，以点缀、安慰急遽慌乱的人生，不能不说是莫大的幸运"②。而孙了红小说《木偶的戏剧》中鲁平所说的话，或许更具有普遍的时代象征意义："生在我们这个可爱的世界上，你若不取一点反叛性的消遣的态度，你能忍受下去吗？"③

在《万象》杂志注重文章趣味性的同时，也不曾忘却对于社会现实的强烈关注。陈蝶衣在《通俗文学运动》一文中说《万象》杂志"不能正面批判现实，但指摘不合理的社会现象"④，这正是《万象》在上海沦陷区日伪政权统治下所不得不采取的生存策

---

① 具体参见王军：《上海沦陷时期〈万象〉杂志研究》，长春：吉林人民出版社，2008年。
② 陈蝶衣：《通俗文学运动》，《万象》第二卷第四期，1942年。
③ 孙了红：《木偶的戏剧》，《春秋》第一卷第一期至第一卷第四期，1943年8月至1943年11月。
④ 陈蝶衣：《通俗文学运动》，《万象》第二卷第四期，1942年。

略。《万象》并非只追求满足读者的阅读趣味,更有着一份知识分子的理想、抱负与责任感。徐迺翔、黄万华在《中国抗战时期沦陷区文学史》中更是提到"《万象》被誉为上海沦陷时期爱国进步作家的'堡垒掩体'"①,这一说法正切中《万象》杂志趣味性、娱乐性外表下的另一番真实反抗的内在面貌。

间接反映现实、"曲线"表达反抗,是《万象》杂志在既主动又被迫的条件下所做出的选择。在这个意义上,孙了红的"侠盗鲁平奇案"更是在满足市民阅读趣味的同时,时时不忘对现实的批判和反抗。在孙了红于《万象》杂志上发表小说的前后一年多时间里,上海已经成为沦陷区,军事上的接连败北,投机商人囤货居奇、哄抬物价,普通百姓民不聊生,而达官贵人依旧过着声色犬马、纵情享乐的腐朽生活……这些社会现实的丑恶和扭曲都在孙了红的系列小说里得到揭露或批判。《万象》主编陈蝶衣便称赞过:"鲁平先生不但思想敏捷,而且在他的作品中,充满着一种冷峭的讽刺的力。"②《鬼手》中那个被隐藏多年甚至被子孙后代所遗忘的复兴中国海军的计划,对当时的上海读者来说,激动之心情不言而喻;《三十三号屋》里,作者最后以一种近乎戏谑和反讽的方式,让"米蛀虫"本人高喊出"这一班黑心的畜生,为什么把米价抬得这样高!"③进而表达出广大底层市民的心声④;小

---

① 具体参见徐迺翔、黄万华:《中国抗战时期沦陷区文学史》,福州:福建教育出版社,1995年。
② 陈蝶衣:《编辑室》,《万象》第一卷第十二期,1942年。
③ 孙了红:《三十三号屋》,《万象》第二卷第二期至第二卷第四期,1942年8月至1942年10月。
④ 结合同一年《万象》杂志上所刊登的陶冶的小说《平售米》(《万象》第一卷第八期,1942年。)、陈灵犀的散文《轧米记》(《万象》第一卷第九期,1942年。)、周练霞的散文《露宿》(《万象》第一卷第十一期,1942年,标"螺川小品之一"。)等文章,我们更能感受到孙了红在小说《三十三号屋》中设计这个细节的社会背景和时代意义。

说《一〇二》又把批评的矛头指向了所谓的"正人君子"："我看到许多许多的所谓'正人君子'，他们花天酒地，出入汽车，在路上横冲直撞。稍有不豫之色，动辄呼幺喝六，颐指气使，视同是十月怀胎的他人如狗彘。动辄以'强盗''贼坯'等'头衔'冠于他人之头上。然而，他们的卑鄙恶劣的'敛财'行径，正要比'强盗''贼坯'高明万千百倍。"①这一段话堪称现代版的"窃钩者诛，窃国者诸侯"。

此外，孙了红在不断批判战争背景下上海各种污浊不堪的社会现象的同时，也不忘更进一步表达自己对战争本身的厌弃心理，以及对人类卑劣本性的无情揭露。在小说《三十三号屋》中，作者就借着一缸金鱼说道："这里，笔者要请读者们特别允许我说上几句不必要的'闲话'。喂！你们看呐！在这狭小的世界之中，容纳着许多不同型的小东西，不用说，它们之间一定也有许多所谓利害上的冲突的！可是，我们从来不曾看到过一队翩翩鱼，会向另一队的扯旗鱼举行过什么'海上会战'，也不曾见过那剑尾鱼，会向霓虹灯鱼，放射过一枚半枚的'鱼雷'；它们之中，永远没有轰炸、屠杀等疯狂的举动；它们

《紫色游泳衣》封面
（大地出版社，1948年9月）

---

① 孙了红：《一〇二》，《万象》第二卷第五期至第二卷第十二期（第八、十期未登），1942年11月至1943年6月。

是那样地有礼貌,守秩序。于此,可见这些渺小的生物,它们的胸襟,真是何等地阔大!而反观我们这些庞大的人类,相形之下,真是渺小得太可怜啦!"①当然,如此一段作者跳出来的自我表达于整个小说而言,颇有些不协调之感,甚至一定程度上阻断和破坏了小说情节上的悬疑性和连贯性。但相信当时在上海每天处于战争的水深火热中的人们,读到这段话时一定会有切身的感触,而这也正是孙了红不屈服于现实,想要有所表达、有所反抗的心理世界的自然外露。我们甚至可以将孙了红在小说里强行插入的这段话和他自己谈到自家屋檐下的一处蜂巢时的相关文字放在一起来进行"对读",或许更能体会到孙了红对于整个人性的深刻失望:

> 一个黄蜂只有一个刺,一百个黄蜂刺不到一个人,而我们所接触的人,有些同样也有着刺,她们的刺,比黄蜂还毒,而且也不止一个,在高兴的时候,便刺你一下,而且禁止你喊痛,还要你装出十分愿意的神气来准备接受他的第二刺。然而人们并不因此而躲避着,我们为什么偏要憎恶这仅有一个刺虽含毒质并无毒意的黄蜂呢?②

这里我们需要回到孙了红现实居住的空间,在孙了红偏僻的房檐一角确实曾有过一群蜜蜂在此筑巢、生活。孙了红对这些蜜蜂非常喜爱,他不仅称自己的房子为"蜂屋",并写下过一组

---

① 孙了红:《三十三号屋》,《万象》第二卷第二期至第二卷第四期,1942年8月至1942年10月。
② 杨真如:《黄蜂窠下:记"侠盗鲁平奇案"作者孙了红之居》,《万象》第二卷第五期,1942年。

名为"蜂屋随笔"或"蜂屋笔记"的文章。① 此外,孙了红对于这窠蜂巢的喜爱与关切甚至到了"以之为伴"和"不忍离别"的程度:

> 以后我因咯血很剧,朋友们都苦劝我进医院去疗养。那时我一再拖延,可真不愿走进医院。最大的理由,我是舍不得别离我这小楼,而舍不得别离这小楼的最大理由,就为舍不得别离这一群蜂。最后,我终于托下了一个可靠的人,代我看护这些小生物,方始带着一种寂寞的情绪,踏出了这小楼的门。我在医院里面,常常带信出来,探问这两窠蜂是否无恙?可是我不久就得到一个讯息,说这两窠蜂在我进医院不久,竟已尽数飞走,变成蜂去楼空了!我不知道蜂的寿命究竟有多长?它们现在已漂泊到了哪里?是否像我一样,还在这个人世上面作苦难的挣扎?直到眼前提笔写这篇文字的时候,我依然带着一种天涯怀友似的怅惘。②

我们可以将孙了红对这窝蜜蜂的喜爱理解为他在现实生活中贫病孤独的一种补偿性慰藉,而他在小说里拿蜜蜂和人做对比则是对人类冷酷社会的一种批判和讽刺。或者我们可以退一步说,鲁平这个人物形象的出现本身就是一种对现实的反抗。"在眼前的社会上,贼与绅士之间,一向就很难分别;甚至有时,贼与绅士就是一体的两面。"③在这样一种现实背景下,一个浑身

---

① 孙了红以"蜂巢笔记"或"蜂巢随笔"命名的文章有:孙了红口述、柴本达笔录《蜂屋笔记之一:小楼上的黄蜂》,《大众》(上海1942)第十九期,1944年;孙了红《这不过是幻想:蜂屋随笔之一》,《幸福世界》第一卷第五期,1946年;孙了红《群狗:蜂屋随笔之二》,《幸福世界》第一卷第七期,1947年;等等。

② 孙了红口述、柴本达笔录:《蜂屋笔记之一:小楼上的黄蜂》,《大众》(上海1942)第十九期,1944年。

③ 孙了红:《夜猎记》,《飙》第二期,1944年12月。

充满侠义精神的"盗匪"鲁平自然是对这个社会的一种否定与颠覆。"鲁平很乐意于把那个凶手找回来。但是,他却并不愿意代法律张目,他一向认为,法律者也,那只是某些聪明人在某种尴尬局势之下所制造成的一种类似符箓那样的东西。符箓也许可以吓吓笨鬼,但是却绝不能吓退那些凶横而又狡猾的恶鬼。非但不能吓退,甚至,有好多的恶鬼,却也专门躲藏于符箓之后,在扮演他们的鬼把戏的,法律这种东西,其最大的效用,比之符箓也正差不多。"①法律不是公平正义的保障,而是"那些凶横而又狡猾的恶鬼"们得以利用甚至玩弄的手段,所以鲁平"并不愿意代法律张目",甚至在很多时候是通过"违法"来伸张真正的正义。不得不说的是,侦探小说最初被引进中国,和其与现代法治紧密相连不无关系,很多文人也曾想象过借助侦探小说来普及法治观念。但在"侠盗"鲁平身上,法治在一定程度上让位于传统中国的"任侠"精神。而明确表示不刊登武侠小说的《万象》杂志,却接连发表了"侠盗鲁平奇案"系列小说,放在当时的社会时代背景下来审视这一系列作品的发表,其社会批判与"曲线"反抗的诉求不言而喻。或者我们可以说孙了红在小说

《夜猎记》封面
(大地出版社,1948 年 10 月)

---

① 孙了红:《蓝色响尾蛇》,《大侦探》第八期至第十五期,1947 年 1 月至 1947 年 10 月。

里借"侠盗"鲁平形象所表达出的对社会的批判、对现实的反抗和对正义的伸张即《万象》"曲线"反抗的生存策略的最好体现。

让我们回到孙了红那个"式样很像一个亭子间"的居所,正是长年处于亭子间的居住和生活环境中,处于经济收入底层和社会地位边缘的实际状况,让孙了红等一批40年代仍"蜗居"在上海亭子间里的作家身上充满了一种不满于自身生活窘境、批判社会不合理现实、反抗日军侵略与囤货居奇者趁火打劫、同情底层劳动人民的思想倾向。尤其是难以捉摸的物价和突如其来的不可抗打击(咯血症),更是加剧了亭子间作家们的生活体验与生命感悟。于是,他们虽不像那些曾经居住在亭子间,后来奔赴延安的作家一样,具有鲜明的革命思想指引,却也在生活现实的磨难和摔打中形成了自己独特的、带有反抗意味的精神品质。只是这些精神品质在那个特殊年代不能直接凸显和呈现,不得不以趣味的外壳进行包装,以"曲线""委婉"的方式表达自己对社会、对时代、对战争的关注与反抗。而这种特殊的表达方式,既是孙了红等作者在当时的政治经济环境下获得必要物质生存

陈蝶衣、乐汉英:《艺人百态图:孙了红》
(《幸福世界》第二卷第二期,1948年)

条件的基本策略,也是其表达社会批判与精神反抗的唯一出路。

　　孙了红曾说过:"有时,我在我这板木桌上,写下一点无聊的东西,换些稿费,借以抵御生活的怒浪。"[1]只是这种抵御在现实生活和物质经济层面实在太过势单力薄且微不足道。这不禁让我想起陈蝶衣、乐汉英曾经配合漫画《艺人百态图:孙了红》而写的一首诗:"频年煮字误晨昏,侠盗何尝能疗贫。摆个香烟摊子卖,不如权作小商人。"[2]

---

[1] 孙了红口述,柴本达笔录:《蜂屋笔记之一:小楼上的黄蜂》,《大众》(上海1942)第十九期,1944年。
[2] 陈蝶衣、乐汉英:《艺人百态图:孙了红》,《幸福世界》第二卷第二期,1948年。

第二辑

侦探与都市

从匿名性到"易容术"
——现代都市与侦探小说起源关系初探

侦探小说是一种诞生于现代都市中的小说类型。借鉴齐美尔、本雅明、克拉考尔等西方学者的论述,现代都市的"匿名性"特征与都市罪案频发和侦探小说诞生之间都有密切关联。一方面,现代都市中的陌生感受、"惊颤体验"与心理焦虑呼唤着身为现代"理性之子"的侦探形象的诞生,同时也确认了侦探小说自身文类的早期内在规定性;另一方面,作为滋生犯罪的温床,现代都市既为侦探小说的书写提供了题材基础,又将"罪恶之都"的概念具象化为小说中的关键性形象要素(巴黎的杀人红毛猩猩或者伦敦街头的大雾)。此外,现代都市"匿名性"特征又常常演化为侦探小说中关于"易容术"的传奇书写,并延续发展成一个相对固定的文学脉络。

现代都市生活的"匿名性"

19世纪中期,随着欧美各国第二次工业革命的进行和新一轮城市化发展的浪潮,大型现代化都市纷纷出现,其中最具标志性的城市当属伦敦和巴黎。半个世纪以后,崛起中的中国上海则被称为"东方巴黎"与"远东之都"。在人口数量庞大、人员流动频繁、职业分工细密、生活节奏加快的现代都市中,人们身份的多重性导致了人与人之间彼此了解的片面性与认知的破碎性。人们极可能完全不了解与自己同乘一辆公共汽车或电梯的乘客,也可能并不认识同在一个酒吧里喝酒的临时伙伴①,甚至也不了解与自己一起工作的同事,因为他们只有在工作的八小时当中才相互间成为同事,而其下班后的生活与所扮演的角色并不一定为人所知,更遑论每日在街头涌动的人潮中彼此擦肩而过的无数路人。人们的出身、来历和过往似乎都可以隐藏许多"不为人所知"与"不可告人"的秘密,这与费孝通在《乡土中国》一书中所描述的传统中国彼此知根知底的"熟人社会"大不相同,或者我们可以借用"熟人社会"的命名,将其称之为"陌生人社会"。这里所谈到的"陌生人社会"主要特点有二:一是个体过往经历的匿名性,二是个体当下身份的多重、片面与破碎,二者互为表里。在现代大都市的"陌生人社会"——克拉考尔将其形容为"酒店大堂",即"散落于大堂的人们则不具疑问地接受东道主的隐匿身份(Inkognito)"②——之中,人们很难真正完整地去了解一个人,更难彻底把握一件事情背后的最终真相与来龙去脉。一切人与一切事件都在一定程度上呈现出某种匿名性与破碎性特征,而这种匿名性与破碎性既是滋生犯罪的温床,也是侦探得以诞生且发挥其功能的场域。包天笑在《上海春秋》开篇便说道:"都市者,文明之渊而罪恶之薮也。舰一国之文化者必于都市,而种种穷奇梼杌变幻魍魉之事,亦惟潜伏横行于都市。"③正是在这个意义上,恰如程小青笔下的侦探霍桑和助手包朗对上海的认识一样:"但像上海这般地方,人家都尊称为'罪恶

---

① 参见徐卓呆《电车中之侦探术》(公共汽车)、程小青《舞后的归宿》(电梯)和孙了红《窃齿记》(酒吧舞场)等侦探小说对不同都市公共空间中陌生人关系的呈现。
② [德]西格弗里德·克拉考尔著,黎静译:《侦探小说:哲学论文》,北京:北京大学出版社,2017年,第60页。
③ 包天笑:《上海春秋·赘言》,上海:上海古籍出版社,1991年,第3页。

制造所'的。"①所以霍桑才最终决意从苏州搬到上海:"我说他既然决意从事侦探事业,上海自然比苏州容易发展。他应许了,才在爱文路七十七号里,设立了私家侦探的办事处,实地从事侦探职务。"②由此,我们或许可以更好地理解英国作家切斯特顿为何会称侦探小说是"城市的犯罪诗篇"③。

这方面颇具代表性的例子便是爱伦·坡的《玛丽·罗杰疑案》。在这篇小说里,侦探杜邦在反驳《商业报》所认为的"像这样一位受到好几千人注意的年轻妇女走过三个街区竟没有一个人看见,是不可能的"④时,就明确指出:"就我而言,我倒是觉得,玛丽在任何时候从自己住处去姨妈家,无论在众多的路里选了哪一条,一个熟人也没有遇见的可能性不但是有的,而且非常大。在充分地、恰当地分析了这个问题之后,我们必须在心里坚持一条:即使是巴黎最知名的人士,他的熟人数目与巴黎的整个人口相比也都微乎其微。"⑤即道出了现代化大都市的人口体量绝非一般个人交际圈所能比拟和想象。类似的,在陆澹盦的"李飞侦探案"中,侦探李飞在判断出夏尔康仍然躲在上海之后,也只能感叹:"偌大的上海城,要找一个人倒也很不容易。"⑥而柯南·道尔在《血字的研究》中写华生偶遇小斯坦佛的一段话也可作为杜邦和李飞上述观点的另一佐证:"当我站在克莱蒂里安酒

---

①② 程小青:《长春妓》(又名《沾泥花》),《礼拜六》第一百一十三期,1921年。

③ 转引自詹宏志:《詹宏志私房谋杀》,上海:复旦大学出版社,2012年,第168页。

④ [美]埃德加·爱伦·坡著,孙法理译:《玛丽·罗杰疑案》,收录于《爱伦·坡短篇小说集》,南京:译林出版社,2008年,第158页。

⑤ 同上书,第171页。

⑥ 陆澹盦:《密码字典》,《红杂志》第二十八期至第二十九期,1923年(标"李飞侦探案")。

吧门口时,有人忽然拍了拍我的肩膀,我回头一看,竟是小斯坦佛,我在巴茨时的助手,对一个孤独的人来说,在人海茫茫的伦敦能碰到一个熟人,无疑是天大的快事。"①

此外,"福尔摩斯探案"系列中的《证券经纪人的书记员》一篇,小说里一名书记员应聘到了一个银行的职位,但因为他是通过材料审核被录取的,所以并没有一个银行里的工作人员真的见过他本人。于是犯罪分子便利用这个机会,谎称有更优渥的薪酬与工作,骗这名书记员不去上班,而犯罪分子则趁机派人冒名顶替并在其中展开犯罪。在这个故事里,犯罪分子正是利用了"同事"之间素未谋面的"陌生"与彼此认知的"片面"和"破碎",从而制造出犯罪的机会,而这在人与人之间彼此熟悉的中国传统社会中,是难以想象的。与此类似,在张碧梧的"家庭侦探宋悟奇新探案"系列中的《鸿飞冥冥》一篇当中,邮差周阿福每周送挂号信到吴家,还需收信人在回单上盖章留证,但即使如此的"定期见面",周阿福其实"只晓得把信交给人家,自然不注意人家的面貌"②,因而让犯罪者从中钻了空子。作为在都市中送信的邮差,虽然每天都在和人打交道,但他们从来不曾真正注意究竟是谁收了这些信。他们看似与这些收信人打过交道,实际上却是彼此陌生的。甚至于在程小青的《怪房客》中,房东、二房东、邻居都对与自己朝夕生活在一幢小楼里的叶姓租客的身份、职业、来历和为人一无所知③。

---

① [英]阿瑟·柯南·道尔著,王逢振、许德金译:《福尔摩斯探案全集·血字的研究》,北京:中央编译出版社,2013年,第1页。
② 张碧梧:《鸿飞冥冥》,《半月》第三卷第六期,1923年(标"家庭侦探宋悟奇新探案")。
③ 程小青:《怪房客》,收录于《中国现代文学百家·程小青代表作》,北京:华夏出版社,1999年,第233—250页。

更加将"匿名性"凸显到极致的案件当属张无诤的侦探小说《X》①：故事一方面紧紧围绕一个不知道自己姓名和来历而自称为 X 的人展开，并且不断追寻他身份之谜的真相；另一方面，X 的身份之谜也引起了媒体的兴趣与趋之若鹜的跟踪报道，这又被利用作为犯罪分子间彼此联络和传递消息的手段，并在小说结尾处引发了多次情节上的反转。这篇小说中的主角 X 是对现代都市个体身份"匿名性"的隐喻式展现，没有人知道他的名字，一切悬疑、犯罪与情节铺排都是围绕他的名字/身份而产生并被不断推向高潮。而这篇小说本身也可以被视为侦探小说在表现"匿名性"意义上的一篇"元小说"，即一切侦探小说本质上都是在追寻一个关于 X 身份的真相，X 的身份既是所有悬疑产生的源头，也是诸位侦探得以存在的关键。

都市生活的匿名性是隐匿行踪与滋生犯罪的沃土，恩格斯在《英国工人阶级状况》一文中对当时伦敦这座现代化都市的发展与其中所产生的诸多社会问题进行了如下描述：

> 像伦敦这样的城市，就是逛上几个钟头也看不到它的尽头，而且也遇不到表明快接近开阔的田野的些许征象，——这样的城市是一个非常特别的东西。这种大规模的集中，250 万人这样聚集在一个地方：使这 250 万人的力量增加了 100 倍；他们把伦敦变成了全世界的商业首都，建造了巨大的船坞，并聚集了经常布满太晤士河的成千的船只。从海面向伦敦桥溯流而上时看到的太晤士河的景色，是再动人不过的了。在两边，特别是在乌里治以上的这许多房屋、造船厂，沿着两岸停泊的无数船只，这些船只愈来

---

① 张无诤：《X》，《半月》第三卷第六期，1923 年 12 月 8 日。

愈密集,最后只在河当中留下一条狭窄的空间,成百的轮船就在这条狭窄的空间中不断地来来去去,——这一切是这样雄伟,这样壮丽,以至于使人沉醉在里面,使人还在踏上英国的土地以前就不能不对英国的伟大感到惊奇。

但是,为这一切付出了多大的代价,这只有在以后才看得清楚。只有在大街上挤了几天,费力地穿过人群,穿过没有尽头的络绎不绝的车辆,只有到过这个世界城市的"贫民窟",才会开始觉察到,伦敦人为了创造充满他们的城市的一切文明奇迹,不得不牺牲他们的人类本性的优良特点;才会开始觉察到,潜伏在他们每一个人身上的几百种力量都没有使用出来,而且是被压制着,为的是让这些力量中的一小部分获得充分的发展,并能够和别人的力量相结合而加倍扩大起来。在这种街头的拥挤中已经包含着某种丑恶的违反人性的东西。难道这些群集在街头的、代表着各个阶级和各个等级的成千上万的人,不都是具有同样的特质和能力、同样渴求幸福的人吗?难道他们不应当通过同样的方法和途径去寻求自己的幸福吗?可是他们彼此从身旁匆匆地走过,好像他们之间没有任何共同的地方,好像他们彼此毫不相干,只在一点上建立了一种默契,就是行人必须在人行道上靠右边走,以免阻碍迎面走过来的人;同时,谁对谁连看一眼也没有想到。所有这些人愈是聚集在一个小小的空间里,每一个人在追逐私人利益时的这种可怕的冷淡、这种不近人情的孤僻就愈是使人难堪,愈是可恨。①

---

① [德]恩格斯:《大城市》,收录于恩格斯:《英国工人阶级状况》,北京:人民出版社,1956年,第58—59页。

恩格斯所说的这种"冷淡"与"孤僻"被齐美尔称为"矜持","是一种拘谨和排斥"①。在齐美尔看来,这种大城市中个体的"矜持"态度和表现具有某种精神反应上的必然性,即"他们要面对大城市进行自卫,这就要求他们表现出社会性的消极行为。大城市人相互之间的这种心理状态一般可以叫作矜持。在小城市里人人都几乎认识他所遇到的每一个人,而且跟每一个人都有积极的关系。在大城市里,如果跟如此众多的人的不断表面接触中都要像小城市里的人那样做出内心反应,那么他除非要会分身术,否则将陷于完全不可设想的心理状态"②。但无论如何,伦敦的快速发展、人口激增与都市中人们态度冷漠和彼此隔绝同时发生,共同形成了现代化进程中的一组有趣吊诡。恰如学者任翔所说:"城市,既聚集着人类的文明、财富、智慧,又夹杂着犯罪、贪欲、色情。"③而这种人与人之间的冷漠与隔绝,正是在现代化都市这个"陌生人社会"中才更有可能出现并且走向极端。对此,本雅明也曾援引一名巴黎秘密警察的话并对其加以引申:"1798年,一位巴黎秘密警察写道:'在一个人口稠密而又彼此不相识,因而不会在他人面前脸红的地方,要保持品行端正几乎是不可能的。'在这里,大众仿佛是避难所,使得那些反社会分子得以免遭追逐,在大众的各种令人不安的方面,最先显现的便是这一点,这也是侦探小说得以兴起的原因所在。"④进而本雅

---

① [德]齐美尔:《大城市与精神生活》,收录于G.齐美尔著,涯鸿、宇声等译:《桥与门——齐美尔随笔集》,上海:生活·读书·新知三联书店上海分店,1991年,第267页。
② 同上书,第266—267页。
③ 任翔:《中国侦探小说的发生及其意义》,《中国社会科学》2011年第4期。
④ [德]瓦尔特·本雅明著,王涌译:《波德莱尔:发达资本主义时代的抒情诗人》,南京:译林出版社,2014年,第48—49页。

明认为"侦探小说最初的社会内涵是使个人踪迹在大都市人群中变得模糊"①,也正是从这一理解出发,本雅明才会对爱伦·坡的小说《人群中的人》(The Man of the Crowd)予以高度评价,后世很多侦探小说研究者也将这篇小说看成侦探小说的"雏形"之作。类似的,博尔赫斯也赞同并援引过爱伦·坡与本雅明的观点:"据爱伦·坡说,只有一个沉睡的大城市才有这样的夜空;同时感受人潮涌动和寂寞孤独,这能激发人的思想灵感。"②

关于清末民初时期中国人对于现代性的感受,正如学者李怡所说:"现代中国的'现代'意识既是一种时间观念,又是一种空间体验,在更主要的意义上则可以说是一种空间体验。对于现代中国的思想形态是如此,对于文学创作就更是如此。"③比如刘半农的小说《女侦探》开篇对于女主角出场的描写就确实带有一种爱伦·坡"人群中的人"的意味:"滨江,关外之热闹市场也。地当交通之点,人物凑杂,旅馆如云,日既幕,电光灿烂,旅客咸出游,纸醉金迷,几忘天涯浪迹,车龙马水,宛若海上繁华。有革命党中某少年者,着革履,服西装,口含雪茄,徐步街上。至一杂货店门首,有少女出,目注少年良久,少年忽现惊讶色。已而再行,女随其后,少年频频回顾,女亦目送之。行过半里许,过一空马车,少年跃登车上,叱车夫曰:'速往某戏园。'意若欲使此声浪传入女耳鼓。俾女知其去向者。女殊不顾,竟向前疾行,殆少年回首时,已不见矣。"④刘半农的这篇以"侦探"为名

---

① [德]瓦尔特·本雅明著,王涌译:《波德莱尔:发达资本主义时代的抒情诗人》,南京:译林出版社,2014年,第53—54页。
② 博尔赫斯:《侦探小说》,收录于[阿根廷]豪·路·博尔赫斯著,王永年、屠孟超、黄志良译:《博尔赫斯口述》,杭州:浙江文艺出版社,2008年,第169页。
③ 李怡主编:《词语的历史与思想的嬗变——追问中国现代文学的批评概念》,成都:巴蜀书社,2013年,第15页。
④ 刘半农:《女侦探》,《小说海》第三卷第一期,1917年1月。

的小说本质上并非严格意义上的侦探小说,而更近似于当时流行的虚无党小说,但其开场这一段对于女主角"神龙见首不见尾"的描写,却恰好体现出了侦探小说的某些都市化与匿名性特点①。

隐藏在都市中的未知的罪恶与恐惧

隐匿在都市中的"人群中的人"某种程度上代表了未知、悬疑、恐怖与罪恶,而在公认的世界第一篇侦探小说,美国作家爱伦·坡于1841年5月发表在《格雷姆杂志》上的《莫格路凶杀案》中,便将这种徘徊于都市与人群之中的罪恶与恐惧感成功具象化了。在《莫格路凶杀案》里,一间门窗紧闭的房间、一对死状惨烈的母女、一群好像听见凶手讲着不同国家外语却终究莫衷一是的邻居证人。爱伦·坡在这篇侦探小说开山之作中集合了密室、血腥、死亡、诡异、悬疑与恐怖等诸多元素,其中尚能看出他早期哥特小说的一些影子。而更为出人意料的是,侦探杜邦(Auguste Dupin)推断出的杀人凶手竟然是一只红毛大猩猩,并最终将其绳之以法。我们可以说,世界第一篇侦探小说《莫格路凶杀案》从侦探小说所表现出的现代都市感受这一角度来看,完全可以视为侦探小说这一小说类型

---

① 其实在清末民初时期,"虚无党小说"和"侦探小说"之间的界限并非那么泾渭分明。学者陈平原就曾指出:"虚无党小说既有政治小说之理想高尚,又有侦探小说的情节紧张有趣——实际上其时好多人把虚无党小说和侦探小说混为一谈。""如题为'虚无党小说'的《美人手》实为侦探小说;至于《虚无党真相》则又标为'侦探小说'。"(参见陈平原:《中国现代小说的起点:清末民初小说研究》,北京:北京大学出版社,2010年,第198页。)除此之外,奚若翻译的一篇名为《虚无党案》的小说其实就是福尔摩斯探案系列中的《金边夹鼻眼镜》(*The Adventure of the Golden Pince-Nez*),是典型的侦探小说。

中的"典范性"作品,爱伦·坡也由此被认为是世界侦探小说的鼻祖和创始人①。

关于《莫格路凶杀案》,研究者们一方面认为这是爱伦·坡过去哥特小说与神秘小说的某种继承和发展,比如苏加宁就提出"在哥特式天才爱伦·坡的笔下,现代资本主义运行逻辑之下的都市就是一座体量更大、更加阴森压抑、充满邪恶与神秘的城堡,而充满猎奇意味的悬疑命案,尽管最终都能获得科学的解释,却不过是用人心的恶念取代了鬼怪的可怖"②;另一方面,学者们又将爱伦·坡的侦探小说和资本主义与都市发展所产生的现代化体验联系到了一起。本雅明称这种现代化体验为"惊颤体验"(Chock-Erfahrung),在一个由几百万陌生人组成的现代都市社会中,人们在街道上每天都要面对大量快速涌动、奔走的陌生人群,并会由此产生一种"惊颤体验"(与此类似,齐美尔将这种体验形容为"表面和内心印象的接连不断地迅速变化而引起

---

① 关于爱伦·坡被认为是世界侦探小说鼻祖,不仅因为其最早开始写侦探小说,更在于其为数不多的几篇侦探小说创作为后来这一文学类型的发展提供了典范性和奠基意义。正如学者付景川、苏加宁所言:"虽然侦探小说仅占其文学创作的一小部分,但在这些作品中,爱伦·坡已经建立起日后这一题材,特别是所谓'业余侦探小说'(Amateur Sleuth)所必需的一切架构———凶杀、悬念、无能的警察与故弄玄虚的侦探、丝丝入扣的回溯推理、出人意料的结局,以及内聚焦的特别是以'旁观者'为特征的叙述视角。如果说《金甲虫》(The Gold-Bug,1843)更接近于探险传奇,《就是你》(Thou art the man,1844)尚未建立起足够典型的侦探形象,那么以法国绅士杜宾为主角的三篇小说则分别创造'密室杀人'、'失踪之人'、'失踪之物'等架构,确立日后侦探小说最为经典的三大情节模式,无论是柯南·道尔、阿加莎·克里斯蒂,还是雷蒙·钱德勒,都大体上遵循爱伦·坡的典范。"(参见付景川、苏加宁:《城市、媒体与"异托邦"———爱伦·坡侦探小说的空间叙事研究》,《北方论丛》2016 年第 4 期,总第 258 期。)

② 苏加宁:《社会转型与空间叙事———美国早期哥特式小说研究》,博士学位论文,吉林大学,2017 年 5 月。

的精神生活的紧张"①）。在本雅明看来，"置身街上的人群，会不断面对一些不期而遇的情景。但是，簇拥的人流，不断变换的情景又让你无暇细嚼它们，于是出现惊颤，在一个惊颤还没有平息之时，下一个又接踵出现。久而久之，人身上就发出一种快速反应机制，面对不断出现的新景象，尽可能快速地做出反应，以至人离开这样的人群，离开这样的都市反而会出现不适。于是，出现了闲逛者，特意置身人流，只为身上的快速反应机制能得到满足，只为身历现代都市中特有的惊颤体验，这是现代都市给人带来的深刻变化：不求甚解，快速反应。也就是说，对象是谁并不重要，重要的是应对"②。由此，这种都市生活中所带来或形成的"惊颤体验"就从一种"感觉"累积、固化成为一种"感觉结构"③。本雅明甚至引用波德莱尔的诗句来描述这种惊颤体验所带来的具体感受："与文明世界每天出现的惊颤和冲突相比，森林和草原的危险还算得了什么？"④小说《莫格路凶杀案》里面那只神出

---

① ［德］齐美尔：《大城市与精神生活》，收录于G.齐美尔著，涯鸿、宇声等译：《桥与门——齐美尔随笔集》，上海：生活·读书·新知三联书店上海分店，1991年，第259页。

② 王涌：《译者前言》，收录于［德］瓦尔特·本雅明著，王涌译：《波德莱尔：发达资本主义时代的抒情诗人》，南京：译林出版社，2014年，第4—5页。

③ 这里的"感觉结构"（structure of feeling）一词是借鉴雷蒙·威廉斯的相关概念。在雷蒙·威廉斯看来，"感觉结构"是"一种特殊的生活感觉，一种无需表达的特殊的共同经验"（参见［英］雷蒙·威廉斯著，王尔勃、周莉译：《马克思主义与文学》，郑州：河南大学出版社，2008年，第141页）。雷蒙·威廉斯的"感觉结构"相比于弗洛姆所说的"社会性格"，更为内在于人的感觉之中。它和我们一般所说的"感觉"之间的区别则在于，"感觉"是对象直接在主体身上所产生的结果，而"感觉结构"则是感觉的累积与固化，甚至最终形成某种主体的第二本能。而在本雅明看来，"在漫长的历史长河中，人类的感性认识方式是随着人类群体的整个生活方式的改变而改变的"。（［德］瓦尔特·本雅明著，王才勇译：《机械复制时代的艺术作品》，北京：中国城市出版社，2002年，第12页。）

④ ［德］瓦尔特·本雅明著，王涌译：《波德莱尔：发达资本主义时代的抒情诗人》，南京：译林出版社，2014年，第47页。

鬼没且惨烈杀人的红毛大猩猩就是这种"惊颤体验"的具象和代表。结合苏加宁所说的爱伦·坡侦探小说之于其哥特、神秘、恐怖小说的延续，和本雅明提出的爱伦·坡侦探小说与现代都市之间的内在关联，我们似乎可以更好地理解为什么美国作家爱伦·坡会将笔下侦探故事的发生场域设置在巴黎——一座既遥远且神秘的欧洲之都，又是全球现代化都市发展的典型代表①。在这两层意义上，正如本雅明所说："侦探小说尽管有冷静的推算，但它也参与制造了巴黎生活的幻觉。"②

回头再来看爱伦·坡《莫格路凶杀案》中的杀人凶手，那只穿梭在巴黎的红毛大猩猩，它绝非一般意义上的奇闻怪谈，而是更为隐喻性地表达了在陌生都市里穿行的"惊颤体验"和死亡恐惧。红毛猩猩在某种程度上正是现代都市中人的兽性、欲望与暴力的象征物，是都市人们对于都市生活恐惧感的投射与集合体。学者付景川、苏加宁更进一步指出："'黑猩猩进入家宅'这一事件恰恰隐喻了极端异己性入侵私人空间的可能，而它非理性的杀戮本身，更可以看作现代都市空间焦虑的浪漫化表达。"③此外，小说里所有人（邻居/现场证人）都好像听见了它的声音，但所有人

---

① 当然，关于爱伦·坡之所以选择法国巴黎作为其侦探小说的发生场域，学界还有很多其他角度的讨论，此处仅举一例，如阿根廷学者罗贝托·阿利法诺（Roberto Alifano）所提出的："爱伦·坡身处美国……却把侦探安排在遥远的巴黎，罪案都发生在那个遥远的国度。毋庸置疑，爱伦·坡非常清楚，如果他把纽约作为小说发生的背景，那么读者便会去探寻事件是否真的发生。然而，一旦将背景置于另一个城市，就会使这一切看起来既遥远又不真实。因此，我认为侦探小说是幻想文学的一种类型。"（参见 Alifano Roberto, *Conversaciones con Borges*, Madrid Debate, 1986, pp.14 - 15）诸如这一角度的观察和说法，也有其自身的合理性。

② ［德］瓦尔特·本雅明著，王涌译：《波德莱尔：发达资本主义时代的抒情诗人》，南京：译林出版社，2014年，第50页。

③ 付景川、苏加宁：《城市、媒体与"异托邦"——爱伦·坡侦探小说的空间叙事研究》，《北方论丛》2016年第4期，总第258期。

又都不知道它究竟说的是哪国语言（他们分别指认凶手说的是法语、西班牙语、意大利语、英语、德语和俄语），大家各执一词，却又都模棱两可，这一巴别塔与罗生门式的证词其实是现代都市中人与人之间极度陌生化的体现与虚妄的世界性想象。爱伦·坡第一篇侦探小说似乎想借助在巴黎游荡且杀人的一只红毛猩猩告诉读者：侦探小说在诞生之初就是属于现代都市的小说类型，同时小说里侦探所要面对和解决的正是现代都市中潜伏于人群之中的、人们内心所隐藏的兽性、暴力、犯罪与恶。

和巴黎一样令人感到难以捉摸的现代化大都市当然还有伦敦，弥漫于伦敦街头的大雾就往往被作家用作体现这座都市神秘性与犯罪温床的象征之物："1895年11月的第三个星期，黄色的浓雾笼罩着英国，从周一到周四，我怀疑能否从我们位于贝克街的窗户看到对面那若隐若现的房子。"①伦敦的"大雾"在某种意义上和巴黎街头的"人群"有着相类似的作用，它们共同为犯罪者隐匿行踪提供了便利与可能。福尔摩斯就曾说："你看窗外，华生，人若隐若现，又融入浓雾之中。这样的天气，盗贼和杀人犯可以在伦敦随意游逛，就像老虎在丛林里一样，谁也看不见，除非他向受害者猛扑过去，当然只有受害人才能看清楚。"②同样，在小说《四签名》中，华生也被这伦敦浓雾笼罩之下匆匆逝过的行人面孔弄得紧张不安："这是一个九月的傍晚。尽管还不到七点钟，天气却已阴沉下来，一场浓雾低低地罩在城市的上空。泥泞的街道上空飘浮着乌云，吊着的路灯变成了一个个模糊的小点，发出的淡淡的光照在潮湿泥泞的人行道上。从商店

---

①② ［英］阿瑟·柯南·道尔著，王逢振、许德金译：《福尔摩斯探案全集·最后致意·布鲁斯-帕廷顿计划》，北京：中央编译出版社，2013年，第650页。

窗户里射出来的黄光,透过层层雾气照到了拥挤的大道上。连绵不断的行人的面孔有悲伤的、憔悴的,也有高兴的。每一张脸就像人类的历史一样,从黑暗转到光明,又从光明转到黑暗。我不是一个多愁善感的人,但是在这样一个阴暗沉重的夜晚,加上我们担负的奇怪的任务,使我变得紧张不安起来。"①和爱伦·坡笔下"人群中的人"与红毛猩猩异曲同工,柯南·道尔利用伦敦浓雾使得人与人之间彼此看不清楚的这一客观天气现象,作为现代化都市"惊颤体验"与不安感受的另一具象化表征。而这种弥漫于都市中的罪恶同样存在于东方的现代都市——上海——之中,正如孙了红在小说中所说:"太阳在东半球的办公时间将毕。慈悲的夜之神,不忍见这大都市的种种罪恶,她在整理着广大的暗幕,准备把一切丑恶,完全遮掩起来。"②

"匿名性"与侦探的登场

犯罪分子在现代都市"陌生人社会"中的匿名性呼唤着侦探的出现,甚至我们可以把侦探小说的情节模式视为发生在罪犯与侦探之间,一场关于试图隐藏身份与努力追查身份的角逐和较量。从这个意义上,我们再来看福尔摩斯与华生的首次相遇,则会有一番更加深入地理解:福尔摩斯在《血字的研究》中初次见到华生医生的时候就推断出他曾经在阿富汗当过军医,其理由就是根据华生身上的种种细节特点(气质硬朗、肤色黝黑、受过外伤、行动不便等),经过观察、发现、推理所得出的结论。如

---

① [英]阿瑟·柯南·道尔著,王逢振、许德金译:《福尔摩斯探案全集·四签名》,北京:中央编译出版社,2013年,第63页。
② 孙了红:《航空邮件》,《大侦探》第十六期至第十七期,1947年12月至1948年2月(后集结成单行本出版时改名为《鸦鸣声》)。

果说现代都市中人的身份具有某种"匿名性",那么侦探的功能就是借助当下所能观察到的诸多细节揭示出其过往的种种隐匿的经历(将当下有限空间中所观察到的内容转换为对观察对象过往时间中经历的推测);如果说现代都市中人的认知是片段、破碎且模糊的,那么侦探的特殊本领就是将这种片段、破碎与模糊重新整合并形成完整认知链条的能力。早期侦探小说中,侦探通过种种蛛丝马迹(足印、烟灰、血迹、泥点、毛发、伤口、服饰、眼镜、鞋子、神态等)来推断出凶手的特点与身份,从而为最终破案提供关键性线索或方向指引的例子不胜枚举,从绝大多数福尔摩斯探案故事到中国的"霍桑探案""徐常云探案"等,都不厌其烦地对侦探的这一特殊能力展开过细致地铺陈和描写。而侦探们这种对细节观察、整合与推演的能力,正是基于现代化都市这个"陌生人社会"里人们身份上普遍存在的"匿名性"与"破碎性"特点而产生的。将破碎的认知还原成完整的因果逻辑,揭示出匿名凶手背后的真实身份,就是所有早期侦探小说中侦探们所努力完成的工作和目标。

庞大且密集的城市人口为犯罪者的犯罪和藏匿提供了很好的遮掩。而都市空间本身更可以视为一个巨大的、人造的犯罪场域,其间错综复杂、交织环绕的宛如迷宫般的城市内道路令追踪犯人的侦探感到"头晕目眩"①。或者我们可以说,都市道路的复杂性即犯罪案件复杂性的空间性外显与物质化寄托,而侦探们则正是在这迷宫般的都市街道中追寻真凶,就如同他们面对

---

① 单纯从物理空间的角度来讲,都市之内的道路与建筑迷宫对罪犯施行犯罪而言也是一个挑战,比如在《血字的研究》中,从美国而来的凶手在伦敦城里追踪被害人,被捕后就表示:"最困难的事情是记不清道路,在所有的道路复杂的城市中,我觉得伦敦城的街道是最复杂难认的了,我就随身带上一张地图,后来我熟悉了一些大的旅馆和几个主要车站,工作慢慢开始顺利了。"

同样复杂的案件而进行抽丝剥茧,追查真相一样。

  开始我还能认清马车行驶的方向,但很快,随着速度逐渐加快,外面的大雾,还有我对伦敦道路的不熟悉,我的脑子里就一团迷糊,只知道这段旅程很长。福尔摩斯却没有迷失方向,车子经过广场或是曲折的街道时,他还能小声地说出地名来。

  他道:"罗切斯特路,现在是文森特广场。我们现在到了沃克斯豪尔桥路,马车好像正在驶往萨利区。我想我是对的,现在我们到了桥上,你们还可以看到河水。"

  泰晤士河被路灯照着的宽阔、平静的河面在我们眼前很快地一闪而过。但是马车还是在继续行驶,很快就消失在桥对岸迷宫一样的街道中。①

  小说在这里对于城市道路的描写并非仅仅单纯地在渲染一种悬疑与紧张的气氛,更是对整个案件复杂与惊险的空间隐喻。"对伦敦道路的不熟悉""脑子里就一团迷糊"的华生对后来扑朔迷离的案情也同样是一头雾水。而"没有迷失方向",甚至"还能小声地说出地名来"的福尔摩斯则始终保持着警惕、敏锐的头脑和正确的查案方向。从这一点看来,对城市内复杂道路状况的了解和熟悉某种程度上来说就是对于复杂案情的清楚把握。如果我们从整个"福尔摩斯探案"系列故事中来看伦敦街道的"迷宫"隐喻,甚至可以寻找到其与福尔摩斯最具标志性地仔细观察案发现场这一行为之间的深层关联:福尔摩斯查案时往往要对

---

  ① [英]阿瑟·柯南·道尔著,王逢振、许德金译:《福尔摩斯探案全集·四签名》,北京:中央编译出版社,2013年,第63页。

案发现场进行一番非常精细地观察,而他对整个伦敦街道地图的熟稔于心或许就可以看作他对于这个犯罪欲望的集合之地与幻象之城精细观察的结果。从另一个角度来看,侦探以理性的目光掌控城市,他们查清案情真相的同时即意味着城市从局部的混乱到秩序的恢复,侦探角色的成功更表示都市是可以被掌控与被秩序化的,而这种秩序的前提即侦探对城市内部每一条街道路线了若指掌。毕竟,对于福尔摩斯来说,"他喜欢住在五百万人口的正中心,眼观六路,耳听八方,对每一个悬而未决的小小传闻或猜疑都做出反应"[①]。此外,这种对城市内街道的了解也需要侦探不断地熟悉和记忆,福尔摩斯就经常告诫华生:"所以说,我的朋友,了解你所居住的城市是多么的重要!"[②]

　　了解一座城市必然需要侦探做出专门的留心和仔细的观察,在这个意义上,我们可以将侦探视为一座城市的"阅读者"。在小说《红发会》中,福尔摩斯在了解到"红发会"的奇怪事件之后,就亲自动身赴现场进行考察,开始了对当地几个街区的"阅读":

> "我的亲爱的华生,请原谅我现在并不是和你悠闲地散步聊天,在我留心观察环境的时候是不能同时回答你这么多问题的。而且,我想你应该知道,这是在敌人领土里进行的侦查活动。好的,广场这里的情况基本了解了,我们绕到后面去吧。"
>
> ……
>
> 福尔摩斯避让着行人,刚好停在拐角处顺着一排店铺

---

① [英]阿瑟·柯南·道尔著,王逢振、许德金译:《福尔摩斯探案全集·回忆录·住院的病人》,北京:中央编译出版社,2013年,第299—300页。
② [英]阿瑟·柯南·道尔著,王逢振、许德金译:《福尔摩斯探案全集·历险记·波西米亚丑闻》,北京:中央编译出版社,2013年,第127页。

望去,说:"现在我要做的是记住这些店铺的顺序。嗯,让我想想看。华生,你知道,我一直希望能准确无误地了解伦敦的一草一木。莫蒂然烟草店!恩,那边是一家报亭!后面呢?哦,市区银行的科伯格分行、素食饭店、麦克法兰马车制造厂,没有其他店铺了吧,那已经是另外一个街区了。"①

正是基于侦探的充分"阅读",甚至需要记住"店铺的顺序",福尔摩斯才能够最终真正做到"准确无误地了解伦敦的一草一木"。而也正是因为有这样一份苦功的积累,才会有上面所引述的《四签名》中所呈现出来的侦探对于整座城市的熟稔于心。

当然,我们也不得不承认,存在于现代都市中的"人潮"或"大雾"对犯罪分子所起到的遮蔽效果,有时也会令侦探们感到为难和无能为力。比如福尔摩斯时时警惕自己的追查行动不要被犯罪分子发现,因为一旦犯罪分子有所警觉,潜入都市人群之中,那将使整个案情查办变得格外困难,以至无从下手:"只要凶手没觉得有人发现线索,我就有机会捉住他。但是,要是他稍有怀疑,他就会隐姓埋名,立即消失在这个大都市里,想想看,四百万居民,到哪里去找?"②又如福尔摩斯曾对他的委托人表示过:"我有充足的证据表明,您在伦敦被人跟踪。在这百万人口的大城市里,很难发现这些人是谁或者他们的目的是什么。如果他们的目的是邪恶的,他们可能会伤害您。我们没有能力阻止。您不知道,默蒂医生,今天早晨你们从我家出来,就

---

① [英]阿瑟·柯南·道尔著,王逢振、许德金译:《福尔摩斯探案全集·历险记·红发会》,北京:中央编译出版社,2013年,第122页。
② [英]阿瑟·柯南·道尔著,王逢振、许德金译:《福尔摩斯探案全集·血字的研究》,北京:中央编译出版社,2013年,第27页。

被人跟踪了。"①都市人口众多与人流密集对案件查办与保护当事人所带来的困难由此可见一斑。

匿名性的传奇化想象——"易容术"

将现代都市生活中的"匿名性"特点发展到极致便产生了侦探小说里的易容术,易容术无疑可以看作侦探小说里隐藏身份(匿名)的浪漫化想象。无论是柯南·道尔笔下的福尔摩斯,还是勒伯朗笔下的亚森·罗苹,抑或是其在中国的后继者——程小青笔下的侦探霍桑与孙了红笔下的侠盗鲁平,都是此一方面的个中好手。福尔摩斯曾多次乔装易容成老人(《四签名》)、流浪者(《歪嘴男人》)、病人(《临终的侦探》),甚至用留声机录下并播放自己拉小提琴的声音,以使得犯罪分子误以为他仍在房间内②(《王冠宝石案》)。而福尔摩斯的对手们也经常通过易容来达到自己的目的,比如《血字的研究》中的马车夫和依循失物招领前来领取戒指的"老太太"、《波西米亚丑闻》中的艾琳·艾德勒小姐、《身份案》中邪恶的继父,等等。在勒伯朗笔下,亚森·罗苹更是经常通过神乎其神的"易容术"把福尔摩斯、华生和警察们骗得团团转。当然,这和勒伯朗本人曾经做过舞台化装师,对化装术颇为熟悉有关,而其小说中的人物亚森·罗苹则被塑造为曾在皮肤科实习,因而学会了换脸的技术。

在中国的侦探小说中,易容术也经常被使用和渲染。程小青就曾在《案中案》专门强调过霍桑易容手法的熟练与迅速:"霍

---

① [英]阿瑟·柯南·道尔著,王逢振、许德金译:《福尔摩斯探案全集·巴斯克维尔猎犬》,北京:中央编译出版社,2013年,第487页。

② 这可以视为某种对声音的伪装与"易容"。

桑有一种特技,在紧急的关头,举动的敏捷会出于人们的意想之外。有一次我见他卸去西装,换上一身苦力装来,又用颜料涂染了脸部,前后不过两分另六秒钟。"①此外,侠盗鲁平也非常擅长易容术,作者孙了红在《眼镜会》中便借小说人物杨国栋之口说道:"总之鲁平的化妆术是神出鬼没的,任是他假充着我们的父母兄弟,也许要被他瞒过咧。"②甚至于在《鬼手》和《鸦鸣声》中,鲁平还曾经假扮霍桑,进而以调查案件为由深入私宅,以寻求盗宝的机会。当然,"易容术"在科学和实际运用层面是否真的能如此"随心所欲"和"惟妙惟肖"还有待进一步探究。其实早在1927年,就已经有人对侦探小说里过度依仗和滥用"易容术"提出了质疑和批评:"用化妆术的侦探小说固属无赖的作品,就是用催眠术和其他似是而非的科学侦探也是不对的。因为出于侦探化妆或使用他种手段不过描写人智幼稚底反照,并不算是名家。所以列宁说侦探须以平常手段使人惊讶,不许用奇异手段使人转疑其作伪。现代科学普及,人人皆有侦探底可能性,若一涉神奇和幻术,在幼稚社会中,或有人肯信,而移在科学昌明的地方,就没有人过问了。"③本文也并非将"易容术"作为侦探小说的科学手段之一来进行考察,而是将其视为侦探小说所呈现出的都市"匿名性"的一种象征性表达和浪漫化想象来予以理解:在现代都市之中,每个人都主动或被动地借助陌生人潮而成为"匿名者",而"匿名"的极致便是"易容"——改变容貌,进而改变身份,把自己装扮作他者,使自己更容易混迹在人潮之中。

---

① 程小青:《案中案》,收录于程小青著、范伯群编:《民初都市通俗小说3:侦探泰斗——程小青》,台北:业强出版社,1993年,第55页。
② 孙了红:《眼镜会》,《半月》第三卷第十八期,1924年。
③ 陈景新:《小说学》,上海:泰东图书局印行,1927年6月二版,第127—128页。

从现代都市中的陌生人关系与"匿名性"特点,到都市罪案的频发与人们对于都市生活危险的恐惧与焦虑,这种伴随着现代都市普遍兴起而产生的时代性感觉结构在文学类型上呼唤着"侦探形象"的登场与侦探小说的诞生,这同时也说明了为什么欧美与中国早期侦探小说故事通常发生在巴黎、伦敦或者上海等都市化程度最高的地方。一方面,侦探作为城市"阅读者"与"漫游者",其核心功能就在于发现城市表象背后所隐藏的秘密,寻找出藏匿在"人群中的人",以理性代言人的形象来驱散读者内心的恐惧,打造出一种一切案件终将水落石出的安定幻象;另一方面,都市"匿名性"又进一步在侦探小说中具象化为"易容术",并且被中外侦探小说家反复渲染得神乎其神,而这种传奇化的犯案/侦破手段,在本质上却又是反科学与非理性的。由此,从"科学化的文学"这一角度来看,世界早期侦探小说在主要内容与核心意象上就构成了自身一组有趣的悖论,而解释这一问题的关键就在于重新审视和强调现代都市与侦探小说起源之间的复杂关系。

晚清民国侦探小说中的"苏州书写"

中国文明开幕纪元四千九百五十四年(即西历一千九百八年九月十号)中秋节夜,苏州省城的中区,有一条小巷,巷之北底,有一小户人家,门前墙上,挂着一个小八卦牌。左傍一块门牌,上面写着"阔巷第一号"字样。门上贴着两条春联,从那矮踏门的小栏杆里,显出"国恩""人寿"四个字来。上面离开二尺的光景,就是两扇玻璃楼窗,却是一掩一启。①

这是目前可以见到的中国本土创作的第一部长篇侦探小说《中国侦探:罗师福》的开头。小说中就在这个"苏州省城的中区"小巷北底的房间内发生了一起毒杀案,而后当地的警察、巡官、县令、师爷等一众人物纷纷登场,但依旧对这起案件束手无策。终于,"受了学校的教育"的青年费小亭提出"吾一个人,决不能担此重任,吾想还是到上海请他去"②,然后"费小亭于十六日傍晚,趁火车到上海,直至明日午后,方把罗侦探请到"③,这才开启了后来整个罗师福侦探破案的故事。

---

① 南风亭长著,华斯比整理:《中国侦探:罗师福》,北京:北京联合出版公司,2021年,第2页。
② 同上书,第36页。
③ 同上书,第39页。

在中国第一部长篇侦探小说中,发生于苏州的凶案最后必须依靠来自上海的侦探罗师福才有可能获得解决。这既是源自在当时的上海,由警察、侦探、法医、律师等所构成的现代侦破与司法体制相对更加完善,相关人员的业务能力也普遍更强的现实境况;同时又构成了一个有趣的"城市隐喻",即苏州与上海、传统与现代、地方与世界之间所存在着的同构性关系对位与文学想象。

从苏州人与"星社"说起

民国侦探小说事业发展最为繁盛的地方当然是在上海。不论是从福尔摩斯、亚森·罗苹等西方侦探小说的大规模译介工作主要由位于上海的中华书局、世界书局、大东书局等筹划、组织、完成,还是《侦探世界》《大侦探》《新侦探》等绝大多数民国时期的本土侦探小说杂志都是在上海出版发行,抑或是如程小青、孙了红、陆澹盦、赵苕狂等一批民国最为重要的侦探小说作家也都长期在上海生活并开展他们的文学活动等任何一个方面来看,我们如果称上海为"民国侦探小说之都",应该都不会引起太大的争议。但有趣的是,这一批在上海开展其侦探小说文学事业的作家中,有相当一部分是苏州人(更宽泛一点说,即江苏人),或曾经长期生活在苏州。比如包天笑、陆澹盦、徐卓呆、姚苏凤(姚赓夔)等都是出生在苏州[1];程小青虽然出生在上海,但1917年起就从上海迁居苏州,执教于天赐庄东吴大学附属中学和景海女子师范学校,并且和范烟桥、周瘦鹃并称"姑苏文坛三剑侠"[2]。此外,刘

---

[1] 严格来说,陆澹盦、徐卓呆应该是生于江苏吴县,当时位于苏州、无锡之间,现在是苏州市吴中区。

[2] 刘绍唐主编:《民国人物小传(第20册)·程小青》,上海:上海三联书店,2017年,第223—229页。

半农是江苏江阴人,俞天愤是江苏海虞人,张碧梧是江苏扬州人……这些和苏州或江苏之间有着密切的籍贯根源或生活联系的侦探小说作家,已然足以撑起民国侦探小说界的"半壁江山"。而这一"文人聚集"现象的背后,可能与江苏地区,特别是苏州在清末民初的经济基础、文化积累与教育普及情况都较好有关,也和其比邻上海,有着"西风东渐"、文学传播和物理交通上的便利密不可分。

如果进一步从文化熏陶与文学活动的角度来看,民国侦探小说作家早年多集中于两个文学社团,一个是杭州的"兰社",另一个则是苏州的"星社"。前者更像是一个学生文学团体(其骨干成员施蛰存当时在杭州之江大学读书,而另外两名社内积极分子戴望舒与张天翼都在杭州宗文中学读书),后者则多少带有一点传统文人雅集的意味(我们现在仍能见到不少当时"星社"成员——比如范烟桥、赵眠云、郑逸梅、赵苕狂、程小青等人——之间的诗歌唱和与还酬往来)。而在后来的文学道路选择上,与"兰社"成员纷纷转投新文学阵营不同,"星社"成员则多数继续坚持原来的创作路径,并构成了民国通俗文学创作的一支重要力量。其中翻译过不少"侠盗"亚森·罗苹故事且还着手试写过诸如"福尔摩斯来上海"等相关题材小说的包天笑,号称"民国侦探小说第一人"的程小青,以及创作了"胡闲探案"系列滑稽侦探小说的赵苕狂等人,就都和苏州与"星社"之间有着文化血脉深处的不解之缘,同时他们又分别从翻译、创作、评论、编辑、出版等各个层面,积极推动着民国侦探小说的发展。

作为上海周遭的苏州

在民国侦探小说作家笔下,上海绝对是被书写得最为频繁且丰富的城市对象,无论是"侦探霍桑",还是"侠盗鲁平",都曾在上海大显身手并扬名天下。而与此同时,也有一些侦探小说作家会更多关注到上海周遭江浙一带的市镇与乡村,其中最富代表性的一位就是俞天愤。汤哲声教授在《中国近现代通俗文学史》一书中称俞天愤为"乡镇侦探小说家"①,即意在强调其侦探小说创作取材不同于一般民国时期侦探小说多立足于大都市(特别是上海)的书写取向,而是别有自己独特的在地化、本土化特征。具体来说,俞天愤的侦探小说故事经常发生在苏州郊区、西北乡方桥镇,或者是往返于锡山和白下的火车上,大致范围基本不出长江以南地区的县乡镇一级地理单位,而这些地方和俞天愤的故乡海虞(今江苏常熟)有着地理风貌和风土人情上的相似性,俞天愤在表现这些地方或者对其展开侦探故事想象时也显然更为得心应手。比如在俞天愤的小说《车窗一瞥》中,侦探醒庵就是生活在江南乡镇,并经常乘火车往返其间,"卜居白下,而行役于锡山,心驰两地,频频往还,匝月之间,仆仆长途者,恒七八次,必以火车代步履之劳,俾速达也"②。而小说中整个案件的最终解决也全靠醒庵"于火车中瞥见"了一起失窃案的真相。在这里,火车对于当时的白下(今江苏南京白下区)和锡山(今江苏无锡锡山区)等市镇乡村而言,显然具有某种福柯所说的"异托邦"(heterotopia)的特殊性质,即火车在传统中国江南地理空间内穿梭往返,就相当于在其中插入了一个极具现代性和异质性的空间场所和文化符号。也正是在这个意义上我们可以认为,火车"异托邦"、都市现代性与侦探小说一起进入了这片传统的故事空间与文化场域之中,进而构成了俞天愤侦探小说的独

---

① 范伯群、汤哲声:《中国近现代通俗文学史·第三编·侦探推理编》,南京:江苏教育出版社,1999年,第870页。
② 俞天愤:《车窗一瞥》,《小说丛报》第九期,1915年。

特面貌。

在这些上海周遭的江南市镇中,苏州更是经常在俞天愤侦探小说中出现的地理单位,比如在小说《白巾祸》中,侦探蝶飞就专门租汽油船从上海赴苏州查案:"蝶飞就为此事,坐了汽油船到苏州去的,明天准定回来。汽油船叫吉福,你可到汽船公司去问的……"[①]其和前文所引晚清侦探罗师福从上海到苏州查案可谓"异曲同工",只不过南风亭长是站在作为"案发地"的苏州的角度来写侦探罗师福从上海"远道而来",而俞天愤则是从上海出发,借着侦探金蝶飞查案的足迹,将笔触一直延伸到了苏州。

一方面,这些涉及苏州的侦探小说作品中往往有不少对苏州都市地景、文化空间乃至方言土语的"文学呈现"。比如南风亭长《中国侦探:罗师福》中的"干将坊巷"和"碧凤坊巷"、朱瘦《旅馆中》等小说中反复出现的《苏州日报》与《苏州时报》,以及徐卓呆《小苏州》中作为破案关键的"洞庭反"(苏州白相人的一种"反切"游戏),等等。另一方面,这里所引申出来的另外一个有趣的问题在于,在当时的侦探小说中,发生在苏州的案件为什么一定要找来自上海的侦探处理和解决?这其实涉及当时侦探文学对于上海与苏州不同的"双城想象"。首先,苏州和上海之间有着地理空间上的近便性,特别是在民国时期有了火车、汽船等更为现代化的交通工具后,两地间的往返也变得更为方便、快捷。比如《中国侦探:罗师福》中费小亭于傍晚"趁火车到上海",第二天中午就带了罗侦探回来。《白巾祸》中侦探金蝶飞乘汽油船,也可以做到今天从上海去苏州查案,"明天准定回来"。由此,我们大致可以判断,清末民初时候借助于现代交通工具,往返上海、苏州间办事一般可以做到隔日往返,整体上颇为便

---

① 俞天愤:《白巾祸》,《红玫瑰》第三十期,1926年。

捷,这就为侦探"跨城"查案提供了物质交通上的基本保障与实践可能。

其次,苏州与上海作为截然不同的两座城市,其实又有着各自独立的行政、司法、交通、商业,乃至邮政系统。比如在陆澹盦的侦探小说《合浦还珠》中,侦探李飞就是根据"这一封信虽然粘着三分邮票,却并没有苏州邮局的圆章",而得出进一步推论:"这明明是从上海寄的,他为什么要发这封信呢?明明是要解释掉他自己的嫌疑罢了。"①"苏州邮局的圆章"在这里象征着完全不同的行政划分与权责归属,也成为犯罪嫌疑人究竟是否身处当地的线索和"铁证",而在这一行政区划的背景下,上海的侦探到苏州查案显然又属于某种"跨界"和"越界"的行为。

最后,在民国侦探小说中,"上海侦探"又意味着对更加专业的职业身份与更为出色的破案能力的想象。这不仅仅是某种"挟洋自重"或"地域偏见",而是恰如程小青笔下的侦探霍桑和助手包朗对上海的认识一样,"但像上海这般地方,人家都尊称为'罪恶制造所'的"。所以霍桑才最终决意听从包朗的建议,从苏州搬到上海:"我说他既然决意从事侦探事业,上海自然比苏州容易发展。他应许了,才在爱文路七十七号里,设立了私家侦探的办事处,实地从事侦探职务。"②如果从小说现实考据的角度来看,这里关于"霍桑与包朗"这一组人物之间关系的设定其实是有着现实人物原型做基础的,按照郑逸梅的说法:"小青的侦探小说主脑为霍桑,助手为包朗,赵芝岩和小青过从甚密,又事事合作,所以吾们都承认他为包朗。"③再参考下程小青另一篇侦

---

① 陆澹盦:《合浦还珠》,《红杂志》第三十期,1924年。
② 程小青:《堕落女子》,收录于萧金林编:《中国现代通俗小说选评·侦探卷》,上海:上海文艺出版社,1992年,第42页。
③ 郑逸梅:《记侦探小说家程小青轶事》,《新月》第一期,1926年。

探小说里的相关内容,"下走姓包名朗,在学校里当一个教员"①。上述这些小说中的情节都和程小青自己曾在苏州生活并在东吴中学教书等经历相契合。

而如果我们从现代都市与早期侦探小说之间关系的角度来进行考察,借鉴本雅明的敏锐洞见:"侦探小说最初的社会内涵是使个人踪迹在大都市人群中变得模糊。"②所以本雅明才会对爱伦·坡的小说《人群中的人》予以高度评价,后世很多侦探小说研究者也将这篇小说看成侦探小说的"雏形"之作。也正是在这个意义上,我们才能更好地理解英国作家切斯特顿为何会称侦探小说是"城市的犯罪诗篇"③。简单来说,即侦探小说是属于资本主义与现代都市的文学类型,其所捕捉的正是现代都市中个体内心的警惕、不安与焦虑感受。因此,世界早期侦探小说中的罪案故事发生地与侦探活动场域多集中在现代大都市(具体到民国时期的中国,则显然首选上海)。而反过来说,生活在大都市/上海的侦探也因此被赋予了某种现代、专业和能力出众的都市想象/文学想象。与此同时,从上海到苏州查案的侦探,也在某种程度上象征了现代化的脚步逐渐深入广大乡镇甚至内陆地区,就如同前文所分析过的俞天愤笔下"往返于锡山和白下的火车"一样,二者共同构成了民国时期中国不断主动/被迫卷入资本主义世界体系之中的时代表征。

---

① 程小青:《倭刀记》,收录于《海上文学百家文库36·范烟桥、程小青卷》,上海:上海文艺出版社,2010年,第99页。
② [德]瓦尔特·本雅明著,王涌译:《波德莱尔:发达资本主义时代的抒情诗人》,南京:译林出版社,2014年,第53—54页。
③ 转引自詹宏志:《詹宏志私房谋杀》,上海:复旦大学出版社,2012年,第168页。

"传统的抵抗"与"状情"书写："杨芷芳新探案"

除了罗师福与金蝶飞这类从上海到苏州查案的"外来"侦探之外,民国侦探小说中还有一些"扎根"在苏州本土的侦探人物形象,比如朱瘦"杨芷芳新探案"系列小说中的侦探杨芷芳。一方面,如小说《冰人》中所说:"这几年来,我和芷芳在苏州协作的探案已很不少,社会方面也薄负虚名。"[①]即道出了"杨芷芳新探案"的主要故事发生地被设置在苏州,而非更为现代化的临近都市上海,这一地理空间的选择本身即带有某种与现代新兴事物保持距离的意味;另一方面,"杨芷芳新探案"系列小说中对新兴的学校、舞场、电影院、旅馆等都持有一定的不满和批判。比如《自杀之人》中认为"跳舞是堕落的媒介",《惊变》中女主角成为电影明星也即意味着其人格的堕落和道德的沦丧,《旅馆中》认为"时下女学生"往往带有一种"狂荡的习气",等等。而同样是在小说《旅馆中》中,作者更是直接揭示出当时苏州很多旅馆背后的"黑幕":"旅馆的内幕真是不堪之至,馆中的旅客大半是本地的人,不要说那嫖赌鸦片和肉欲的自由恋爱,都借着旅馆发泄,就是那种裸体模特儿的照片也全是在旅馆里拍摄的,一种好好的正当旅馆已给一班无耻的人弄得变做了万恶之巢。"[②]从上述这些文本细节中,我们完全可以说朱瘦的侦探小说已经具备了某些社会小说的特点,其对于当时的社会黑幕有着强烈的现实关怀和批判指向。而如果我们尝试在这一批判视角下引入上

---

① 朱瘦:《冰人》,《紫罗兰》第六期,1926年。
② 朱瘦:《旅馆中》,《紫罗兰》第十六期,1926年。

海作为参照,就不难发现,现代化的舞场、电影院、旅馆等最初都是率先登陆上海,然后再扩展至苏州等周边城市或内陆地区。而伴随着这些现代化事物一并扩散传播的,不仅是西方资本主义的现代生活方式、公共空间、都市体验与新型人际关系,还有内生于资本主义生产生活结构之中的欲望沟壑,以及在金钱与欲望交换机制下所滋生出来的暴力与罪恶。在这个意义上,朱瘦将其笔下侦探人物杨芷芳的主要活动空间设置在苏州,就成了一个"有意味的细节",其中暗含了与作为现代资本主义大都市的上海拉开距离,并站在传统中国文化伦理的立场上,对这些新生"社会怪现状"展开批判的小说叙述逻辑起点。简言之,在朱瘦的"杨芷芳新探案"中,苏州之于上海,是被作为某种"传统的抵抗"与道德的批判。

沿着这一思路继续考察整个"杨芷芳新探案"系列小说,我们还会发现其所具有的另外一个突出的特征。一方面,和当时很多侦探小说创作相类似,朱瘦的"杨芷芳新探案"系列也以情杀为主要书写题材。比如小说《自杀之人》中,男主角张秋冷自杀,报纸上都说是因为"忧时",但其实"他的自杀确是关涉着一个女子",而整起案件"又是一件关于恋爱的活剧"[①]。《可怜虫》中,杨芷芳接下了一桩"捉奸案",而情郎的身份竟然是一个哀情小说作家,甚至于故事发展到最后,小说本身即呈现出更多接近哀情小说而非侦探小说的特点。[②] 小说《歌舞场中》的主要情节一言以蔽之,讲的就是一个"强逼情死"[③]的故事。《情海风波》里的主要内容也即"这案大约就是恋爱太自由了应有的结局"[④]。而小说《银海明

[①] 朱瘦:《自杀之人》,《紫罗兰》第十二期,1928年。
[②] 朱瘦:《可怜虫》,《紫罗兰》第七期,1927年。
[③] 朱瘦:《歌舞场中》,《紫罗兰》第十八期,1927年。
[④] 朱瘦:《情海风波》,《紫罗兰》第十二期,1927年。

星》更是开宗即坦陈杨芷芳过去所探之案多是些"关涉着暧昧的案件",而这一宗案件"不过又是一幕恋爱活剧,酸化发作罢了"①。

另一方面,大多数"情杀"题材的民国侦探小说更多着重于如何写"杀",其目的在于表现犯案与破案过程中的"罪"与"智",这也是一般侦探小说的主体情节构成与审美风格追求。而朱猤的"杨芷芳新探案"则更多倾向于表现"情"本身,甚至于我们可以说,"侦探"与"探案"都并非"杨芷芳新探案"的重点,"状情"可能才是作者想要借助这个系列小说所表达的关键性内容。即在某种程度上看来,朱猤的"杨芷芳新探案"是在进行着社会言情小说与侦探小说写作的跨文类尝试与融合。具体来说,朱猤笔下的侦探与助手不仅没有像福尔摩斯及其后来"学步者"那样"远离女色",相反,小说中的侦探杨芷芳、助手吴紫云都有过动人悱恻的爱情经历,吴紫云甚至可以说是一名"情痴"。这不仅在当时的中国侦探小说创作中堪称"独一无二",即使在同一时期的世界侦探小说中也非常少见。虽然"福尔摩斯探案"中华生中途结婚并搬出了贝克街221B的居所,陆澹盦在"李飞探案"中把助手(王韫玉)设定为侦探(李飞)的妻子,40年代长川也有"叶黄夫妇探案"系列作品,但这些都更多只是人物关系上的一种简单设定而已,所起到的也不过是一种装饰性功能。侦探或助手的情感经历与爱情故事从来都不是这些侦探小说作家所关注和意欲表现的重点,恰恰相反,大多数时候爱情是其避之唯恐不及的书写内容(由范·达因所列出的"侦探小说二十条守则"就可知一二②)。但朱

---

① 朱猤:《银海明星》,《紫罗兰》第十六期,1930年。
② 比如美国侦探小说作家范·达因所列出的"侦探小说二十条守则"中的"第三条",就明确表示:"侦探小说不应扯上暧昧和爱情;否则就纠缠不清,使一场纯粹智力的竞赛复杂化。侦探小说的任务,是把罪犯绳之以法,而不是为了使有情人终成眷属。"

哦则不同,在他的小说《伊人》中,侦探杨芷芳有一个梦中情人,侦探每日睹像思人,难以自持,整篇小说也正是围绕着杨芷芳的这个梦中情人而展开的①。而在小说《情痴》中,助手吴紫云也陷入了恋情,小说对此还有着一段颇为直接的"表白":"(吴紫云)握着励操的手道:'励姐,我自前年和你订了文字交以后,不知不觉地堕入了情网。亏我凭着坚诚的志愿,层层进行,总算上帝默佑,在这木香二次开花的时候已达到了我们圆满的期望。真是俗话说得好,"天下无难事,只怕有心人"了。'"②我们很难想象这样的对话内容与描写细节会发生在华生或者包朗的身上。

对此,朱哦也是有着相当自觉的认识:"侦探小说有时为了要情节奇突起见,布局不能不故起奇波,但结束时候仍要归到人情之内,才是杰作。"③这就和同一时期其他侦探小说家强调"智的意味"④与阅读快感有着侧重点上的根本不同。而在朱哦具体展开对情杀案件和婚姻情感关系的相关书写时,也多半会流露出某种传统道德与伦理观念倾向,甚至于这种道德倾向性有时会影响到侦探小说最为根本的正义伦理。比如在小说《情海风波》中,陆伯平杀死女主角的理由好像是大义凛然:"这般兽化式的女子放在社会上,不但要陷害多少青年男子,而那风气一播,苏州社会中也要没有贞洁的女子了。不杀死伊,真不知要害多少有用的青年呢。"⑤作者虽未直接表明对陆伯平所说与所做的观点和看法,但其在小说中让凶手公开陈述自己杀人的理由这一书写行为本身,已然透露出作者的同情态度。而从根本上来

---

① 朱哦:《伊人》,《新月》第五期,1926年。
② 朱哦:《情痴》,《半月》第十期,1925年。
③ 朱哦:《侦探小说小谭》,《半月》第四期,1925年。
④ 程小青:《侦探小说在文学上之位置》,《紫罗兰》第二十四期,1929年。
⑤ 朱哦:《情海风波》,《紫罗兰》第十二期,1927年。

说,朱瘦侦探小说中通过"状情"来对抗"写智",正是其以苏州来抵抗上海、以传统来批判现代在文学形式层面的另一种体现。而将"状情"提升到侦探小说叙事的核心位置,也可以说是"杨芷芳新探案"中所谓"新"的最突出特征了。

地方的力量:徐卓呆笔下的"小苏州"

苏州籍作家徐卓呆,并非以侦探小说见长,其文学名声更多是源自滑稽小说创作,他也因此被称作"文坛笑匠"和"东方卓别林"。而徐卓呆对于通俗文学的另一大贡献在于,他在不断进行着不同类型小说之间的融合性写作尝试,比如他的《女侠红裤子》就是滑稽小说和武侠小说的融合,《不是别人》又是侦探小说和滑稽小说的融合。对于这种跨类型小说写作的尝试,徐卓呆自己曾说:"我今年的小说,大概要这一类占多数了(笔者按:此处指的是侦探小说)。但是我做了两三篇,便觉得有一个大毛病了。这大毛病不独我一人犯着,恐怕做侦探小说的人,大半犯着。就是格局的没有变化,开场总是什么地方谋死了一个人,或是失去了什么要物,由侦探去破案的。这么形式千篇一律,我以为就是内容不同,也总不好。所以我得想做几篇格局特异的侦探小说。或者格局之外,还可以在性质方面,使他含有滑稽趣味,倒也很调和。"[①] 可见他是有意识地在尝试跨类型的小说创作,并试图借此突破不同类型小说书写本身的一些局限性。而他所创作的侦探小说,既有如《犯罪本能》这种相对"正典"的侦探小说创作形式,也有着数量更为庞大的滑稽侦探小说作品,而总体上来看,后者更能够代表其创作特色与文学成就。

---

① 徐卓呆:《侦探小说谈》,《小说日报》第一百一十一期,1923年4月1日。

不同于赵苕狂"胡闲探案"在有意颠覆传统侦探小说的每一处经典情节和细节,也不同于朱秋镜"糊涂侦探案"力图塑造出一名糊涂的侦探主角形象白芒,徐卓呆的"滑稽侦探小说"主要可以概括为"外行侦探"的系列故事。比如其在小说《外行侦探与外行窃贼》中所说:"这谭文江的侦探本是外行,那窃盗的阿翠也是外行,两个人都缺乏着这一方面的知识,所以事件的进行大有急转直下之势。"①身为侦探,却缺乏必要的"侦探知识"是徐卓呆这一系列小说的显著特点。这方面的代表作首推《小苏州》,在这篇小说一开始,一起连环盗窃杀人案的凶手就已经被捕,福尔摩斯与亚森·罗苹还抓住了前来与凶手接头的同党。但警方和霍桑、李飞、福尔摩斯与亚森·罗苹等中外名侦探汇聚一堂,却都搞不懂凶手与其同党之间交流信息的暗语究竟是什么意思,也就无法找到他们藏匿赃物的地点。后来却是身份处于底层的、只是跑腿的"小苏州"解决了这个难题。原来凶手所使用的暗语是一种被称为"洞庭反"的"反切"暗语:"'乃是我们做白相人的时候应当懂的一种小玩意,不是什么高深的学问。不过这么看来,你们用什么外国的新法来侦探,开口科学、闭口科学,在中国社会上还是不行。不如我一个光棍,倒不费丝毫力量把你们诸大侦探研究不出的秘密居然看出来了。'小苏州一番话说得大家脸都红咧。"②小说中"小苏州"用地方的、底层的经验战胜了大侦探们现代的、西方的科学知识,并讥讽侦探们:"你们只懂外国方法,不明白中国习惯,不晓得有这东西罢了。"形成了某种对于被认为是世界的、现代的、先进的科学理性知识的源自民间的地方性知识的讽刺和反抗。这里"小苏州"所拥有的地域身份

---

① 徐卓呆:《外行侦探与外行窃贼》,《半月》第六期,1923年。
② 徐卓呆:《小苏州》,《侦探世界》第七期,1923年。

恰好又是和苏州直接相关,而其在小说中所对应的潜在地域文化空间则是霍桑、李飞所生活的上海,以及福尔摩斯与亚森·罗苹所来自的西方。由此,苏州在地方的、民间的文化力量层面构成了作为西方现代性表征与世界主义横行的上海的参差与对照。

综上所述,民国侦探小说事业繁盛于上海,其主要文学书写空间也集中在这座中国当时现代化程度最高的大都市之中。但是作为上海近邻的苏州,对于民国侦探小说而言也有着特殊的意义:在现实生活中,苏州为上海的都市消费文学发展提供了大批文学生产者;而在小说文本内部,苏州既是作为上海的周遭而存在,也是相对于西方与现代的东方与传统的象征,同时面对着作为世界主义话语下"舶来"的侦探小说文类,苏州更代表了某种来自地方与民间的文化力量。而考察民国侦探小说中"苏州书写"与"苏州想象"的不同方式,也是我们拉开距离,重审侦探小说这一小说类型在中国本土化发展过程中所产生的文化交织与复杂面貌的有效途径之一。

罪案与舞厅
——民国侦探小说中的"舞女"书写

1927年被称作"上海舞厅史上的骤盛之点",从"巴黎饭店经理葛建时在店内设置黑猫舞厅(Black Cat)"开始,新新、爵禄、大东、好莱坞、皇宫等华资舞厅陆续崛起,"不到一年时间,遍布全市的舞场已达33家,舞风如火如荼"。① 而当时的报刊新闻与随笔文章,也都对这一时期上海兴起的"跳舞热"有所记录。比如1928年3月17日的天津《大公报》上有一篇题为《上海之跳舞热》的文章,就专门写道:"数月以来,跳舞之风盛行海上。自沪西曹家渡而东以及于沪北,试一计之,舞场殆不下数十。"② 而王定九在《上海门径》中也曾感叹:"上海的跳舞,是继电影潮而兴的。近年以来,风起云涌,不可抑制。"③ 甚至于朱自清作于1927年7月的散文名篇《荷塘月色》中,在面对"出水很高"的荷叶时,也难免将其联想为"像亭亭的舞女的裙"④。由此观之,伴随着这股"跳舞热","舞厅"与"舞女"俨然已经成为都市人群所不再陌生的公共消费空间与新兴职业群体,甚至可以说其已经化入了当时人们的日常性表达与想象之中。

---

① 参见马军、白华山:《两界三方管理下的上海舞厅——以1927—1943年为主要时段的考察》,《社会科学》2007年第8期。
② 微尘:《上海之跳舞热》,《大公报》,1928年3月17日。
③ 王定九:《上海门径》,上海:中央书店,1936年,第9页。
④ 朱自清:《荷塘月色》,收录于《朱自清文集》,北京:燕山出版社,2018年,第74—76页。

跳舞与罪案

正值1927—1928年上海的"跳舞热"方兴未艾之际,当时在牯岭养病的茅盾产生了"要做一篇小说的意思",后来他于1927年"八月底回到上海",陆续写下了"《蚀》三部曲"(《幻灭》《动摇》《追求》),其中《追求》一篇是"在一九二八年的四月至六月间"①写成的。

在小说《追求》中,作为报刊编辑的王仲昭对"舞场"新闻有着格外的注意,并且他已经初步认识到作为新兴娱乐场所的"舞场"所引发的社会关注和讨论:"目下跳舞场风起云涌,赞成的人以为是上海日益欧化,不赞成的人以为乱世人心好淫,其实这只表示了烦闷的现代人需要强烈的刺激而已。所以打算多注意舞场新闻。"②小说人物的"新闻敏感"显然和作者本人对当时上海正在兴起的"跳舞热"的"敏感"有关。而小说中王仲昭在计划改革报纸第四版时,更是特别注意两个方面的内容:"一是社会的动乱,包括绑票,抢劫,奸杀,罢工,离婚,等等;一是社会的娱乐,包括电影,戏剧,跳舞场,等等。这相反的两个方面都反映着现代生活的迷狂,是诊断社会健康与否的脉搏。"③茅盾在这里不仅已经注意到了以"跳舞场"为代表的新兴都市娱乐业的兴起,更是将其和都市犯罪一并上升为上海这座现代都市的生活革命方向和时代症候特征("是诊断社会健康与否的脉搏")来加以认知和把握。

---

① 茅盾:《从牯岭到东京》,《小说月报》第十九卷第十期,1928年10月。
② 茅盾:《追求》,收录于《茅盾精选集》,北京:燕山出版社,2015年,第206页。
③ 同上书,第201—202页。

以茅盾小说中的这处细节为起点来分析程小青等民国侦探小说作家有关于"舞场"和"舞女"的罪案（主要是凶杀案）书写，其完全可以视为《追求》中所说的"社会的娱乐"（跳舞）与"社会的动乱"（罪案）两种都市生活症候的结合。比如在程小青的小说《舞后的归宿》中，在得知舞后王丽兰被杀后，"霍桑的脸色越发庄重了。他瞧着那舞女点点头。他说：'真可惜，近来舞女被人打死的已有好几个。上月里光明舞厅的胡玲玲，不是也被人打死在汽车中的吗？'"①而在小说《白衣怪》中，包朗对于舞女被杀的新闻甚至已经习以为常、见怪不怪了：

  我依着他所指的那节新闻瞧去，当真使我失望。新闻纸上载着东大旅馆中，有一个舞女，被伊的一个熟识的舞客开枪打死。那凶手姓诸，是个大学毕业生，当场被人捕住，已送交警署。据他自供，行凶的动机，就因为争风。
  我疑惑地问道："究竟那一节？可是枪杀舞女的一回事？"
  "是！"
  "奇了！这样的新闻报纸上天天找得到，真是司空见惯。值得你这样大惊小怪？"②

对于民国侦探小说家而言，"舞场"与"舞女"是颇为常见的案件发生场所和被害人物形象。比如程小青曾在《舞宫魔影》与《舞后的归宿》中都把"广寒宫舞厅"作为故事发生和展开的重要

---

① 程小青：《舞后的归宿》，收录于《程小青文集 3——霍桑探案选》，北京：中国文联出版公司，1986 年，第 75 页。
② 程小青：《白衣怪》，收录于《程小青文集 2——霍桑探案选》，北京：中国文联出版公司，1986 年，第 121 页。

空间,而在其另一篇侦探小说《活尸》中,又有对"紫霞路明月舞场"的详细描写。此外,在其所创作的小说《舞场中》①、电影剧本《舞女血》②,和翻译的小说《舞场奇遇记》③等作品中,也都将"舞女"这一人物形象和犯罪案件联系在了一起。而在当时,把"舞厅"当作侦探小说故事发生的主要空间,让"舞女"成为都市罪案被害人的侦探小说作家绝不止程小青一人。与其并称为民国侦探小说"一青一红"的作家孙了红的《窃齿记》④、《真假之间》⑤、《张丽的丝袜》⑥等侦探小说,也是或者故事发生在舞厅,或者以舞女为主角;而陆澹盦"李飞探案"系列中的《合浦还珠》⑦,张碧梧"家庭侦探宋悟奇探案"系列中的《舞衣》⑧和《歌残舞歇》⑨两篇,朱骧的"杨芷芳探案"系列中的《歌舞场中》⑩《情海风波》⑪《自杀之人》⑫等几篇小说,也都和"舞厅"这一空间场所密不可分;甚至于40年代介于新闻纪实与小说虚构之间的特殊文

---

① 程小青:《舞场中》,《红玫瑰》第六卷第一期,1930年(标"江南燕案之一")。

② 《舞女血》,上海友联影片公司,程小青编剧,姜起凤导演,徐琴芳、林雪怀主演,1931年上映。此外,程小青创作的同名为《舞女血》的小说也收录于上海文华美术图书公司1933年出版的"霍桑探案汇刊第二集"之中。

③ 程小青译:《舞场奇遇记》,《侦探世界》第二十二期至第二十四期,1924年。

④ 孙了红:《窃齿记》,《万象》第一卷第三期,1941年9月。

⑤ 孙了红:《真假之间》,收录于孙了红小说集《蓝色响尾蛇》,上海:大地出版社,1948年5月初版,1948年7月二版。

⑥ 孙了红:《张丽的丝袜》,《海晶小说周报》第三卷第一期至第三卷第五期,1948年至1949年。

⑦ 陆澹盦:《合浦还珠》,《红杂志》第二卷第二十八期至第二卷第三十期,1924年2月。

⑧ 张碧梧:《舞衣》,《紫罗兰》第二卷第十八期,1927年。

⑨ 张碧梧:《歌残舞歇》,《紫罗兰》第二卷第十四期,1927年。

⑩ 朱骧:《歌舞场中》,《紫罗兰》第二卷第十八期,1927年。

⑪ 朱骧:《情海风波》,《紫罗兰》第二卷第十二期,1927年。

⑫ 朱骧:《自杀之人》,《紫罗兰》第三卷第十二期,1928年。

体——"实事侦探案"中,也有不少关于舞女与罪案的故事,比如陈娟娟《香岛艳尸》就记录了舞女管筱霞之死以及她与失业徘徊的男子唐文浩之间的复杂纠葛①,等等。

如果我们将阅读视野进一步拓展开去,会发现当时描写舞女与罪案的文学作品不仅是侦探小说一类。在上海"新感觉派"小说中,"舞女"也常常沦为社会暴力与司法不公的受害者,以穆时英的小说为例:《本埠新闻栏编辑室里一札废稿上的故事》讲述了"今晨三时许",皇宫舞场中的舞女林八妹被流氓"象牙筷"殴打,"至遍体鳞伤",舞场场主却反过来"呵斥八妹,不应得罪贵客,当即将八妹解雇",最后警察"欲入场拘捕凶手","因敲诈不遂,故来捣乱",反将八妹拘捕关押这样一个荒诞且悲惨的故事。更可悲的是,"法律,警察,老板,流氓……一层层地把这许多舞女压榨着,像林八妹那么的并不止一个呢!"②果然,小说《黑牡丹》中,男主角第二次见到舞女黑牡丹,就看见了其刚刚摆脱了暴力侵犯后的惨状:"一个衣服给撕破了几块的女子,在黑暗里,大理石像似的,闭着眼珠子,长睫毛的影子遮着下眼皮,头发委在地上,鬓脚那儿还有朵白色的康乃馨,脸上、身上,在那白肌肉上淌着红的血,一只手按着胸脯儿,血从手下淌出来。"③甚至于小说《上海的狐步舞》直接就是以一起抢劫案开篇,作为这个最终未完成故事的起点。

相比于穆时英,刘呐鸥关于舞女与罪案题材的小说并不算多,但内容却更令人唏嘘,比如在《永远的微笑》中,歌女虞玉华

---

① 陈娟娟:《香岛艳尸》,《大侦探》第十二期,1947年。
② 穆时英:《本埠新闻栏编辑室里一札废稿上的故事》,收录于《白金的女体塑像》,南京:江苏文艺出版社,2009年,第47—59页。
③ 穆时英:《黑牡丹》,收录于《白金的女体塑像》,南京:江苏文艺出版社,2009年,第301—309页。

先是被程照污辱,又遭罗匪抢劫,她在愤怒之下杀了程照,最后却被判了无期徒刑①。而这些小说中的欲望与罪恶、命运与不公最终都指向了《上海的狐步舞》中的那句著名的概括:"上海,造在地狱上面的天堂!"②

一方面,在民国时期的上海,舞女们的确常常陷入都市犯罪或社会动乱等事件之中,与此相关的社会新闻更是层出不穷,其中较为著名的就有1930年的"舞女黄白英服毒案"③和1948年轰动上海的"舞潮案"④等;另一方面,身处于罪恶都市、浮华舞场、欲望中心与弱者地位的都市舞女,也往往容易沦为罪案的受害者。尤其是舞场空间的公共性加强了其人员的流动性与匿名性,进一步造成了案件的频发,即正如刘易斯·芒福德所说:"大都市的匿名性,它的非人格化,对于非社会甚至反社会的行为是一种积极的鼓励。"⑤此外,舞场中身体与金钱交易的灰色属性以及两性之间地位的不平等也都是造成舞女与罪案在现实与文学中总是密切交织在一起的重要原因。而这种金钱与欲望之间的交换关系本质上正是现代资本主义社会得以建构的重要机制,舞女也因此成为我们把握现代资本主义消费文化和内在运作逻辑的文学与文化形象表征。

---

① 刘呐鸥:《永远的微笑》,收录于《都市风景线》,杭州:浙江文艺出版社,2004年,第155—162页。
② 穆时英:《上海的狐步舞》,收录于《白金的女体塑像》,南京:江苏文艺出版社,2009年,第291—300页。
③ 参见郦千明:《1930:轰动上海滩的舞女服毒案》,《检察风云》2017年第12期。
④ 参见高铮:《"舞潮"案》,见《近代上海娱乐文化探微》,北京:中国文联出版社,2007年,第176—188页。
⑤ [美]刘易斯·芒福德著,宋俊岭、李翔宁、周鸣浩译:《城市文化》,北京:中国建筑工业出版社,2013年,第306页。

程小青的"舞厅"书写

在程小青的侦探小说中,构成其整个"霍桑探案"系列小说最大的"中国背景"是当时中国国力贫弱、教育不兴、青年颓废以及社会上重物质的风气流行,程小青对此抱有深切的不满和批判。而他的这种批判立场与价值取向,最集中体现于其通过小说所表露出的对于"舞场"空间与"舞女"形象的批评与同情这组并存的情感矛盾之中。在小说《活尸》中,包朗就曾对"跳舞"进行过批判:"我们的国家正在这样生产落后千疮百孔的地位,这种迷人丧志斫伤青年男女的娱乐,实在没有提倡的必要。"①并认为"舞场"就是一个消魂荡魄的魔窟所在:"现在的所谓舞场,实在是一种吞噬我们青年的魔窟,也是那些'活尸'们的逍遥所在。""舞场老板大多是些恶霸流氓之类的'阔人',他们用金钱诱骗的手段,勾引一些穷困家庭里美貌姑娘,来舞场充当舞女,专供那班凭搜刮剥削发了财的大亨和他们的子侄玩弄和泄欲,舞场老板便从这些变相妓女身上挣钱发财。"②而小说《舞宫魔影》则直接称"开舞场"为"戕害青年,斫丧风化的营业"③。

在程小青看来:"跳舞的生活是以昼作夜的,和平常人恰正相反。"④因而其更加隐喻性地成为现代都市中罪恶的集中出现与潜滋暗长的场所。其小说人物杨一鸣就曾说过:"在我们这个千疮百孔一切落后的时代,舞场不但不能做一般人的娱乐场所,

---

① 程小青:《活尸》,收录于《程小青文集4——霍桑探案选》,北京:中国文联出版公司,1986年,第178页。
② 同上书,第292页。
③ 程小青:《舞宫魔影》,收录于《程小青文集2——霍桑探案选》,北京:中国文联出版公司,1986年,第393页。
④ 同上书,第333页。

简直还是制造罪恶的中心。"①在霍桑与包朗的眼中,"舞场"本身就是一个充满了浮华迷乱与光怪陆离,而与整个正处于贫弱之中的国家格格不入的"索多玛之地":

> 人们如果在浪花路的转角经过,最先接触眼帘的,定是一宅巍峨而气势宏壮的华屋,那屋子的大门是罗马式的,四根花岗石的柱子既粗又高;从街面到那门口有八九层石级,都琢磨得光滑异常;又因着侍役们的勤加拂拭和洒扫,真是纤尘不染——人们看见了,自然而然会感觉得若使足上不曾穿着高价漂亮的鞋子,决不敢冒昧地践踏上去,在大门的上端的一只大钟下面,有五颗小电灯缀成的凸出的五角星,每一颗星中嵌一个字,合摆来就是"广寒宫舞场"。每天晚上八九点钟以后,这舞场门首形形色色的电灯,在相隔五十码外已足使人目迷。那时候的景状,若把"华灯既张,车水马龙"两句成语来形容,可算得确切不移。②

小说里所描述的舞场外观虽然称得上是金碧辉煌,却给人一种不可亲近的距离感与拒斥感——比如小说中写舞厅门口的台阶令人"感觉得若使足上不曾穿着高价漂亮的鞋子,决不敢冒昧地践踏上去",而舞厅的名字"广寒宫舞场"本身也给人一种冰冷、神秘和遥远的感觉,仿佛其是异质于普通人日常生活之外的空间所在。而当霍桑与包朗身处"舞场"之中时,也完全不能有一点舒适或美好的享受,反而只能感觉到一种"精神上的闷损难

---

① 程小青:《舞宫魔影》,收录于《程小青文集 2——霍桑探案选》,北京:中国文联出版公司,1986 年,第 394 页。
② 同上书,第 303—304 页。

受":"舞场的全部虽布满了冷气,我坐着身体上固然不致出汗,但令人欲醉欲眠的爵士乐声,半明半灭的迷人灯光,和那眼花缭乱的装点,舞女们假意殷勤的笑语媚态,不但不足以引起我丝毫兴趣,却反使我感到精神上的闷损难受。"①

此外,小说《舞后的归宿》还借助包朗之眼来"看"舞女,认为其形象都不脱"人造"或"过分矫饰"的特点,不仅不能让人感受到真正的、天然的美,反而使人觉得"刺目""凛然"和难以判断其年龄:

> 那女客约有五呎二吋高度,在我国东南一带普遍低矮的女性中,已可算的"长身玉立",上身披着一件淡青色细哔叽的短帔,下面露着红白相间条子绸的旗袍,一直盖到伊的银皮镂孔的鞋背上面。伊有一个瓜子形的脸儿,颊骨部分红得刺目,一双灵活乌黑的眼睛,罩着两条细长的人工眉——原来伊的天然眉毛,时时遭受理发匠的摧毁,已不留丝毫影踪!那鼻子的部位生得很恰当,鼻梁也细直而并不低陷,这也是构成伊的美的重要因素。那张小嘴本来是伊的美的主因之一,可是因着涂了过量的口红,使我见了觉得有些儿"凛然"。伊脸上的皮肤固然是白嫩细腻到了最高度,可是我不敢相信,大半定是借重了"铅粉"的力。因此伊的芳龄究竟是十八九,还是二十三四,也不容易判断。②

另一方面,包朗也对"舞女"这一表面形象之下的经历投诸

---

① 程小青:《活尸》,收录于《程小青文集4——霍桑探案选》,北京:中国文联出版公司,1986年,第178页。
② 程小青:《舞后的归宿》,收录于《程小青文集3——霍桑探案选》,北京:中国文联出版公司,1986年,第71页。

以"可怜"却又无可奈何的复杂情愫:"伊是个舞女,伊的这种装扮也许是被迫而然的,平心说来,那只有可怜的成分。可是我不懂社会上尽多那些并没有'可怜'因素,而自甘'可怜'的密司们,究竟又为着什么呢?"①

程小青对于"舞女"感情的复杂性,更为直接且强烈地体现在小说《舞宫魔影》中舞女柯秋心自杀前所写的一封"自白信"中:

> 一鸣先生,我是一个奴隶!我过的简直不是人的生活!但除了你以外,我还没有听得过一句真正同情的话。那自称我的表兄的王百喜,实在是我命运中的魔鬼!我的年纪太轻,没有受充分的教育,又迷恋着盲目的自由,不听我的父母的劝告,一时错误,受了这魔鬼的诱惑,使丧失了贞操,抛弃了家庭,跟他到了这万恶的都市,沦落到这非人生活的地位!三年来,我已给他挣了不少卖命钱,但他还不肯放松我,我的堕落的生活和强支的病体,实在再不能忍受了,幸亏我的灵魂还是纯洁的,现在我已决心脱离这恶浊的世界了!②

在这封"自白信"中,作者对于"舞女"底层与弱者命运的同情、对于其失足与堕落的愤怒、对于这充满了罪恶的都市与"恶浊的世界"的憎恶,以及对于舞女仍怀有"纯洁的心灵"的渺茫期望等诸般复杂的感情集中呈现出来并且交织在了一起,最终形

---

① 程小青:《舞后的归宿》,收录于《程小青文集3——霍桑探案选》,北京:中国文联出版公司,1986年,第74页。
② 程小青:《舞宫魔影》,收录于《程小青文集2——霍桑探案选》,北京:中国文联出版公司,1986年,第386—387页。

成一种"爱之愈深,责之愈切"的矛盾心理。

除程小青外,不同侦探小说作家笔下对"舞厅"与"舞女"的描写手法与情感态度并不一致。比如朱贽在小说《自杀之人》中对待"舞厅"与"跳舞",就表现出和程小青相类似的态度——认为"跳舞是堕落的媒介"①。而在吴佐良翻译的小说《白色的康乃馨》中,则着重描写了善良的舞女为了帮助憨厚的水手而四处奔走,不辞劳苦地寻找线索,传递出了一种破恶求净的力量②,这篇小说中的"舞女"形象既带有中国传统戏曲《苏三起解》中苏三的坚韧抗争,又有几分沈从文湘西小说里在船上谋生的妓女们人性的自然与美好。而在长川的"叶黄夫妇侦探案"系列中的《尾随的人》③一篇里,小说更多只是单纯地呈现了叶黄夫妇伪装成舞厅的宾客调查案件的过程,因而对这一空间本身并未做出褒贬评判。即在这篇小说里,"舞厅"无疑只是象征着现代都市"人群中的人"高密度聚集的一处公共场所,是侦探得以"匿名性"地展开调查的现代场域而已。

舞女的卧室

民国侦探小说中凡涉及"舞女"的生活空间,除了"舞厅"之外,舞女的"卧室"也是经常被写到的案发场所。和程小青小说中"舞厅"给人的感受是充满了"奢靡"与"浪费"相一致,在他的笔下,"舞女"们被杀害的卧室里也往往透露出这种"奢靡"与"浪费"的气味。比如小说《舞后的归宿》中就对舞女王丽兰的房间布置进行了一番详细地描写:

---

① 朱贽:《自杀之人》,《紫罗兰》第三卷第十二期,1928年。
② 吴佐良译:《白色的康乃馨》,《大侦探》第十四期,1947年。
③ 长川:《尾随的人》,《大侦探》第二十九期,1949年。

我开始向这室中作一度迅速的巡礼,涂蜡的狭条麻栗地板上,铺着一大方蓝底白花高价的厚地毯,那室外的泥足印就接到这地毯为止。在死者座位背后的右边,有一张白石面的小圆桌,围着四只精致的皮垫短背椅子,圆桌上除了一个舶来品的铜花瓶以外,有一只银质盘花的烟灰盆,盆中有好几个烟尾,还有两只玻璃杯,一只在杯里,还剩着些残余的香槟酒。在这小圆桌的更右,靠壁放着一只紫色丝绒的长椅,椅上有三个圆形的锦垫,也并不例外地都是舶来品,长椅一端的靠手上,放着一件浅蓝色丝绒的短大衣,分明是死者身上脱下来的。

霍桑所说的那只铁箱,就在这长椅的左手里,这箱形是长方的,外面的喷漆是浅蓝色,就式样和色泽方面说,很像是一架落地收音机,靠窗的一角,有一个书架,其实称它书架,未免犯着"砌词证陷"的语病,因为架上并没有书,除了几本象书桌面上一类的图画刊物和报纸以外,大半是虚空的,靠后面壁上,另有一张立体式的镜台,台上的杯碟酒瓶等类,也一律是外国货。镜台东边的壁上,挂一幅镶阔金框的油画,约有三尺长,二尺高,画的也是外国风景。总之,这室中一切器物所给予我的印象,只能忘了时代忘了国家的极端的"奢靡"与"浪费"![1]

小说中舞女王丽兰房间的布置风格俨然就是本雅明所说的"只有尸首才会真正对奢华而死气沉沉的室内布置感到舒适"[2]的"资产阶级魔窟"[3]。具体来说,民国侦探小说中的舞女卧室空间,

---

[1] 程小青:《舞后的归宿》,收录于《程小青文集 3——霍桑探案选》,北京:中国文联出版公司,1986 年,第 85—86 页。
[2][3] [德] 瓦尔特·本雅明著,王涌译:《摆有豪华家具的十居室住宅》,收录于《单行道》,南京:译林出版社,2014 年,第 10—11 页。

一方面给人以过分浮华与奢侈的感觉,而这种感觉很大程度上是由于卧室内"物的堆积"所导致,民国侦探小说往往不厌其烦地铺陈舞女卧室里的地板、沙发、桌椅、床单、窗帘与梳妆台,进而形成一种物的拥塞与窒闷的感觉效果,而这些物品中也有不少很容易让人产生关于消费乃至享乐、放纵的生活方式的联想,比如烟尾、酒杯和杯碟等;另一方面,这些卧室里的"物品"多半会被设定为来自西方,比如"舶来品的铜花瓶""进口的香槟酒""画着外国风景的油画",这似乎是在暗讽舞女生活方式上的某种"崇洋"态度,同时小说也借助了这些"舶来之物"强化了舞女卧室空间本身的异国性特征,使其一定程度上成为上海这座中国城市里的"异质空间"。(有趣的是,本雅明所描述的西方侦探小说里的"死者的房间"中也同样堆满了来自东方的物品,比如波斯地毯、高加索短剑和可汗国的胡床等,并被他概括为"东方显贵、奢华的室内摆设",我们或许可以理解为这些欧美侦探小说是想借助东方的神秘性来增强谋杀的悬疑感。)此外,缺乏必要的知识和学习也是程小青笔下"舞女"房间的普遍性特点,其具体体现为舞女的卧室里通常都会有书架,但书架上一般并没有什么书,这背后"哀其不幸,怒其不争"的人道主义同情与启蒙主义批判立场则是不言而喻的。

总体上来看,民国侦探小说里"舞女的卧室"——也通常作为"死者的房间"——其室内装潢与布置在某种程度上可以视为现代都市浮华富丽与罪恶丛生的缩影,同时也是舞女个体内心欲望不断膨胀的外在物质化与空间化呈现。而民国侦探小说作家们在表现这些"卧室空间"时,所采取的颇有些自然主义细节呈现的书写方式,也在不经意间暴露出作者本人内在价值的某种分裂倾向:一方面,民国侦探小说作家不厌其烦地书写"死者卧室"中的"物"的丰富性甚至堆积感,并刻意强调这些物品的西方来源,流露出作者本人对于这些西方现代物质符号的某种想象性心理情结;另一方面,作者对于拥有这些"物"的主人,即作为死者的舞女的生活方式与生活命运又抱有批评和同情并存的复杂情感态度。而其中的内在情感与价值分裂,似乎可以理解为史书美所说的20世纪30年代身处上海的中国知识分子所普遍具有的世界主义、现代主义与殖民主义并存的半殖民地文化及心理结构特征①。

另外一个需要特别注意的地方在于,"卧室"本应该是一个用于休息的"个人私密空间",但在现代通信媒介相对发达的民国上海,对于"舞女"这种带有一定社交属性的职业人群来说,其"卧室"常常呈现出一些公共性特征。比如在"新感觉派"作家施蛰存的小说《薄暮的舞女》中,就较为集中地表现了舞女素雯的卧室空间与生活。一方面,素雯的"卧室"在某种程度上象征着她的私人生活空间,甚至可以说是她内心世界的客观外显,在这个意义上来重新看待素雯打扫房间的行为实践,无疑有着一种追求"洗心革面,重新做人"的意味:

> 正在她改变室内陈设的辛勤的三小时之后,她四面顾盼着新样式的房间,感觉到满心的愉快。几乎是同时的,她又诧异着自己,为什么自从迁入这个房间以来,永没有想到过一次把房内的家具移动一个地位呢?

> 她的眼睛却忏悔似地凝住在新换上去的纯白无垢的床巾上。贞洁代替了邪淫,在那里初次地辉耀着庄严的光芒。②

---

① 参见史书美:《现代的诱惑——书写半殖民地中国的现代主义(1917—1937)》一书第9—11章中的相关内容,南京:江苏人民出版社,2007年。
② 施蛰存:《薄暮的舞女》,收录于《施蛰存小说精选》,长春:吉林文史出版社,2018年,第241页。

另一方面,这种有几分"自省"意味的打扫房间,被突如其来的电话铃声所打断:"床头茶桌上的电话机急促地鸣响起来了。"[1]而电话在小说中更为重要的意义在于,它的存在和突入使得原本应该属于素雯私人空间的"卧室"变得不再私密,而在一定程度上变成了某种公共空间的延伸。也正是因此,素雯渴求通过改变房间的式样来完成自己生活方式的改变,乃至新生活的开始,被事实证明是不切实际的。即小说里素雯多次念兹在兹的"我现在很想过一点家常的生活,我把我这个房间变成一个家庭""我就希望能改变一种生活的样式,我要让我的房间变成一个家庭啊"[2]等内心夙愿,因为其房间/卧室/私密空间/私密生活根本就不具有真正的私密性和自主性,因而也就不可能转化为她自己所期待的"家庭"。而在现实中,我们也经常能在民国报刊的角落里看到《舞星香巢调查录》一类的文章,即一些"包打听"在报纸上披露一些当红"舞女"的家宅地址与电话,使其原本私密的个人住所与联系方式成为"被公开的秘密",进而让"舞女"们即使在"回家"后也不得不面临着被偷窥与猎艳的男性目光与安全隐患,并且随时可能遭遇到潜伏在"隐秘的角落"里的未知罪案。

现代与底层

在民国侦探小说作家对待"舞女"所呈现出的各种表现角度与态度中,以程小青与朱骢为代表的同情与批判并存的态度可以说是最具有典型意义的一种表达立场和书写方式。而我们如

---

[1] 施蛰存:《薄暮的舞女》,收录于《施蛰存小说精选》,长春:吉林文史出版社,2018年,第242页。

[2] 同上书,第249、254页。

果将民国侦探小说作家对于"舞厅"与"舞女"的描写和同一时期上海"新感觉派"作家以及40年代孙了红的《窃齿记》等侦探小说对同一类题材的描写比较来看,就会发现其中有趣的差异。在"新感觉派"作家生活中或笔下的"舞厅"与"舞女"——无论是穆时英现实生活中迷恋并追求一名舞女的爱情传奇,还是刘呐鸥笔下的"探戈宫"(舞厅)——都呈现出一种更加令人心醉神迷的现代气息与欲望之味。

比如刘呐鸥《游戏》中的"舞厅":

> 在这"探戈宫"里的一切都在一种旋律的动摇中——男女的肢体,五彩的灯光和光亮的酒杯,红绿的液体以及纤细的指头,石榴色的嘴唇,发焰的眼光。中央一片光滑的地板反映着四周的椅桌和人们错杂的光景,使人觉得,好像入了魔宫一样,心神都在一种魔力的势力下。在这中间最精细又最敏捷的可算是那白衣的仆欧的动作,他们活泼泼地,正像穿花的蛱蝶一样,由这一边飞到那一边,由那一边又飞到别的一边,而且一点也不露着粗鲁的样子。[1]

或者是刘呐鸥笔下的"舞女"形象:

> 觉得一阵暖温的香气从他们的下体直扑上他的鼻孔来的时候,他已经耽醉在麻痹性的音乐迷梦中了。迷朦的眼睛只望见一只挂在一个雪白可爱的耳朵上的翡翠的耳坠儿在他鼻头上跳动。他直挺起身子玩看着她,这一对很容易

---

[1] 刘呐鸥:《游戏》,收录于《都市风景线》,杭州:浙江文艺出版社,2004年,第3页。

受惊的明眸,这个理智的前额,和在它上面随风飘动的短发,这个瘦小而隆直的希腊式的鼻子,这一个圆形的嘴型和它上下若离若合的丰腴的嘴唇,这不是近代的产物是什么?他想起她在街上行走时的全身的运动和腰段以下的敏捷的动作。她那高耸起来的胸脯,那柔滑的鳗鱼式的下节……但是,当他想起这些都不是为他存在的,不久就要归于别人的所有的时候,他巴不得把这一团的肉体即刻吞下去,急忙把她紧抱了一下。①

抑或是穆时英《上海的狐步舞》中的"跳舞"场面：

> 蔚蓝的黄昏笼罩着全场,一只 Saxophone 正伸长了脖子,张着大嘴,呜呜地冲着他们嚷,当中那片光滑的地板上,飘动的裙子,飘动的袍角,精致的鞋跟,鞋跟,鞋跟,鞋跟。蓬松的头发和男子的脸。男子衬衫的白领和女子的笑脸。伸着的胳膊,翡翠坠子拖到肩上,整齐的圆桌子的队伍,椅子却是零乱的。暗角上站着白衣侍者。酒味,香水味,英腿蛋的气味,烟味……独身者坐在角隅里拿黑咖啡刺激着自家儿的神经。②

在"新感觉派"作家笔下,"舞厅"是令人心驰神往的优雅场所,"舞女"是男性欲望投射的迷醉对象,"跳舞"更是触觉、声音、色彩与气味相互交织的综合性身体感受。这与前文中程小青笔

---

① 刘呐鸥:《游戏》,收录于《都市风景线》,杭州:浙江文艺出版社,2004年,第5—6页。
② 穆时英:《上海的狐步舞》,收录于《白金的女体塑像》,南京:江苏文艺出版社,2009年,第294页。

下的舞厅"是一种吞噬我们青年的魔窟"而"使我感到精神上的闷损难受",舞女是值得"可怜"的"人造"与"矫饰",跳舞更是"迷人丧志斫伤青年男女的娱乐,实在没有提倡的必要"的书写态度和立场截然不同。恰如戴维·弗里斯比所说:"现代性的本质是心理主义的,即根据我们内在生活(实际上是作为一个内在世界)的反应来体验和解释这个世界。"①对于上海这座现代都市中的"舞场"这一新生空间、"跳舞"这一娱乐事业以及"舞女"这一类新的都市人物形象,以程小青为代表的民国侦探小说作家们和以穆时英、刘呐鸥为代表的"新感觉派"作家们的心理感受和文学表现竟然完全不同。难怪李欧梵教授会对鸳鸯蝴蝶派笔下的都市上海与"新感觉派"笔下的都市上海做出区分,并且认为程小青等人侦探小说中的都市上海是处在介于这两者之间的某种暧昧状态:

> 他有一部分时间住在苏州,是一个苏州文人,和其他"鸳鸯蝴蝶派"作家的背景相似。所以我认为,他对于上海都市文化的看法和"新感觉派"的刘呐鸥和穆时英很不同,更没有施蛰存对于西方现代文学的学养。这又牵涉到另一个值得探讨的问题:通俗文学中的上海文化到底是什么?和"新感觉派"笔下的上海有何不同?一个很明显的区别是:"鸳鸯蝴蝶派"的作家所写的大多是城隍庙和四马路、福州路附近的旅馆、妓院和餐馆的世界。而"新感觉派"和其他新派作家则洋化得多,以租界里的咖啡馆、大饭店和舞厅为背景。相形之下,程小青笔下的世界似乎在两者之间,霍

---

① [英]戴维·弗里斯比著,卢晖临等译:《现代性的碎片——齐美尔、克拉考尔和本雅明作品中的现代性理论》,北京:商务印书馆,2003年,第51页。

桑住的爱文路应在英租界,他破案的地方则到处都有,而以里弄房子或较偏僻的小洋房居多,而且罪犯完全是华人,这就和施蛰存的小说《凶宅》大异其趣(内中人物全是英国人)。在霍桑故事中,有时还有一些旧式的江湖侠客——如江南燕——出现,和霍桑惺惺相惜。①

李欧梵教授指出,鸳鸯蝴蝶派笔下的上海更多充满了传统中国文人的审美趣味;"新感觉派"作家笔下的上海则更为洋气、现代,写法也更加时尚、先锋;而程小青等民国侦探小说作家笔下的上海则介于两者之间,这确实是一种敏锐的观察。的确,程小青等民国侦探小说作家一方面较之一般的鸳鸯蝴蝶派作者来说,其通过借助于侦探小说这一种诞生于现代都市之中,且天然带有现代都市气质的小说类型,进而更能够感受到上海这座都市的现代气息;另一方面,较之无论是从书写内容还是写作手法上都充满了探索与实验精神的"新感觉派"作家,民国侦探小说家们又相应地呈现出传统性与保守性的一面。当然,这种认知上的传统与现代、写法上的保守与先锋、态度上的批判与赞扬之间的差异并不带有高低之别。但本文认为民国侦探小说作家们实际上非常难能可贵地找到了一个平衡并思考中与西、旧与新的立足点和观察点。他们一方面和"新感觉派"作家一样感受到了最新潮的都市物质气象和生活节奏脉搏,并对其有一定程度的理解和接受;另一方面又能尽力保持住一名传统中国文人的家国情怀与道德操守,对这些新现象进行本土性反思和批判性接纳,从而为我们理解民国时期中国现代化进程与状况提供了一个兼具中国特色和现代视野的切入点。

---

① 李欧梵:《福尔摩斯在中国》,《当代作家评论》2004 年第 2 期。

如果将民国侦探小说家笔下的"舞女"与"舞厅"同"新感觉派"作家笔下的同类题材书写相区分,一言以蔽之,即新感觉派作家着重写的是欲望,"舞女"是男性欲望与凝视的对象,"舞厅"则是这种内心欲望的空间化外显。而侦探小说作家们更多的是将"舞女""舞厅"与"底层"书写相结合。在这个意义上,"舞女"是被倾轧、蹂躏的弱势阶层,"舞厅"则是罪恶与欲望聚集的魔窟。此外,民国侦探小说作家对于"舞厅"与"舞女"等现代都市娱乐文化现象的批评又不完全等同于传统中国士大夫的眼光和立场,而是带有了某种五四启蒙知识分子的家国情怀和民族视角(即他们反对"舞厅"与"跳舞"的常见理由之一,就是国家依然贫困落后,青年们应该有志于建设国家,而非将时间、金钱与精力投放在舞厅之中)。也正是在这个意义上,恰如学者魏艳所评断的那样:"程小青成功地将他的侦探小说创作安置于严肃文学与大众娱乐的平衡点上。"[1]

最后,我们或许还可以再引几个例证作为参照,来进一步说明围绕"舞女"形象所展开的中国现代文学书写的复杂性:

一是回到茅盾《追求》中的王仲昭那里:"仲昭本要在舞场中找到一些特殊的氛围气:含泪的狂笑,颓废的苦闷,从刺激中领略生存意识的那种亢昂,突破灰色生活的绝叫。他是把上海舞场的勃兴,看作大战后失败的柏林人的表现主义的狂飙,是幻灭动摇的人心在阴沉麻木的圈子里的本能的爆发;他往常每到舞场,便起了这种感想,然而昨夜特意去搜求,却反而没有了,却只

---

[1] 翻译自 Yan Wei(魏艳), *Sherlock Holmes Comes to China*, David Der-wei Wang(王德威), *A New Literary History of Modern China*, Belknap Press: An Imprint of Harvard University Press, 2017, p.183。

见卑劣的色情狂,丑化的金钱和肉欲的交换了。"[1]在这里,王仲昭在追问"跳舞"究竟"给你的是肉感的狂欢呢,抑是心灵的战栗?"追问这种娱乐形式的流行究竟是"下品的性欲冲动",还是"神圣的求生存意识的刺激"[2]时,他亲身体验后的答案显然是让人沮丧的前者。即对于王仲昭而言,"舞场"本可以是一个积极的场所,"跳舞"或许可以让人爆发出某种生命本能的力量,甚至于最后达到类似德国"表现主义的狂飙"的艺术境界,但最后他所感受到的东西显然并非如此,"却只见卑劣的色情狂,丑化的金钱和肉欲的交换了"。而这种矛盾性也正是小说中章秋柳所面临的人生道路选择的内在难题,也是"跳舞"这种原本兼具艺术属性、社交属性与商业属性的活动在资本主义消费文化体系的裹挟下迅速沦为"下品",堕落成欲望与金钱交换手段的必然结局。

二是与茅盾同为左翼作家阵营的蒋光慈的小说《丽莎的哀怨》,小说写一个俄国贵妇丽莎,逃到中国上海,最后沦为一名裸体舞女,命运相当悲惨。根据相关史料,早期的上海舞女从业者,的确以白俄和日本女性居多,蒋光慈的小说应该有这么一层现实生活的故事根源。而更重要的是,小说借女主角丽莎之口极力控诉"跳舞""金钱"与"中国舞客":"面包的魔力比什么都要伟大,在它的面前,可以失去一切的尊严与纯洁。只要肚子饿了,什么事情都可以做出来。""金钱是万恶的东西,世界上所以有一些黑暗的现象,都是由于它在作祟。""中国人的呼哨声、笑语声、鼓掌声。我的眼睛里闪动着那些中国人的无数的恶俗而又奇异的眼睛。……那些中国人,那些恶俗而可恨的中国人,他

---

[1] 茅盾:《追求》,收录于《茅盾精选集》,北京:燕山出版社,2015年,第211页。
[2] 同上书,第253页。

们是看我的跳舞么？我们是在满足他们的变态的兽欲啊。"①在这里，我们完全可以把丽莎的控诉和前文所引程小青《舞宫魔影》中舞女柯秋心自杀前所写的"自白信"并置来看：在这里我们看到的不再是"左翼作家"与"通俗小说家"之间的所谓雅俗之别，而是在基本正义伦理普遍缺位的社会现实中，"诗学正义"的补偿性呐喊和文学最起码的社会责任担当。

三是在前文论述时被有意略过的另一位民国侦探小说作家孙了红。让我们来看看40年代孙了红《窃齿记》中的"舞厅"描写：

> 轩敞的广厅中，乐队奏着诱人的节拍，电灯放射着惺忪的光线，许多对"池以内"的鸳鸯，浮泳在舞池中央，推泳着人工的浪涛。那些艳丽的羽片，在波光一般的打蜡的地板上，错综地，组成许多流动的线条。舞池四周，每一个桌子上的每一杯流汁里，都映射出了各个不同的兴奋的脸色。②

在描写完这样现代、热闹、光怪陆离的舞厅之后，孙了红将笔锋一转，开始关注起舞厅角落里的一名年轻舞女：

> 这是一块天真无邪的碧玉，新被生活的浊流，卷进了这金色的火坑。同时，她也是这所舞场里，生涯最落寞的一个。她的芳名，叫作张绮。
> 音乐又响了，这少女的心弦，随着洋琴台上的节奏，起

---

① 蒋光慈：《丽莎的哀怨》，见《蒋光慈文集》（第三卷），上海：上海文艺出版社，1982年，第47页。
② 孙了红：《窃齿记》，《万象》第一卷第三期，1941年。

了一种激越的波动。如果有人能观察内心的话,就可以见到她的心理,是那样的矛盾:在没有人走近她的座前时,她似乎感到空虚,失望。但,如果有人站立到了她的身前,她的稚弱的心灵,立刻又会引起一种害怕的感觉。①

不难看出,孙了红笔下的"舞厅"和"舞女"书写,一方面继承了穆时英、刘呐鸥等新感觉派作家的"现代气息"②,另一方面又延续了鸳鸯蝴蝶派作家的"传统情怀"和程小青的"底层批判"视角,进而呈现出了与20年代侦探小说不一样的新的时代特征与面貌。我们甚至于可以透过孙了红40年代"别具多格"的侦探小说创作,初步窥视这一时期所谓"新浪漫主义"③小说对于之前诸如"鸳鸯蝴蝶派"和"新感觉派"等各种文学流派和小说风格的继承与融合。当然,那将是另外一个有趣的文学史话题,而那些小说中的女主角,也将从"舞女"演变为身份更为神秘且复杂的"女间谍"形象。

---

① 孙了红:《窃齿记》,《万象》第一卷第三期,1941年。
② 其中诸如"一瓶冷而黄的流液,随着一张热而红的面孔,一同送到这位赖斯朋的幻影之前"(孙了红:《乌鸦之画》,《大众》第十一期,1943年)一类的描写已经完全可以放在新感觉派小说中"以假乱真"。
③ 一般文学史所说的"新浪漫主义"小说以20世纪40年代徐訏的《风萧萧》等作品为代表,而孙了红创作于这一时期的侦探小说,很多都可以归入"新浪漫主义"小说的行列之中,尤其是其代表作《蓝色响尾蛇》,更是可以视为"新浪漫主义小说"的典型之作。

民国时期电影与侦探小说的交互影响
——以陆澹盦的观影活动、影戏小说与侦探小说创作为中心

陆澹盦(1894—1980),江苏吴县人,别署"琼花馆主",民国时期著名文人。一般而言,大众读者对于陆澹盦的认识多集中在其中国古典文学研究者以及弹词作家等身份上,毕竟陆澹盦的《说部卮言》《水浒研究》等代表性研究著作,以及其曾将《啼笑因缘》《秋海棠》等十余部小说改编成的弹词都产生过较大影响,并在相关领域具有典范性的意义。但与此同时,陆澹盦还是民国时期最著名的侦探小说作家之一,而且他也是中国首批"电影人"之一等,这些复杂的经历与身份,则少为人知,甚至学界对此的相关研究也很不充分。

具体来说,陆澹盦的侦探小说创作在民国时期名气很大,其"李飞探案"系列甚至可以和程小青的"霍桑探案"系列、孙了红的"侠盗鲁平奇案"系列齐名。郑逸梅就曾将这三个中国的名侦探系列小说并举:"程小青以霍桑探案驰誉的,陆澹盦却以李飞探案著名,孙了红更有东方亚森罗苹之号。"①并称赞陆澹盦,"他写《李飞探案》,思想缜密,布局奇诡,使人莫测端倪,大得一般读者欢迎"②。此外,我们通过《澹盦日记》和学者房莹整理的《陆澹

---

① 魏绍昌主编:《鸳鸯蝴蝶派研究资料》,上海:上海文艺出版社,1984年,第347页。
② 同上书,第576页。

盦年谱简编》①也可以对陆澹盦的生活情况有一定的了解,尤其是陆澹盦与电影艺术的不解之缘:他从酷爱看影戏,到撰写影评文章,将电影"翻译"改编成小说,再到去电影公司工作、在中华电影学校任职、亲自担任电影编剧,等等,可谓是中国最早一批"触电"的文人之一。本文即试图从电影与文学交互关系的角度来分析陆澹盦"李飞探案"系列侦探小说的一些特点,并借此对民国时期的侦探电影与侦探小说之间的关系做出一点初步观察与思考。

从"影迷"到"电影人"

从《澹盦日记》和房莹整理的《陆澹盦年谱简编》中我们不难发现陆澹盦兴趣爱好广泛、业余文化生活也是丰富多彩,从听说书、听弹词、听昆曲、听大鼓、射文虎,到看京剧、看评剧、看话剧、看魔术(幻术)、看电影,等等,不一而足,尤其是看电影(陆澹盦称之为"看影戏")更是陆澹盦非常热爱的文化休闲活动之一,我们从他看电影的次数与频率即可见一斑:

> 1911年
> 5月7日,上午与姊夫周铭三、弟陆若严至新舞台观剧……归家后又与大姊及姊夫同出,拟往幻仙观影戏,后改往大舞台观五六本《新茶花》。

> 1919年
> 本年,常和友人同赴大世界,或射诗谜,或观影戏。

---

① 参见房莹:《陆澹盦及其小说研究》,博士学位论文,华东师范大学,2010年。

1920 年

2月29日,至大世界悬文虎,往共和影院观影戏。

3月9日,民立中学校主苏筠尚先生举殡,赴校行礼;晚膳后往共和影戏院观欧战影片。

3月17日,往大世界观《神仙世界》影戏,嗣至共和影戏观《专制毒》。

1924 年

2月7日,与郑醒民同游新世界、大世界。晚膳后欲往大舞台听戏,客满,乃退出,旋往天蟾舞台、亦舞台、笑舞台,均患人满,后至恩派亚影院亦不能入。

1925 年

1月6日,往爱普庐影戏院观《好哥哥》影片。

1月12日,晚与周企兰同往卡德影戏院观《连环计》,认为"简陋可笑"。

1月16日,薄暮至上海大戏院观《寻子遇仙记》影片,认为"滑稽可喜"。

2月3日,晚上至恩派亚戏院,观《孤儿救祖记》。

2月6日,晚与兰同往恩派亚戏院,观《苦儿弱女》影片。

2月15日,上午至上海大戏院观试片。

1933 年

1月20日,晚赴巴黎大戏院,观《最后之中队》影片。

1935 年

1月1日,本日,观《神女》影片,认为"剧殊平淡"。

1月5日,下午与陈纡周同往大上海影戏院,观歌舞片《海上行宫》,认为"支离错综,无陈义可言"。

1月14日,晚与周企兰同往东南影戏院,观《桃李劫》影片。

1937年

2月27日,晚往浙江大戏院观《人魔》影片,陆澹盦认为"殊枯寂,令人昏昏欲睡,不如新闻片及滑稽短片之可喜也"。

3月27日,至荣金大戏院观《广陵潮》影片。

4月3日,晚往中央大戏院观《夜半歌声》影片。

4月12日,晚与周企兰同往蓬莱大戏院观《旧金山》影片,觉"颇伟大"。

4月18日,与周企兰、陆祖雄同往蓬莱大戏院观《乱世英杰》影片。

4月30日,下午往蓬莱大戏院观《绝岛冤恨》影片,觉"颇紧张",晚饭后至中央大戏院观《化身姑娘》续集,"尚滑稽可喜"。

5月8日,晚携陆祖雄往往蓬莱大戏院观《三剑客》影片。

5月9日,九时许,澹盦独往新光戏院观《密电码》影片,觉得"殊幼稚,不值一哂"。

5月16日,往蓬莱大戏院观《风月世家》影片,认为"片殊沉闷,令人昏昏欲睡"。

5月21日,晚往浙江大戏院观卓别林所演《摩登时代》影片。

5月22日,傍晚至蓬莱大戏院观《雷梦娜》影片。

6月4日,晚九时往蓬莱大戏院观《英烈传》影片,陆澹盦认为该片"写交战时人民流离之苦,置景伟大,战斗剧烈,佳片也"。

6月12日,往蓬莱戏院观《小千金》影片。

11月23日,下午往西海影戏院观《最后的微笑》。

12月31日,晚至中央大戏院观《三零三大劫案》,"影片售座甚盛,而片殊简陋无可观"。

1938年

3月1日,往恩派亚影戏院观《马路天使》,觉得"滑稽而不近情理,仅足博一噱而已"。

5月27日,往中央大戏院观《雷雨》影片。

10月23日,往荣金戏院观《貂蝉》影剧。

1939年

12月19日,至亚蒙大戏院观《少奶奶的扇子》影片。

12月26日,赴金城大戏院观《李阿毛与唐小姐》影片。

1940年

3月12日,往新光大戏院观《绝代佳人》影片。

4月2日,往亚蒙观《文素臣》影片。

9月2日,往巴黎大戏院观《万世师表》影片。

12月19日,至金城大戏院观《孔夫子》影戏。

1941年

2月22日,往亚蒙观《啼笑姻缘》影剧。①

---

① 本文中陆澹盦观看电影的清单,主要根据房莹的《陆澹盦年谱简编》摘录、整理而成。

一方面，房莹根据《澹盦日记》编纂而成的《陆澹盦年谱简编》中，具体到某一天的活动记载共有400余条，而本文从中筛选出了有关于看电影的内容竟然多达40条，占比将近10％，比例不可谓不高。可见看电影/影戏是陆澹盦平时娱乐与消闲生活中的重要内容之一，就连其好友海上漱石生也说陆澹盦"每晚于射虎之余闲，乐观电影"①。另一方面，我们可以从这些记录中了解到陆澹盦所观看的电影数量之多与类型之广：从《孤儿救祖记》到《桃李劫》，从《摩登时代》到《马路天使》，从《雷雨》到《少奶奶的扇子》再到《啼笑姻缘》……陆澹盦都一一看过，甚至于我们还可以很确定地说这只是一个非常不完整的"陆澹盦观影片单"，起码陆澹盦亲自作过影戏小说改编的电影《毒手》《黑衣盗》《红手套》《金莲花》和《老虎党》，以及陆澹盦自己参与编剧的电影《人面桃花》，他本人应该都看过成片，而这些电影就都不在他上面的这个"观影片单"之中②。此外，我们还能对陆澹盦大致的"观影动线"有所了解，比如他并不固定只去某一家影戏院，仅上述记载的这四十条观影信息中，就出现了大世界、共和影院、恩派亚影院、爱普庐影戏院、卡德影戏院、上海大戏院、巴黎大戏院、东南影戏院、浙江大戏院、荣金大戏院、中央大戏院、蓬莱大戏院、西海影戏院、亚蒙大戏院、金城大戏院、新光大戏院等16家影戏院的名字。而这除了说明陆澹盦本人为了看电影不避路远辛苦之外，同时也侧面反映出当时上海电影院之兴盛，在1927年，"中国目前有106家电影院，共68 000个座位。它们

---

① 海上漱石生：《〈毒手〉序一》，收录于陆澹盦：《毒手》，上海：新民图书馆，1919年，第2页。

② 比如，根据陆澹盦好友朱大可的回忆："澹盦年少与余若，好事与余若，乃至嗜游大世界俱乐部，嗜观《毒手盗》影戏，莫不相若。"参见朱大可：《〈毒手〉序三》，收录于陆澹盦：《毒手》，上海：新民图书馆，1919年，第3—4页。

分布于18个大城市",并且"在其中的106家影院中,上海占了26家"①。

从这份陆澹盦的"观影片单"中我们还可以知道,陆澹盦经常是和亲戚朋友一起去看电影,或者携孩子一起去看,仅有1937年5月9日这一天的记载强调了陆澹盦是一个人去看电影:"九时许,澹盦独往新光戏院观《密电码》影片。"再如,有时候兴致比较好,陆澹盦甚至可以一天去两家不同的影戏院看两部电影,如"1920年3月17日,往大世界观《神仙世界》影戏,嗣至共和影戏观《专制毒》"。而即使是到了1937年战火纷起,陆澹盦在日记里面也记载"大炮甚厉"及"听闻南市寓所已毁于火"等内容,但这两年他还是义无反顾地坚持去影戏院看电影,甚至这段时间他关于看电影的记载比此前此后都还要更多一些。由此,一个"影迷"陆澹盦的形象就呼之欲出,看电影是他最大的爱好之一,也是他和朋友家人相处的重要方式之一。他为了看电影而愿意不辞辛苦地跑到上海各家影戏院,有时候可以一天看多部影片,有时候即使外面战火纷飞、并不安定,也并没有阻挡他出门看电影的热情⋯⋯

而身为"影迷"的陆澹盦很快就将自己这份关于电影的爱好与自己的职业相挂钩,他先是将一些国外侦探影戏"翻译"成小说,与电影票同步销售,后来还加入了中华电影公司做编剧②,并

---

① 李欧梵著,毛尖译:《上海摩登:一种新都市文化在中国(1930—1945)》,北京:北京大学出版社,2001年,第98页。
② 根据1933年7月17日的《金刚钻报》记载:"中华电影公司之初办也,颇网罗当世人才,编剧有严独鹤、陆澹盦,导演有洪深、陈寿荫,摄影有汪煦昌、卜万苍,又欲寻就演剧人才,乃斥资开办中华电影学校,每晚上课两小时,男女兼收,不取学费,定期半年卒业。一时投考者多至四五千人,今驰名影坛之胡蝶、徐琴芳、陈一棠、高梨痕、孙敏等,皆昔日中华电影学校之毕业生也。"

在中华电影学校任教务主任①,甚至又与友人合办电影公司,亲自撰写电影剧本《人面桃花》与《风尘三侠》②。由此,"影迷"陆澹盦就变成了"电影人"陆澹盦。其实,说到民国时期中国文人与电影之间的关系,鸳鸯蝴蝶派作家绝对不能不提,据统计,"从1921年到1931年这一段时间内,中国各影片公司共拍摄了约650部故事片,其中绝大多数都是由鸳鸯蝴蝶派文人参加制作的,影片的内容也多为鸳鸯蝴蝶派的翻版"③。而陆澹盦正是这支鸳鸯蝴蝶派"电影人"队伍中的重要一员。

陆澹盦的侦探类"影戏小说"创作

在陆澹盦所从事过的与电影相关的各项工作中(小说改写、电影编剧、电影学校教务主任等),格外值得关注的是其在1919—1924年间,先后将《毒手》《黑衣盗》《红手套》《金莲花》《老虎党》等侦探影戏"翻译"改编成影戏小说。一方面,这些影戏小说发行和电影上映几乎同步,彼此呼应,相互促进。比如《大世界报》曾刊登电影《毒手》的广告:"侦探《毒手》电影去年曾在本俱乐部映演,颇受观者欢迎……爰于即日起日夜准在乾坤大剧

---

① 根据房莹的《陆澹盦年谱简编》:(1924年)"秋,辞去民立中学教职,进入中华电影公司的文书科,并在该公司附设的'中华电影学校'任职一年。(按:中华电影公司于1923年创办。)该校校址设在爱多亚路(今延安东路),由曾焕堂主持,陆澹盦任教务主任,设表演、编剧、摄影等专业。"

② 根据房莹的《陆澹盦年谱简编》:"1925年,因中华电影公司营业停顿。陆澹盦进入友人张新吾创办的新华电影公司,担任编剧,参与摄制《人面桃花》《风尘三侠》二剧。"其中,"《人面桃花》于1925年由新华影片公司出品,陆澹盦担任编剧、陈寿萌、沈葆琦导演,经广馥摄影,黄玉麟、毛剑佩、王慧仙、严工商、黄筠贞等主演。"

③ 程季华:《中国电影发展史》,北京:中国电影出版社,1980年,第56页。

场及二层楼屋顶开映,仍逢礼拜一四换片。特此布闻。"①而仅四天后,我们就看到了陆澹盦根据电影"翻译"改编的影戏小说《毒手》的广告了:"本馆前曾烦吴县陆澹盦先生将剧中情节译成侦探小说……兹因《毒手》影戏又在大世界俱乐部映演,时再售特价一千部,每部大洋三角,爱观《毒手》影戏而欲知其情节及结果者,不可不人手一编也。"②而这种将电影"翻译"改编成小说,再通过小说与电影配合宣传、组合销售的经营模式也确实收获了观众与读者们不错的反响,比如有人曾记载陆澹盦影戏小说《黑衣盗》发行时的"盛况":"是书一出,凡曾至大世界影戏场观《黑衣盗》者莫不欢迎之,即未观《黑衣盗》者,手持此编读之,惊心眩目,骇叹失声,当亦不啻大世界影戏场也。"③在20世纪20年代初期,中国电影观众"观影"经验尚不够丰富的时候,直接看情节较为曲折复杂的"侦探长片"难免会有情节理解上的困扰。加之当时的电影仍处于无声片时代,电影院如果对影片采取文字"间幕"或现场配音,则需要一笔不小的额外开支。在这一背景下,陆澹盦的"影戏小说"改编应运而生,先读小说,再看电影,虽难免有"剧透"之嫌,但却显然可以帮助电影观众更好地把握剧情,以避免因为"看不懂"而造成电影观众的观影体验下降甚至观众流失。从更普遍的意义上来看,民国电影上映时经常附有"影片说明书",这些"说明书"也会大概讲清楚整个电影的故事梗概,以帮助观众更好地选择和看懂电影,其或许可视为"影戏小说"的某种"简写版"。

另一方面,将侦探电影"翻译"改编成影戏小说的工作经验

---

① 《广告》,《大世界报》,1919年10月3日。
② 《广告》,《大世界报》,1919年10月7日。
③ 天台山农:《〈黑衣盗〉小说序》,《大世界报》,1919年7月10日。

也同时培养了陆澹盦对于侦探小说悬疑性、节奏感与小说中侦探电影画面感的理解与把握，比如《毒手》开场一段，就堪称这种悬疑性与画面感的范本：

> 砰！砰！！枪声！枪声！！此时女郎杜丽西，方独处卧室，熄灯欲卧，忽闻楼下会客室中，枪声连发，大惊跃起，知家中必发生变故，急欲外衣披之启户而出。匆促间亦不暇燃火，犹幸家中各甬道，平日往来已熟，乃摸索下楼，奔至会客室外，见室中灯光已熄，阒然无声。掀帘一望，昏不见物，乃急旋电机启之，灯光既明，室中惨厉之景象，遂突现于眼帘。盖其父惠特纳，与一素不相识之老人，均僵卧地上，状如已死。女骤睹此变，震越失次，心房颠跃，战栗不已……①

从某种程度上来说，这段对于侦探电影的小说"翻译"与改编的经历与经验，对陆澹盦自身"李飞探案"侦探小说创作有很大帮助：这不仅仅在于侦探影戏小说的"翻译"经历点燃了陆澹盦自身创作侦探小说的热情，开启了其侦探小说创作的计划②，更是由于其在"翻译"影戏小说过程中学习到的写作经验，让陆

---

① 陆澹盦：《毒手》，上海：新民图书馆，1919年，第1页。
② 根据汤哲声在《中国近现代通俗文学史》中对陆澹盦走上侦探小说创作之路过程的描述，可知其与电影的密切关系："那一天，他和施济群一起到'大世界'看电影《毒手》，这部由宝莲主演的侦探电影在当时轰动一时，他俩连续看了几遍，但仍然爱而不舍。施济群因陆澹盦具有文学功底和法律知识，就劝他将《毒手》改编成小说，由他担任印资、付印出版。陆澹盦果然用了一个星期的时间将《毒手》改了出来，施济群也设法将其刊印了出来，居然销路很不错。这一下引发了陆澹盦的创作欲望，他先后改编了《黑衣盗》《老虎党》《红手套》等电影为小说，又开始了他的侦探小说的创作，这就是他的《李飞探案》系列。"见范伯群、汤哲声：《中国近现代通俗文学史·第三编·侦探推理编》，南京：江苏教育出版社，1999年，第879—880页。

澹盦在把握侦探小说悬疑性、节奏感与画面感方面有着超出常人的敏锐,而这些都不得不归功于电影对其小说创作的影响。

当然,从另一个角度来看,我们也需要看到侦探影戏与侦探小说在艺术形式之间的天然差别,而这种差别也造成了将侦探影戏"翻译"成侦探小说这一过程与结果本身所难以克服的某些问题和症结。简单来说,即电影更多依赖于通过"动作"来驱动叙事,这和侦探小说注重通过更为内敛的"推理/思考"来推动故事情节发展之间存在某些根本性的不同。侦探小说作家兼评论家朱瘦菊在当时已经对此有所察觉,他认为"从电剧翻译的侦探小说委实没有一篇有侦探价值的,在这三四年中我看了很不少,但是长篇电剧要博情节热闹和使人咋舌,就不能不注重于'冒险''侠义''尚武'等事了,那么结构、情节等自然要失掉侦探价值了。短中取长,还是澹盦的《德国大秘密》(但也近些军士小说)和瘦鹃的《怪手》来得稍有些价值(这是我的真心话)"[①]。可以说朱瘦菊既看到了侦探影戏翻译为小说过程中普遍存在的一些弊病,同时仍然相对肯定了陆澹盦"翻译"与再创作的价值,大体上来说还是比较客观公允的。

"李飞探案"系列

就在陆澹盦着手将好莱坞侦探影戏翻译改编成小说的同时,他也开始创作属于自己的名侦探故事系列,这就是本文开篇所提到过的"李飞探案",该系列侦探小说主要集中创作和发表于1922年至1924年,多半刊登在《红杂志》《侦探世界》《半月》等当时的通俗文学杂志上。其中上海世界书局于1924年8月

---

① 朱瘦菊:《我之侦探小说杂评》,《半月》第十九期,1923年。

出版过一本《李飞探案集》的小说单行本,其中收录了《棉里针》《古塔孤囚》《隔窗人面》《夜半钟声》《怪函》五篇侦探小说,大概可以代表陆澹盦侦探小说创作的最高成就。而在近一百年之后,民间藏书家华斯比先生又重新整理出版了《李飞探案集》(北京联合出版公司,2021年),书中收录了目前可见的"李飞探案"系列小说11篇,分别是《棉里针》《密码字典》《狐祟》《隔窗人面》《夜半钟声》《怪函》《古塔孤囚》《烟波》《合浦还珠》《三Ａ党》《秘密电声》,是该系列诞生近百年来的首次完整结集。

在侦探小说"李飞探案"系列中,陆澹盦就曾借着李飞妻子王韫玉女士之口表明其小说主人公夫妇对电影的热爱。在整个"李飞探案"系列的"楔子"中,王韫玉女士便说道:"我们俩在家的时候谈谈家务,论论时事,有时也研究些科学和文学。偶然觉得气闷便一同出外,逛逛公园,看看影戏,很甜蜜的光阴便这样一天一天地过去了。"[①]在小说《三Ａ党》中,王韫玉更是在开篇便说明自己和李飞有着观看影戏的爱好和习惯:"我是个影戏迷,李飞也是很喜欢看影戏的。每逢星期一、星期四,各戏院掉换影片的日期,我们吃过晚饭之后定要到影戏院中去走一趟,那一家的影片好,我们便到那一家去,这也是我们结婚后一个牢不可破的成例。"[②]而且小说中李飞夫妇去看电影,也是和前文中所说的现实生活中陆澹盦平时看电影一样,没有固定的观影戏院和行动路线,所以才会出现小说里朋友听李飞家的佣人说他们夫妻出去看影戏,但却不知道具体在哪一家看的有趣细节:"家中人只晓得你们是出来看影戏的,却不知道你们在哪一家,害我足足跑了五六家影戏院方才找到。"[③]与此同时,李飞夫妻对于

[①] 陆澹盦:《〈李飞侦探〉楔子》,《红杂志》第二十四期,1922年。
[②③] 陆澹盦:《三Ａ党》,《红玫瑰》第五期,1927年。

看电影或者听戏的爱好在该系列其他篇目的侦探小说中也都有所体现,比如小说《烟波》中也曾写道,"这一天是十一月廿七星期日,吃过午饭之后,我们俩想出去看影戏"①;《合浦还珠》更是围绕搭救一个"在天声舞台唱戏"的女伶吴绛珠②而展开整个故事,这很容易让读者联想到陆澹盦本人的戏迷身份和经常流连于"得意楼""新舞台""新桂茶园"等场所的生活经历,甚至还很容易将小说中的吴绛珠和现实生活中的"绿牡丹"黄玉麟对号入座。当然,电影在陆澹盦"李飞探案"系列侦探小说中的影响和意义绝不仅限于简单的索引式表现或者对文本中只言片语的考证,而是更深切地体现在电影中的画面、剪辑、节奏、氛围等艺术元素对于陆澹盦侦探小说创作上的影响。

《棉里针》作为"李飞探案"系列的第一篇,正如小说开头所说:"这时候李飞才十七岁,在一个中学堂里读书。"③整部小说的故事也因此被安排在学校宿舍中,格局相对较小,案情也并不复杂,不过是同一宿舍中的室友偷窃案,涉及的犯罪嫌疑人也只是四名室友之一。但就是在这部小说中,已经初步显露出陆澹盦对电影镜头的理解和借鉴,比如下面这一段描写:

> 茶房去拿了剪刀来,正要动手,许幼兰骇了一跳,急忙上前拦阻道:"这被褥虽然湿了,停一会自然会干的,不必拿去烘了。"李飞忙道:"不行,这水泼得太多了,不烘是决不会干的,还是拆开的好。"幼兰发怒道:"我的被褥,怎样要你做起主来了?真是笑话!"舍监见幼兰不愿拆,意欲上前拦阻,

---

① 陆澹盦:《烟波》,《半月》第六期,1923 年。同样是这篇小说中,还具体介绍了李飞夫妻是"往上海影戏院观看影戏"等相关细节。
② 陆澹盦:《合浦还珠》,《红杂志》第二十八期,1924 年。
③ 陆澹盦:《棉里针》,《红杂志》第二十四期,1922 年。

李飞急忙对他施一个眼色。舍监这时候也有几分明白了,便也指挥茶房赶紧把被褥拆开。幼兰见舍监上前吩咐,自然不敢再来拦阻,顿时急得面如土色,眼见得那茶房一剪一剪,把被头上的线脚剪开,只急得他脸上的颜色青一阵白一阵,好不难看。不多一会,线也拆开了,被面也拉开了。众人定睛一瞧,忽然异口同声地嚷道:"咦……绒衫!……咦……绒裤!……"原来那被面与棉絮的中间,却夹着一套绒衫裤。舍监看了,也诧异道:"这一套绒衫裤,怎样会跑到被头中间去的?真是怪事!"李飞抢步上前,把绒衫拉在手里,用手一摸,忽然在绒衫的袋里掏出两样东西来。众人一看,又异口同声的嚷道:"咦……金表!……咦……钞票!……"这时候的许幼兰,恨不得有一个地洞钻了下去。①

在这一小段描写中,陆澹盫通过许幼兰、舍监、李飞、茶房、室友们等几个人物在一个相对封闭空间中对话和动作的交替与矛盾推进情节,非常具有电影叙事的特色。尤其是小说写许幼兰"顿时急得面如土色"和"只急得他脸上的颜色青一阵白一阵,好不难看"等细节都给读者以很强的画面感,仿佛是有镜头在对许幼兰的脸部进行特写。而接下来小说巧妙地通过众人"咦……绒衫!……咦……绒裤!……"与"咦……金表!……咦……钞票!……"的惊呼来表现赃物的发现与许幼兰就是真正的窃贼,更是有着"先声夺人"、提醒读者集中注意力的表达效果,而这也正是早期有声电影中用以引起观众注意的常见手段。

此外,在小说《夜半钟声》中,陆澹盫对李飞打破玻璃进入房间检查的一连串动作进行了非常细致地描写:

---

① 陆澹盫:《棉里针》,《红杂志》第二十五期,1922年。

  李飞点点头,走到厢房外的天井里,把四扇玻璃窗看了一会,拣那靠北第一扇窗的最下一块玻璃,用臂肘向上一撞,顿时把玻璃撞得粉碎。李飞伸手进去把里边的栓子拔掉,顺手一拉,窗便顿时开了。李飞把呢大衣脱掉,交给逸庵,两手在窗槛上一按,纵身一跃,便跳进了窗口。①

  "撞""伸""拔""拉""脱""交""按""跃""跳"……陆澹盦小说中一连串动词的使用,仿佛一个生动而精准的人物动作脚本,读者根据这一连串的动作描写就能想象出李飞身手矫健地破窗进入房间整个过程中的一组连续画面与镜头。与此同时,李飞年轻而富有朝气、灵活敏捷的身体与精神特点也由此被凸显出来。

  关于"李飞探案"系列小说中的"电影感",极富代表性的例子可能还要属《古塔孤囚》中对于几处不同场景的切换:上海通往杭州的火车上、西湖边上的旅馆房间内、灵隐寺飞来峰底下"黑魆魆的,深不见底"的山洞石窟、医院病房、只有"一两盏半明不灭的天灯,暗得像鬼火一般"的街道、"阴森森的巍然兀立"的雷峰塔……都是很富有电影画面感的典型场景,而以其中的山洞场景为例:

  灵隐寺飞来峰底下,离着一线天不远,不是有一个山洞吗?那山洞的里边,另外有一个石窟,洞口约摸有五尺来高,望着里边,黑魆魆的,深不见底。有时候有几个好奇的游人,成群结队,鼓着勇气,走进那石窟里去,要想探探那窟的那一边,究竟通着哪里。但是进去了不到十来丈路,一班胆小的人,恐怕遇见什么毒蛇猛兽,心里便有些害怕起来。

---

① 陆澹盦:《夜半钟声》,《侦探世界》第五期,1923年。

再加上空穴来风,把大家手里的蜡烛,吹灭了几枝,洞中更觉得阴森可怖。①

这一段对于山洞阴森恐怖的展现很容易让人联想到山洞探险题材电影在表现山洞未知与恐怖时的一些标志性镜头,陆澹盫也确实很注意这类对于小说悬疑与紧张氛围的营造。相近的写法在他的"李飞探案"系列小说中其实还有很多,比如《隔窗人面》中突然插入窗上一张人脸的可怖画面与描写:"那窗上果然有一个人面孔,头上戴一顶阔边的草帽,颏下有一二寸长的连鬓胡髭,面目狰狞,很是可怕。"②又如小说《夜半钟声》中对黑夜里隐隐听见的钟表的"滴答"声的表现和强化:"在这个非常寂静的空气中,忽然听到了一种细微的声音。这声音真细微极了,可是在这个静悄悄的时候,三个人都听得清清楚楚。嘀……搭……嘀……搭……嘀……搭……这不是钟摆的声音吗?"③这些都是侦探悬疑类电影或好莱坞恐怖电影(horror film)中常见的表现手法,也是陆澹盫侦探小说书写受到电影影响的一些文本内部或隐或显的细节性证据。

综上所述,作为"影迷"的民国著名文人陆澹盫渐渐由日常观影的乐趣而触碰到电影生产的各个环节(影评、编剧、教学与影戏小说改编),甚至于其最具代表性的侦探小说系列"李飞探案"也分明受到了电影这个新兴艺术形式的影响,而本文对这一案例的分析意在展示中国早期文学与电影之间的复杂关系,同时也为民国鸳鸯蝴蝶派文学创作与电影的互文性关系增添了一则生动案例。

---

① 陆澹盫:《古塔孤囚》,《红杂志》第十四期,1923年。
② 陆澹盫:《隔窗人面》,《侦探世界》第一期,1923年。
③ 陆澹盫:《夜半钟声》,《侦探世界》第五期,1923年。

第三辑

百年类型史

"侦探小说女王"的两次"来华"
——以20世纪40年代和80年代阿加莎·克里斯蒂侦探小说汉译为例

阿加莎·克里斯蒂(Agatha Christie)绝对算得上是世界最著名的侦探小说作家之一,她的中文读者粉丝们喜欢称她为"阿婆"。据说她的作品的全球总销量超过20亿册,仅次于《圣经》和莎士比亚[①]。而根据她的小说改编而成的影视剧作品,如《控方证人》(1947)、《东方快车谋杀案》(1974)、《尼罗河上的惨案》(1978)、《阳光下的罪恶》(1982)等也都颇为广大中国观众所熟悉,有些作品甚至被一再翻拍,却仍能让片方和观众乐此不疲。但回溯历史,考察"阿婆"作品最早译介进入中国的历程,我们会发现"阿婆"最初在中国所遭遇的更多是冷清和寂寥,远非我们现在所想象的那样热闹,甚至与其在西方读者中的火爆畅销迥隔霄壤。

民国时期阿加莎·克里斯蒂侦探小说汉译情况

一方面,阿加莎·克里斯蒂的成名作是1920年出版的《斯泰尔斯庄园奇案》,此后又陆续出版了《高尔夫球场命案》(1923)、

---

① 该说法在中国国内非常流行,最早出处和具体统计数据不详。此处参考《无人生还》(北京:新星出版社,2013年)出版前言。

《罗杰疑案》(1926)、《东方快车谋杀案》(1934)、《ABC谋杀案》(1936)、《尼罗河上的惨案》(1937)、《无人生还》(1939)等大量长中短篇侦探小说,其创作势头与声望在这一时期可谓如日中天。另一方面,当时中国文人对于这位"侦探小说女王"的译介却显得并不怎么热情,甚至有些稀稀落落之感。仅据笔者所见,民国时期最早刊载阿加莎侦探小说翻译的文学杂志是《侦探》第六期(1939年1月15日),这一期杂志上登出了阿加莎以大侦探波洛为主角的短篇侦探小说《三层楼寓所》(该小说原名为 The Third Floor Flat,现通常译作"第三层套间中的疑案"),署名"亚嘉泰克利斯坦著,李惠宁译",而著名的比利时大侦探波洛在这里被译为"巴洛"。同样是这篇小说,在1946年6月1日又被重新翻译并刊登于程小青主办的《新侦探》杂志第五期上,小说译名为《三层楼公寓》,署名"亚茄莎·葛丽斯丹著,邵殿生译",而在这一版翻译中,侦探波洛则被翻译为"包乐德"。

《新侦探》杂志可以说是民国时期译介阿加莎·克里斯蒂侦探小说最为重要的平台和媒介,除了上文所提到的那篇《三层楼公寓》之外,还刊登了如下作品:

《镜中幻影》(第七期,1946年7月1日),署名"英国葛丽师丹著,殷鑑译"。该小说原名为 In A Glass Darkly,现中文通常译作"神秘的镜子"。

《眼睛一霎》(第九期,1946年8月1日),署名"Agatha Christie 作,雍彦译"。该小说原名为 The Regatta Mystery,现中文通常译作"钻石之谜",为帕克·派恩系列作品之一。

《造谣者》(第十期,1946年8月16日),署名"何澄译"。该小说首发时题目为 The Invisible Enemy,后改为 The Lernean Hydra,现中文通常译作"勒尔那九头蛇",为波洛系列作品之一。

《四种可能性》(第十二期,1946年10月1日),署名"Agatha

Christie 作,殷鑑译"。该小说原名为 Miss Marple Tells a Story,现中文通常译作"马普尔小姐的故事",为马普尔小姐系列作品之一。

《黄色的泽兰花》(第十四期,1946 年 11 月 1 日),署名"Agatha Christie 作,殷鑑译"。该小说原名为 Yellow Iris,现中文通常译作"黄色蝴蝶花",为波洛系列作品之一。

《遗传病》(第十六期,1947 年 2 月 1 日),署名"Agatha Christie 著,汪经武译"。后经郑狄克重译,以《疯情人》为题目,发表于《蓝皮书》第七期(1947 年 9 月 1 日),署名"A. Christie 原著,狄克译"。该小说首发时题目为 Midnight Madness,后改为 The Cretan Bull,现中文通常译作"克里特岛神牛",为波洛系列作品之一。

《古剑记》(第十六期至第十七期,未连载完,1947 年 2 月 1 日、1947 年 6 月 1 日),署名"葛丽斯丹著,紫竹译"。该小说原名为 The Murder of Roger Ackroyd,现中文通常译作"罗杰疑案",为波洛系列作品之一。同时,有趣的地方在于《罗杰疑案》的这个中文译本也曾在 1946 年刊登于《大国民》杂志第一期和第二期上(仅刊两期,未连载完),当时刊载的译名为《古剑碧血》(标"包乐德探案"),署名"葛丽斯丹著,程小青译"。经笔者比对,两个发表版本除了个别标点不同外,文字内容完全相同,可判定为同一译本。而作为后发表的、署名"紫竹译"的《古剑记》又刊登于程小青自己主编的《新侦探》杂志上,因此不大可能存在"译本抄袭"的情况(即"紫竹"挪用程小青的译作并自己署名),而是"紫竹"应该就是程小青的另外一个笔名,当时程小青可能考虑到在自己主编的杂志上发表太多自己署名的创作和译作需要"避嫌",因此使用了"紫竹"这一笔名。

《梦》(第十七期,1947 年 6 月 1 日),署名"Agatha Christie

作,殷鑑译"。后改名《奇异的梦》,刊于《上海警察》第二卷第一期,1947年8月20日,仍为"殷鑑译"。该小说原名为 The Dream,现中文通常译作"梦境",为波洛系列作品之一。

在两年不到的时间里,出刊仅十七期的《新侦探》杂志上,前后共刊登了九篇阿加莎·克里斯蒂的侦探小说,比例可谓不小。而从小说系列范围来看,从波洛系列到马普尔小姐系列,再到帕克·派恩系列,阿加莎重要的几个探案系列作品在《新侦探》上都有所涉及,读者也可以借此初窥"阿婆"侦探小说的风貌之一斑。与此同时,阿加莎最重要的"包罗德探案"系列也逐渐在中国侦探小说读者心目中形成一个口碑与品牌,主角侦探也由"巴洛"或"包乐德"等混乱的译名渐渐统一成"包罗德"。虽然"包罗德探案"在当时可能仍没有"福尔摩斯探案"或"侠盗亚森罗苹"那么大的影响力(这两个系列不仅影响了中国侦探小说读者,还深刻影响了民国时期的中国侦探小说作者),但它确实已经能够和埃勒里·奎因(Ellery Queen)的"奎宁探案"系列、莱斯利·查特里斯(Leslie Charteris)的"圣徒奇案"系列、范·达因(S. S. Van Dine)的"斐洛凡士探案"系列、厄尔·比格斯(Earl Derr Biggers)的"陈查礼探案"系列等并驾齐驱,共同形成当时广为人知的几个西方侦探小说翻译系列作品。

此外,《新侦探》的编辑和作者们也充分认识到了阿加莎·克里斯蒂在西方侦探小说界的地位,并积极向中国读者进行推介。在《新侦探》创刊号(1946)上,主编程小青就在《论侦探小说》一文中将阿加莎·克里斯蒂放在世界最优秀的侦探小说作家行列之中予以称赞:

> 不过侦探小说也和其他小说一样,有好的,也有坏的。那些衔奇逞怪支离荒诞的作品,自然也不能一例而论。例

如美国的埃伦坡 E. Allan Poe,惠盖·考林司 Wilkie Collins,安尼格林 Anna K. Green,英国的柯南道尔 A. Conan Doyle,弗利门 R. A. Freeman,玛列森 A. Morrison,弗莱丘 J. S. Flecher,杞德烈斯 Leslie Charteris,华拉司 Edgar Wallace,美国的范达痕 S. S. Van Dine,奎宁 Ellery Queen,克丽斯丹 Agatha Christie,赛耶斯 Dorothy L. Sayers,法国的茄薄烈 Emile Gaboriall,勒伯朗 M. Leblanc,和俄国的柴霍甫 Auton Chekhov 等的作品,当然都合乎文学的条件,并且大都有永久的价值。①

虽然程小青在文中误将阿加莎·克里斯蒂当成了美国人,但其对于这些作家作品价值的充分肯定却是非常显而易见的。在同一期杂志上,姚苏凤发表《霍桑探案序》一文,此文的主要意图是推崇程小青的"霍桑探案"系列,但姚苏凤在文中将阿加莎·克里斯蒂和柯南·道尔相并列,大有将二者共同视为世界侦探小说史上两座高峰之意:

但我敢说他(笔者注:此处指程小青)大部分的作品是高出于一般水准之上的,即比之前代的柯南·道尔及今代的亚伽莎·克丽斯丹(Agatha Christie)诸氏所作亦可毫无愧色。尤其在这寂寞万状的中国侦探小说之林中,他的"独步"真是更为难得而更可珍重了。②

从翻译、刊登作品,到写文章评论、推荐,《新侦探》可以说是

---

① 程小青:《论侦探小说》,《新侦探》创刊号,1946 年。
② 姚苏凤:《霍桑探案序》,《新侦探》创刊号,1946 年。

民国时期中国介绍和引进阿加莎·克里斯蒂作品的最为重要的文学平台。

美中不足的是,阿加莎·克里斯蒂的侦探小说以长篇最为精彩,但《新侦探》可能是囿于杂志版面或译者的时间精力,其所选择翻译、刊登的都是阿加莎的中短篇作品,唯一一部长篇《古剑记》(即《罗杰疑案》)在仅连载两期后便随着杂志的停刊而不了了之,实在不能不让人感到遗憾。

《新侦探》对于阿加莎·克里斯蒂长篇侦探小说译介缺失的遗憾在当时另一本侦探文学刊物《大侦探》上得到了弥补,《大侦探》第二十期至第三十六期(1948年5月1日至1949年5月16日)连载了阿加莎的长篇小说《皇苑传奇》,即《罗杰疑案》(*The Murder of Roger Ackroyd*),署名"英国亚加莎·克丽斯丹原作,姚苏凤译",这让中国读者比较完整地阅读到了阿加莎的长篇佳作。而在《大侦探》第二十期上《皇苑传奇》首次连载之前,译者姚苏凤还写了一篇名为"译者前记"的长文,颇为详细地对阿加莎·克里斯蒂的生平和创作予以介绍和评价:

> 当代侦探小说作家中,作品最丰富声誉最崇高者,首推亚加莎·克丽斯丹(Agatha Christie)女士。在她的小说里的那个比利时籍的大侦探,名叫包罗德(Hercule Poirot),曾被英美批评家称为"福尔摩斯的最理想的继承者"。他自己说他所凭借的侦探工具乃是他的"小小的灰色细胞"(little grey Cells),这就是说他是完全靠着他的思索和推断来解决着一切疑难的问题的——从这一点看,其实,我们还应该承认他比福尔摩斯更智慧,更高强。因为,在克丽斯丹女士的笔下,包罗德从不相信那些手印或脚印,烟蒂或烟灰之类的"证据",他更从不利用那些密室或机关,化妆或跟踪之类的

"方法",他的一切都是"常识以内的",然而他又永远叫你迷惑,只有在他自己给你说明了以后你才能够恍然大悟。同时,他的探案里永远有着一群有趣的人物,一簇诡奇的情节,高潮总是层出不穷的,结局总是出乎意料的——它精致,它完美(Perfect),"福尔摩斯探案"的确"相形见绌"了。[1]

这是民国时期极为少见的系统地评价阿加莎·克里斯蒂的文章,作者姚苏凤将阿加莎置于"一方面继承柯南·道尔,一方面又超越柯南·道尔"的地位上,在当时可谓"惊人"之语,但现在回过头来看整个西方侦探小说发展史,姚苏凤当时的理解和评断确实有着相当合理性。此外,姚苏凤在1948年6月15日至12月30日的《宇宙》杂志第一期至第五期上,还翻译连载过《弱女惊魂》,标"亚伽莎·克罗丝丹著、姚苏凤译,包罗德探案",该小说原名为 *Peril at End House*,现中文通常译作"悬崖山庄奇案",为波洛系列作品之一。可惜这部阿加莎长篇作品的中文译本也只刊登了五期,而没有最终连载完。综上来看,姚苏凤从长篇小说翻译到写文章肯定阿加莎·克里斯蒂侦探小说的文学价值和文学史地位,其对于阿加莎的介绍和推广功不可没。如果我们说《新侦探》是民国时期翻译和介绍阿加莎的最重要的文学平台,那么姚苏凤就当之无愧地堪称"民国阿加莎引介第一人"。

除了《新侦探》和《大侦探》以外,同一时期以"侦探、恐怖、刺激"[2]为特色的《蓝皮书》杂志上也刊载过一些阿加莎侦探小说的翻译,除了前文所提及的《疯情人》(刊于第七期)外,还有:

《口味问题》(第十二期,1948年3月20日),署名"程小青"

---

[1] 姚苏凤:《〈皇苑传奇〉译者前记》,《大侦探》第二十期,1948年。

[2] 见《蓝皮书》各期杂志封面。

译。该小说原名为 *Four and Twenty Blackbirds*，现中文通常译作"二十四只黑画眉"，为波洛系列作品之一。

《女神的腰带》（第二十六期，1949年5月1日），署名"*Agatha Christie* 著，卫慧译"。该小说原名为 *The Girdle of Hyppolita*，现中文通常译作"希波吕特的腰带"，为波洛系列作品之一。而在这篇译作前，译者卫慧也对阿加莎·克里斯蒂的主要长篇侦探小说作品及其在西方侦探小说界的地位进行了较为详细的介绍，提及了阿加莎笔下"包罗德探案""马波尔小姐探案"和"派克潘先生探案"三大侦探小说系列，并称阿加莎为"英国侦探小说界的女王"。

除此之外，《大侦探》杂志第五期（1946年9月1日）还刊载过《夜莺别墅传奇》，署名"A. Geste 原著，丙之译"。该小说原名为 *Philomel Cottage*，现中文通常译作"夜莺别墅"或"菲洛梅尔山庄"。1947年《乐观》杂志创刊号上，还刊载过《波谲云诡录》，署名"英国名女作家 *Agatha Christie* 原著，程小青译"，该小说原名为 *N or M?*，现中文通常译作"桑苏西来客"或者"谍海"，是民国时期极为少见的"汤米、塔彭丝夫妇探案"系列作品之一，颇值一提。可惜的是，1947年的《乐观》杂志仅一期后便下落不明，当时的中国读者自然也无缘得见这个"汤米、塔彭丝夫妇探案"后续故事的精彩了。而在单行本译作出版方面，目前仅见一本，即华华书报社出版的《东方快车谋杀案》（全二册），作者署名"亚茄莎·克列斯蒂"，译者为令狐慧，发行人田鑫之，标为"白劳特探案"，出版年份不详。

"后福尔摩斯时代"：
阿加莎·克里斯蒂侦探小说在华的"有限影响"

虽然前文爬梳、列举不少民国时期翻译的"阿婆"作品，但相比于阿加莎当时的创作总量和其在英美所获得的名望地位,实不及其十分之一,其最为重要的长篇侦探小说大都没有翻译和介绍,"阿婆"在民国时期的译介与传播远不能尽如人意。尤其相比于柯南·道尔笔下"福尔摩斯探案"系列从单篇到全集的一再重译,这位侦探小说女王的遭遇可以算得上有几分寂寞和冷清了,所以民国时期阿加莎最为重要的译介者和推荐者姚苏凤在《红皮书》第四期(1949)上发表的《欧美侦探小说书话》一文中,就颇为阿加莎感到不平。他认为中国侦探小说的读者仍然将福尔摩斯与亚森·罗苹奉为神明,而忽略了之后欧美出现的更为优秀的作家作品,实在有些可惜。他在文中写道:

> 我所奇怪的是:近年来欧美侦探小说界中几位第一第二流的作家的作品在中国反而没有人有系统地介绍过,如英国的陶绿萃赛育丝,亚伽莎克丽斯丹,和约翰·迪克逊·卡以及美国的伊勒莱昆,雷克斯史托脱,答歇尔汉密脱,梅白尔茜兰,等等;无论以他们,更多的是"她们"的作品的质或量来说,实在都很有可观;而且他们的作品中的侦探的才能也无不"自成一家",不但超过了前人的成就而且把侦探小说的写作技巧发展到了另一阶段。
>
> …………
>
> 我所尤其不解的是亚伽莎克丽斯丹的一直被放弃(还是最近一年内,才由我开始介绍了她的两种旧作)。十五年(他的第一部作品发表于一九二〇年)来,她不但是作品最多的一位侦探小说作家,而且他可以说是作品最好的一位。她的包罗德探案出版者已卅余种,由我的经验来批判,我要说是"最好的最合理想的侦探小说";其中有几种,简直还是"前无古人"之杰作,她笔下的侦探包罗德是一个比国人,也

纯粹是依凭心理学(在她的作品里是被她称为"小小的灰色细胞"的)来测勘案情的。她的作品以情节曲折而结构谨严著称,在今天的英美两国,显然已经成了侦探小说作家中的"第一人",出版界尊之为"侦探小说写作者之才艺最高的女主",即此可见其声势与地位。①

诚如姚苏凤所说,当时中国译者与读者对于阿加莎·克里斯蒂侦探小说的重视程度远远不够。究其原因,一方面是由于当时中国五四文学与革命文学在文坛居于正统地位,归属于鸳鸯蝴蝶派中的侦探小说则被打入别册,备受批判;另一方面则是在当时中国侦探小说读者心目中,福尔摩斯的身影实在太过伟岸,以至于后来的侦探小说名家,如阿加莎·克里斯蒂、埃勒里·奎因、范·达因等人及美国"硬汉派"侦探小说都没有得到足够的关注。

从某种程度上来说,柯南·道尔的"福尔摩斯探案系列"与法国作家勒伯朗的"侠盗亚森·罗苹系列"小说几乎框定了民国时期中国侦探小说的创作规范与基本套路。程小青的"霍桑探案"、张无诤的"徐常云探案"、王天恨的"康卜森新探案"、朱䬸的"杨芷芳新探案"等民国时期最重要的中国名侦探系列作品,都不外乎"福尔摩斯—华生"式的"侦探—助手"与"行动者—讲述人"的叙事模式与结构;而张碧梧、吴克洲、何朴斋、柳村任和孙了红的"反侦探小说"创作,更是明显有着模仿勒伯朗的亚森·罗苹系列小说的痕迹,单从他们这类小说中的主人公也都曾经被称为"东方亚森罗苹",甚至于其小说主人公的名字也多半是"亚森罗苹"的同音词或近音词,如"罗平""鲁宾""鲁平",或者

---

① 姚苏凤:《欧美侦探小说书话》,《红皮书》第四期,1949年。

"罗亚森"等,就可知一二。

从世界侦探小说发展史的角度来看,民国侦探小说基本上还是停留在"古典侦探小说"(Classical Mystery Novels)的相关时期,而没有进入"现代侦探小说"(Hard-boiled Detective Novel)的发展阶段,即民国侦探小说注重的仍然是小说情节,而缺乏对于侦探内心世界的细腻展现。如果进一步仔细辨析,我们也可以说,民国侦探小说的发展程度即使在"古典侦探小说"的范畴内,也仍处于比较早期的福尔摩斯系列小说的影响和笼罩之下,而没有很好地接受和承续西方后来"古典推理小说"黄金时期的影响(比如阿加莎·克里斯蒂对于凶手身份的巧妙设计、埃勒里·奎因的严密逻辑流,以及约翰·迪克森·卡尔所钟爱构建的密室,等等)。

当然,这并不是说阿加莎侦探小说对当时中国本土的侦探小说创作毫无"余音"与"回响"。遍数民国侦探小说作家与作品,真正向阿加莎等欧美侦探小说"黄金时代"学习并有所"小成"的作家首推郑狄克与他的"大头侦探案"。该系列以青年侦探狄国辉和其搭档/助手老苏为基本的探案组合,这一小说人物结构显然是模仿自福尔摩斯与华生的经典模式。但与此同时,小说又呈现出很多新的类型元素与模仿特征,比如对于侦探狄大头的人物形象设计上:

> 狄大头是个肥胖有经验之侦探,他的头特别大,有人给他一个绰号曰"大头侦探",此人年约四十左右,天性幽默,喜说笑话,穿着一套半旧西装,裤带上挂着一支六寸白郎宁手枪,摇摇摆摆踏进杨有金的卧室,阿土跟在后面。①

---

① 郑狄克:《毒针》,《蓝皮书》第九期,1947年。

这样一个生得肥肥胖胖、动作摇摇摆摆的侦探外形与动作，显然是借鉴了阿加莎·克里斯蒂笔下的名侦探赫尔克里·波洛（Hercule Poirot）的相关特点。而郑狄克也的确曾经阅读过、甚至亲自翻译过阿加莎"波洛系列"的侦探作品，比如同样刊登在《蓝皮书》杂志上的译作《疯情人》就是一例。

另一方面，"大头侦探案"受欧美"黄金时代"侦探小说影响，更明显的标志在于其对于案件情状的设计上。其通常是在一个相对封闭的空间区域内——如一幢别墅、一条弄堂或者是一座广播台内部——出现杀人案或连环伤害案件，而且这一区域内的每一个人都有嫌疑（都有作案动机和作案时间）。比如小说《毒针》中在第一起杀人案发生后，所有在场人员都有嫌疑，而在侦探到来并开始查案后仍接连不断地发生死亡事件，整个故事结构和氛围显然带有欧美"黄金时代"侦探小说的特点，而最终的凶手竟然就是第一个死去的老人杨有金，这种对于凶手"出人意料"的设定，分明能看出阿加莎·克里斯蒂某些作品的影子。又如小说《梁宅的悲剧》中，凶手伪装成为第一个受害者以试图摆脱侦探的怀疑①，则显然是在模仿《尼罗河上的惨案》等西方侦探小说中的犯罪手法。

此外，"大头侦探案"系列中不少篇目都附有登场人物列表，如《虹桥路血案》《梁宅的悲剧》《月夜冤魂》《猢狲与圆圆》《西厢尤物》《三堂会审》《黑鸡心皇后》《疯人之秘密》《弹词皇后的呼声》，等等，以便于读者弄清楚小说里众多且复杂的人物身份与彼此间的关系。甚至于在一些小说中，为了更清晰地展示案发当时现场的具体情况，作者还会专门绘制现场建筑空间示意图，如《五个失恋者》和《虹桥路血案》就都配有案发现场的房

---

① 郑狄克：《梁宅的悲剧》，《蓝皮书》第十七期，1948年。

间布局图①,《疯人之秘密》列有"西区新村有关故事之住户表"②、《弹词皇后的呼声》中也画有广播台建筑图③等。"登场人物列表"和"建筑空间布局图"都是欧美"黄金时代"侦探小说中常见的内容,也是在侦探小说情节内容和人物关系越发复杂化之后,随之发展出来的必要的辅助表现形式,而这些在早期"福尔摩斯探案"等侦探作品中几乎不曾见到。

"侦探小说女王"的第二次"来华"

在姚苏凤所抱怨的阿加莎·克里斯蒂作品没有得到足够重视与译介足足30年后,1979年11月《译林》杂志创刊号上,首次全文刊载了阿加莎·克里斯蒂的小说《尼罗河上的惨案》(宫海英译)。该期杂志"初版20万册,很快售完,立即又加印了20万册",甚至"《译林》的原定价1元2角,而黑市小贩卖一本则要2元,还外加两张香烟票","《译林》第一期出刊后,就收到了读者来信1万封"④,其受追捧程度由此可见一斑。同年,江苏人民出版社也出版了《尼罗河上的惨案》单行本。还是在1979年,中国电影出版社和浙江人民出版社各自翻译出版了《东方快车谋杀案》(中国电影出版社,陈尧光译,1979年9月)和《东方快车上的谋杀案》(浙江人民出版社,宋兆霖和镕榕译,1979年12月)。在相当意义上,1979年可以视为阿加莎·克里斯蒂新时期走入中国的"元年"。从此,"英国侦探小说女王"的作品开始风靡中国

---

① 郑狄克:《五个失恋者》,《蓝皮书》第九期,1947年;郑狄克:《虹桥路血案》,《蓝皮书》第十六期,1948年。
② 郑狄克:《疯人之秘密》,《蓝皮书》第二十三期,1949年。
③ 郑狄克:《弹词皇后的呼声》,《蓝皮书》第二十五期,1949年。
④ 施亮:《〈译林〉事件始末》,《炎黄春秋》2008年第6期。

读者市场,且一直长销不衰。

1980年,外语教学与研究出版社引进了《尼罗河上的惨案》英文版。而据王先霈、于可训主编的《80年代中国通俗文学》一书的介绍:

> 仅从1980年至1981年,两年内就翻译出版了她的20部长篇小说,其中包括《罗杰疑案》、《大侦探十二奇案》等一系列享誉全球的侦探故事,很多出版社竟(笔者按:应为"竞")相出版她的这些作品。此外,在80年代我国各种杂志上还大量刊载了克里斯蒂的短篇侦探故事,其数量之多也是其他同类作家望尘莫及的,如《"大都市"旅馆珠宝案》(1985)、《被绑架的首相》(1988)等。①

在70年代后期至80年代阿加莎作品在中国传播的过程中,多种艺术形式的改编对增强其作品的辐射度与影响力也是功不可没。在影视改编方面,阿加莎的小说从出版伊始可以说就备受影视行业的青睐。据目前所见资料,最早改编成电影的阿加莎小说是《神秘的奎恩先生》(The Mysterious Mr. Quin),该小说于1924年3月首次在 Grand Magazine 上连载,1928年就被改编成了同名电影。不久之后,《暗藏杀机》(The Secret Adversary)也于1929年被搬上了银幕。后来阿加莎小说又被大量改编为电影、电视剧和广播剧等多种艺术形式,各种翻拍、重拍不断。仅粗略统计,迄今为止,根据阿加莎小说改编而成的影视剧作品就超过130部。在这些影视作品中,对中国影响较

---

① 王先霈、于可训主编:《80年代中国通俗文学》,武汉:湖北教育出版社,1995年,第354页。

大的当属1974年版的《东方快车谋杀案》(Murder on the Orient Express)、1978年版的《尼罗河上的惨案》(Death on the Nile)以及1982年版的《阳光下的罪恶》(Evil Under the Sun)。这几部电影本身制作精良①,同时也正逢中国人文化生活相对贫瘠的时代,因而其引起了更多的关注与更大的影响,并且成为一代人的观影记忆。当时甚至有观众在看完电影《尼罗河上的惨案》后,通过写诗来表达自己激动的心情和对影片的赞颂,这在如今都是令人难以想象的:

是谁投下杀人的手枪?尼罗河溅起悲惨的浪;金字塔下是真挚的情侣吗?那致命的大石为何飞天而降。

"闪电般的恋爱"是如此神奇,蜜月,充满了爱的花香;可是,爱情却裹着罪恶的黑心,甜蜜的笑靥隐藏着谋杀的刀枪。

这是虚伪的爱呀,骗子的爱!贪图百万家财才扯起爱的幕挡;不!这不是爱情!是金钱与财富的逐鹿,朋友,你对这样的爱有何感想?②

与此同时,阿加莎侦探小说与电影的大规模流行也引来不少批评和质疑之声。比如1980年4月7日,时任中国社会科学院外文所所长的冯至就写信给当时的中央书记处书记胡乔木,

---

① 其中由西德尼·吕美特导演的《东方快车谋杀案》(1974),获得第47届奥斯卡"最佳男主角""最佳改编剧本""最佳摄影""最佳服装设计"等多项提名,英格丽·褒曼更是因为参演这部影片而斩获该届奥斯卡的"最佳女配角"称号。影片《尼罗河上的惨案》(1978)则获得第51届奥斯卡"最佳服装设计"奖和第32届英国电影电视戏剧学院奖。

② 任启江诗、邓刚彦画:《爱情,裹着罪恶的黑心——看英国电影〈尼罗河上的惨案〉》,《电影评介》1979年第9期。

批评《译林》杂志和浙江人民出版社对于阿加莎小说的译介,认为这是不当的"片面追求利润"的行为:

> 目前有关翻译出版外国文学作品的某些情况,觉得与左联革命传统距离太远了。近年来有个别出版社有片面追求利润的倾向,当前我国印刷和纸张都很紧张,他们却翻译出版了些不是我们所需要的作品。如江苏人民出版社出版的"外国文学丛刊"《译林》一九七九年第一期,用将及全刊一半的篇幅登载了英国侦探小说女作家克里斯蒂的《尼罗河上的惨案》,浙江人民出版社出版了同一作家的《东方快车上的谋杀案》,这些书刊被一部分读者争相购阅,广为"流传",印数达到数十万册以上。①

冯至甚至认为"从这点看来,我们读书界的思想境界和趣味,真使人有'倒退'之感"②,以及"自'五四'以来,我们的出版界还从来没有像现在这么堕落过"③。胡乔木将这封信转给中共江苏省委与浙江省委研究处理,因为正逢"十一届三中全会之后,党内民主空气浓厚起来"④,《译林》编辑部最后只是被上级领导"温和"地提醒:"对一些可资借鉴而内容不怎样健康的作品,可内部发行,主要供文艺工作者参考,而对于广大群众,则应当努力提供有益于心身的精神食粮。"⑤

《译林》编辑部则在事后的自查报告中对此进行了申辩和说明,提出:

> 也有很多人,包括一些著名翻译家则认为,"通俗文学"

---

①②③④⑤ 施亮:《〈译林〉事件始末》,《炎黄春秋》2008年第6期。

是文学中的一种体裁,也是外国现实社会的反映,具有题材广泛、情节生动,通俗易懂等特点,能够吸引更多的读者,因此,有选择地介绍一些外国比较好的"通俗文学"作品,也是符合党的"双百方针"的。对外国"通俗文学"有不同看法,是一个有待探讨的学术问题,可以展开讨论,但以此就说《译林》"追求利润","倒退","堕落","有失体面","趋时媚世",甚至把外国人抛掉的东西也捡来翻译等,这些指责是不是(笔者按:应为"实")之词,他们难以接受。①

直到同年5月9日,有关领导在北京召开的全国文学期刊编辑工作会议闭幕式总结报告中指出:

《尼罗河上的惨案》印得多了一点,这一件事,要追求责任?要进一步处分?不会嘛!及时指出工作中的某些缺点,是为了引起同志们的注意,以便今后改进工作,这叫做打棍子吗?不能叫打棍子。至于冯至同志的信,这位老同志七十多岁了,他的用心是好的,是为了文艺事业搞得更好,信中有些话可能说的过于尖锐一点,个别论断不够适当,但出发点是好的。我们认为,江苏省委对这个问题的处理是妥当的。②

当时还特别强调了"这件事就这样处理,就到此结束"③,从而为整件"《译林》与《尼罗河上的惨案》风波"做了最后的"定论"。

这一时期关于阿加莎·克里斯蒂侦探小说"销售热潮"的批评与讨论绝不止于冯至与《译林》之间的这一次"风波"而已,只

---

①②③ 施亮:《〈译林〉事件始末》,《炎黄春秋》2008年第6期。

不过"《译林》风波"因为当事人的身份、地位和影响力,所以格外引人注目。比如在1980年第4期的《出版工作》杂志上,祖冰也认为"翻译出版外国侦探小说成风"是"一些值得注意的问题",他从青少年读者的角度出发,认为"读者,特别是青少年读者……他们最急需的是自然科学和社会科学的基本知识读物,是古今中外名著,是培养共产主义道德品质的图书",而不是列入"全国十几家出版社翻译出版外国文学选题计划中"的阿加莎·克里斯蒂的侦探小说作品①。

1980年第8期的《读书》杂志更是专门刊载了当时很多文艺界人士对这一问题的看法。英若诚表示自己并不认为阿加莎的小说是"顶好"的,但也不同意就此否定整个侦探小说的价值:

> 我是喜欢看闲书的,看来看去,有这样一个想法:我们现在一提侦探小说,还停留在福尔摩斯时代,这有点太古老了。侦探小说也有思想进步、内容深刻的。这样一个文学形式经久不衰,是有其道理的。象《尼罗河上的惨案》这样的作品并不是顶好的,有很多东西比它好。②

董乐山虽然不赞同"一窝蜂"地追捧阿加莎,但也不同意"一窝蜂"地予以排斥,甚至是采取文艺上的"关门主义"措施:

> 我们有一种风气,什么事情往往都是一窝蜂,一面倒。介绍外国文学似乎也是这样,本来是什么都不许碰,什么都不开放;如今可以碰了,可以开放了,就什么都来了。侦探

---

① 祖冰:《把钢用在刀刃上》,《出版工作》1980年第4期。
② 英若诚:《首先要了解国外文艺界状况》,《读书》1980年第8期。

小说不是不可以介绍，可是一窝蜂的局面下，到处都是阿嘉莎·克里斯蒂。这个风气要不得。但是这也不是说又要倒回来，一说这个不好，就又要禁绝。到底好不好，不要摆出教师爷的架势，要允许有不同的意见。对于各种形式，各种流派的外国文学，应该尽量多介绍进来一些。要相信群众，群众有识别能力，最后会得出正确的结论来的。①

董乐山同时也指出，不要过度渲染侦探小说的危害性以及不要盲目"排外"：

> 现在门稍微开了一些，就有人觉得不得了了。这不得了有两种，一种是无知，以为阿嘉莎·克里斯蒂就代表外国文学。《尼罗河上的惨案》，搞凶杀，那还行？不妨去调查一下，有没有因为看了《尼罗河上的惨案》而去犯罪的？如果有的话，占读者之中百分之几？现在年轻人犯罪，原因恐怕不是因为读了外国文学，而是另有其政治、经济、社会、个人原因的。另一种不得了，是出于封建思想，看到外国的东西总觉得不顺眼，电影里出现亲吻，就大惊小怪，说什么"人心不古，世风日下"。②

而法国文学研究者柳鸣九则对当时翻译界追捧西方通俗小说（《东方快车谋杀案》《飘》和《基督山伯爵》），以及评论界将这些小说地位抬得过高等现象表示不满：

> 为了使我们外国文学工作前进得更好，有必要从正面

---

①② 董乐山：《不要"一窝蜂"》，《读书》1980 年第 8 期。

注意到某些经验教训。如象，有很多急需翻译介绍的优秀的、重要的外国文学作品未能出版，但另一方面，却有一些文学价值不高，甚至不入流的作品大量印行，并得到高度的评价。克里斯蒂的侦探小说出一点并非不可，但有必要出那么多吗？《东方快车谋杀案》有必要出两个译本吗？值得被人捧得那样高吗？《飘》这样一本畅销小说，既然名声已经搞得这么大，印行一些让大家看看没有什么不可以，但印行量如此之大，这就过分了，至于一定要说这本书如何有进步意义，给予很高的评价，那就更不符合作品的实际。《基度山伯爵》作为一本流行的通俗小说在中国出版完全应该，但也不必让这样一本思想内容并不丰富深刻、格调也不高的作品吸引了那样多宝贵的纸张，对它评价也应该有分寸。现在，《飘》《基度山伯爵》和《红与黑》常被相提并论，这委屈了《红与黑》。①

在这里必须指出，引起这些讨论和质疑的背后原因是复杂的，绝不仅仅是"保守"与"开放"的二元矛盾冲突这么简单，其中更是混杂了诸如上一个时期遗留下来的社会主义意识形态对资本主义流行文学的怀疑和抵触，封闭许久的中国对"异己"外国的警惕，以及"严肃文学"对于通俗文学和文学过分市场化的不满和担忧。而其所担忧的"文学过分市场化"似乎又并非完全的子虚乌有和空穴来风，追溯起来，这其实是某种压抑过久、突然放开后所引发的爆炸性"反弹"的结果。

"侦探小说女王"第二次"来华"之初，虽然声势浩大，饱受大众读者和观众欢迎，但同时也引来了无数的批评和非议——无

---

① 柳鸣九：《不是过头了，而是很不够》，《读书》1980年第8期。

论是出于对危害青少年读者的忧虑,还是对通俗文学品位的不屑,抑或是对挤兑"严肃文学"出版资源的担心等各种原因,但幸好一切都"有惊无险"。而国内对于阿加莎小说的翻译热潮也在90年代得到了更进一步地扩大和发展。

1990年,北京华文出版社就引进了台湾远景出版公司出版、由三毛担任主编的"阿嘉莎·克莉斯蒂侦探小说丛书"共12册。到了1993年,华文出版社又推出了更大规模的"阿嘉莎·克莉丝蒂探案小说精粹"系列,共收录其30部长篇,相比于80年代,这是第一次比较集中且大规模译介和出版阿加莎的侦探小说。仅仅两年之后,华文出版社又在1995年1月推出了"阿嘉莎·克莉丝蒂小说选"10本共30部长篇,以及在1995年12月推出了"阿嘉莎·克莉丝蒂小说选(增补本)"6本共18部长篇。而就在华文出版社于1995年推出的48部阿加莎侦探小说作品中,有28部是对1993年"阿嘉莎·克莉丝蒂探案小说精粹"系列中收录作品的重版——"精粹"系列中仅有《柏翠门旅馆之谜》(*At Bertram's Hotel*)和《死灰复燃》(*Sleeping Murder*)两部没有重版。如此密集且大规模地出版和重版阿加莎侦探小说,可见其作品受中国读者市场欢迎的程度之深。1998年10月,贵州人民出版社又"重磅推出"了共计80册的《阿加莎·克里斯蒂全集》,虽然所谓"全集"其实并不"全"(起码就缺少了《三只瞎老鼠》和《四魔头》两部小说),但已然足以为20世纪阿加莎的"来华之旅"画上"完美的句点"。

21世纪以来,很多关于阿加莎·克里斯蒂侦探小说研究、分析或鉴赏类的书籍相继在中国出版,比如王安忆的《华丽家族:阿加莎·克里斯蒂的世界》(安徽文艺出版社,2006年)、黄巍的《推理之外:阿加莎·克里斯蒂的小说艺术》(上海交通的大学出版社,2014年),以及从外国译介引进的《阿加莎的毒药》([英]

凯瑟琳·哈卡帕著、姜向明译,漓江出版社,2017年)和《阿加莎·克里斯蒂阅读攻略》([日]霜月苍著、张舟译,新星出版社,2018年),等等。直到2019年,新星出版社"午夜文库"系列宣称已经完成"阿加莎·克里斯蒂全集"共85册的出版,是截止到本文写作时所能见到的阿加莎小说汉译本中体量最为庞大的一套。

从20世纪80年代阿加莎长篇侦探小说陆续地引进,到20世纪90年代阿加莎小说成批量地出版、重版或再版,再到2000年以后各种基于阿加莎小说的研究或鉴赏类书籍纷纷问世,以及阿加莎·克里斯蒂"全集"汉译本不断地完善与重版①,这位"侦探小说女王"终于一步步走入中国读者的阅读视野之中,影响并改变了中国读者对于侦探小说的认识和理解。将近70年前,姚苏凤、程小青等民国文人、译者不断写文章向中国读者隆重推荐这位世界侦探小说巨匠阿加莎·克里斯蒂的愿望,或许此时才真正得以实现。

---

① 不断重新翻译并出版某一外国作家的作品全集这一行为,在国内翻译出版领域比较罕见,尤其是像阿加莎这种拥有如此丰厚作品数量的作家,其"全集"重新翻译与出版的频次更是可称惊人。

知识癖、叙事迷宫与摄影术
——小白的谍战小说及其类型突破

从中国谍战小说传统来看小白的《租界》《封锁》等小说创作，其表面上具有谍战小说的故事取材与类型框架，实际上却内含了一种类型突破，甚至"反类型"的审美意趣与文学追求。这一方面源自小白小说里对于知识性细节的"执迷"，其以一种"考古学家的周详"完成了小说世界与现实世界之间的复杂勾连，甚至可以说是通过知识重建了小说中的虚构世界；另一方面，其小说精心构造的"叙事迷宫"与"互文性"特点，则表现出某种类似于"玄学侦探小说"的书写方式与思考向度。此外，小白小说里最经常出现的意象之一——照相机/摄影机，又涉及"窥视"与"表演"、"真实"与"虚构"、"事实"与"讲述"之间的复杂辩证。这些既是小白小说独特的叙事策略与个人风格，也是其打通通俗文学与严肃文学壁垒的重要方式，更是对"谍战小说"乃至"小说"概念理解地进一步深化。

中国谍战小说传统

从欧美谍战小说的发展源头来看，其主要有以下两个特点：一是对世界政治局势变化的紧密呼应，二是和侦探小说之间的血脉关联。其中前者主要体现为欧美谍战小说发展的第一轮高潮正值两次世界大战之际，各国现代情报机关的设立为谍战小说作家们提供了想象的依托,而随着世界格局从"第二次世界大战"到"冷战"再到"后冷战"的不断转型,也直接影响了不同时代谍战小说题材选择上的变化;后者则既可以找到如柯南·道尔、阿加莎·克里斯蒂等世界早期侦探小说名家都曾创作过"谍战"题材故事的"实事"性证据,也可以在文学类型发展的层面上将谍战小说视作侦探小说的某种文类变形或"次文类",如将谍战小说的主要情节理解为侦探小说中侦探为个人(被害者/委托人)权利而奔走上升至为国家利益而奋战,由侦破谋杀到制止战争,由个体到国体,等等。总而言之,谍战小说既是一种政治小说,也是一种侦探小说。

具体到20世纪40年代中国谍战小说的第一次创作热潮,也大概可以看出上述两个特点。一方面,中国谍战小说的产生与当时国内各种政治势力错综复杂的时代局势密切相关,现实中谍战经验与间谍传奇故事的出现,正是作家们各自驰骋有关谍战想象的社会舞台;另一方面,民国侦探小说最具代表性的两位作家——程小青和孙了红也在这一时期分别开始从事谍战题材小说的写作或翻译,无论是神探霍桑还是侠盗鲁平,此时都各显神通,对付起日伪政权操纵下的各路间谍。

这一时期中国的谍战小说/戏剧作家、作品主要有:穆时英《某夫人》(1935)、《G No. VIII》(1936),茅盾《腐蚀》(1941),刘以鬯《露薏莎》(1942)、徐訏《风萧萧》(1943)、陈铨《无情女》(1943)、《野玫瑰》(1946),仇章《第五号情报员》(1943)、《遭遇了支那间谍网》(1946)、《香港间谍战》(1948),孙了红《蓝色响尾蛇》(1947)、《祖国之魂》(1949),以及郑小平"女飞贼黄莺"系列中《除奸记》《一〇八突击队》《铁骑下的春宵》《三个女间谍》(1948—1949),等等。上海与重庆也成了当时中国谍战小说/戏剧创作与被书写最为集中的两个城市。总体上来说,这一时期的中国谍战小说大多是以"女间谍"为主要人物的传奇经历与浪漫故事(如《蓝色响尾蛇》和《腐蚀》),其中又常常流露出作者的某种"世界主义"想象(如徐訏《风萧萧》的美国人或穆时英《G No. VIII》中的白俄)。一方面,"女间谍"在这些小说中除了"情报人员"的身份之外,往往又是情感寄托的对象(如《腐蚀》中的赵惠明、《风萧萧》中的白苹、《露薏莎》中的露薏莎)或情欲投射的客体(如《蓝色响尾蛇》中的黎亚男),从而构成了这一时期"间谍+情感/情欲"的基本书写模式,俨然是此前"革命加恋爱"小说的某种变形和发展;另一方面,20世纪40年代的中国谍战小说除了个别由侦探小说家转型而来的作者(程小青、孙了红)创作之外,大多数作品都显得浪漫有余,逻辑性与悬疑感严重不足。但这一时期的中国谍战小说作家们似乎也并无意精心建构一个逻辑严密、悬念丛生的谍战故事,而是更想借助这个多少带有些神秘性的职业来展示一段爱情传奇。从这个意义来看,这些谍战小说又多少继承了此前社会言情小说的某些成分和套路。①

  20世纪50年代至70年代的中国反特、惊险小说,是"冷战"世界格局与"人民政治"话语下谍战小说的一种特殊形式和历史发展阶段。一方面,这些反特小说在写法上深受苏联同类型小说的影响;另一方面,其书写内容上的变化又和中华人民共和国成立之后的社会发展现实与革命话语实践保持了紧密的相关性和高度的一致性。比如随着农业合作化运动在全国逐步推广,仅在1956年上半年,就有程小青《大树村血案》、徐慎《女管库员的死》、高琨《谁是凶手》等合作社题材的反特小说出现。又如在蒋介石"国光计划"提出之后,张明《海鸥岩》、李凤琪《夜闯珊瑚

---

① 比如徐訏《风萧萧》中"我"与白苹、梅瀛子和海伦之间的情感纠葛就明显继承了张恨水《啼笑姻缘》中樊家树、沈凤喜、何丽娜、关秀姑"一男三女"的爱情模式。

潭》、黎汝清《海岛女民兵》等东南沿海与海岛背景的反特小说也大量产生。而随着中苏关系的逐步恶化，则出现了尚弓《斗熊》等北方边境捉"苏修"特务的反特小说。"反特"行动的展开空间也从几个大城市扩展到祖国各地边防与广大农村地区。不难看出，中国的反特小说是一种高度政治化的小说类型，其相比于传统侦探与谍战小说中对个体职业神秘性的渲染则大为削弱。在反特小说中，"反间谍"的行动主体不再是无所不能的"福尔摩斯"式人物或在个人情感中挣扎的"女间谍"，而是广大人民群众。与此同时，反特小说也不像传统侦探或谍战小说将身份悬疑作为小说的核心审美机制，人物的高度脸谱化使得稍有经验的阅读者在特务首次登场时，就能够通过其动作或外貌描写看穿他的真实身份。这种书写方式背后是一套"人民政治"的话语逻辑，即在反特小说文本内部，"反特"这一行为必须严格坚持"群众路线"。反特小说这一小说类型的创作目的，也不在于提供某种阅读消费快感，而是为了教育广大人民群众如何在现实中反特防奸，因此在小说中提供一些清晰的、可供识别的特务形象与反特经验就成了该类型小说创作的内在需求。当然，从反特小说在当时的相关阅读场景记录及事后回忆文章来看，读者对反特小说的接受原因，与其创作初衷之间还是存在着某些裂隙。

新时期以来，麦家和小白的谍战小说创作具有相当的代表性。其中麦家的谍战小说题材仍不脱国共抗日（《风声》《风语》）或"冷战"对峙（《暗算》），这显然是对此前两个时期中国谍战小说创作的某种继承。但在麦家的小说里，具体的历史时空背景和复杂的政治关系格局往往只是相当缥缈的远景，其小说所着力构建的，是在这一政治历史时空下的一处近乎封闭的"微型空间"。比如《风声》里坐落在杭州西湖畔，被日伪华东剿匪总队占据着的富家私宅;《风语》里国民党在重庆的最高秘密机构五号院,即"中国黑室";或者是《暗算》里某神秘深山中的701破译局。麦家的谍战小说往往是在开篇对整个时代背景匆匆介绍几句,然后迅速切入自己精心构建的"微型空间",并在其中展开小说的故事主线。小说借助这一"微型空间"在相当程度上斩断了小说核心故事与历史时代背景之间的具体关联,从而使关乎家国主题的谍战小说被"浓缩"/还原为传统侦探小说般的破译密码(《暗算》)或"暴风雪山庄"模式(《风声》)。卢冶正是在这个意义上称麦家的这类小说为"历史游戏"①,可谓恰如其分。此外,麦家在小说人物设置上采取了一种"去政治化"的身份书写策略,弱化其政治背景,而强化其能力传奇或性格独特。麦家笔下的谍报人员往往被极力刻画为听觉天才、密码高手、数学专家等"奇人异士",以能力或性格之"奇"作为其行为选择和情节发展的根本动因。

  无论从题材内容的选取、人物身份的设定、情节悬疑的装置等各方面来看,小白的《租界》《封锁》《特工徐向璧》等小说无疑都可以划入"谍战小说"的类型之中。但是,与我们通常所理解的"谍战小说"中需要有基本的阵营立场判别与人物身份划分不同,小白小说中各方势力派别的纵横交错、人物身份的复杂多变、行为动机的真假虚实,以及个体内心欲望的色彩斑斓等实在是让人"眼花缭乱"。以小说《租界》为例,这部小说的故事舞台就是整个上海租界——一个充满了不同政治势力、多重欲望与世界性想象的独特历史时空,一切复杂的人物关系和动线在这里都变为可能。在这一特殊的时空背景下,小白又对其笔下人

---

  ① 参见卢冶:《谍战小说与当代中国的情感结构:从麦家、龙一到小白》,《现代中文学刊》2013年第3期。

物的政治身份进行了"万花筒"般地渲染和呈现：国民党政府、租界警察、共产党、帮派混混、新崛起的恐怖分子、贪图爆炸性新闻的小报记者、白俄军火贩子、越南买办、韩国流亡政府成员等各色人物纷纷登场，甚至于还有很多隐藏的、假冒的政治身份乃至关于身份的"瞒"与"骗"（比如冷小曼与顾福广）。小白选择了1931年的上海作为自己故事发生的时空，正如李敬泽在全书序言中所描述的那样："我们知道在这1931年的上海红尘浮世的远处，南京政府正在经历内部分裂的危机，从屠杀中站起来的中国共产党人正在进行着志在摧毁这个世界的顽强斗争，日本军人的军刀已经出鞘，在这小说的故事结束两个月后，九一八事变爆发；而在上海，19世纪殖民主义冒险家们的后继者在疯狂地囤积地皮，他们坚信他们的经验、逻辑和运气，坚信一个'上海自由市'的出现，那将是一块更大的西方飞地，永久繁荣、遍地黄金。"[①]小白笔下各色人物怀揣着不同的目的活跃在上海租界这个大舞台上，而作者也没有试图将它们做简单的正义/非正义、革命/反革命的二元区分。在《租界》里，小说人物的政治身份不是太少，而是"太多"，多到让人应接不暇，多到让读者时时刻刻需要判断、警惕和猜测某一登场人物的政治身份、行为动机，乃至立场转变，多到连小说最后的关键"包袱"都是紧紧围绕冷小曼和顾福广政治立场变化和暴露而展开的。

从表面上来看，小白的小说是通过某种"以繁代简"的书写策略来完成对传统谍战小说的类型超越，并由此确立了作者个人的创作风格。而在小说情节层面"以繁代简"的背后，其实暗含着小白小说对于知识性细节的"执迷"、对于叙事迷宫的营造，

---

① 李敬泽：《摄影师、炼金术士及重建一个上海》，收录于《租界》，北京：中信出版社，2018年，第4页。

以及对于"何谓小说"的本体性思考。在这些意义上,我们与其说小白的小说是对于传统谍战小说的类型超越,不如说其在根本上是"反类型"的。因为"小说类型"本质上意味着一种创作模式的内在规定和读者相应的阅读期待,而小白的小说创作却在不断尝试打破相应固化的类型模式并挑战读者的期待心理。

《租界》：用知识重建一个上海

李敬泽对小白在小说《租界》中所表现出来的"知识癖"有过一个很形象的概括："小白从历史档案中、从缜密的实地考察中,以一种考古学家的周详……和一个诗人的偏僻趣味,全面地重建这座城市。"[1]准确地将小白书写《租界》的文学趣味与创作态度归纳为"考古学家的周详"与"诗人的偏僻趣味"。伊格言在《想象力的租界》[2]（《租界》中国台湾版序言）一文中也表达了对李敬泽这一说法的认同。

小白在《租界》中的确表现出了一种浓厚的知识癖与考据癖,小说每一处看似漫不经心的细节里其实都满含历史事实、档案文件、电影画面、街道地图、建筑照片、航班时刻表、赛马纪录、收发票据等历史资料文献,仿佛小白在试图让他《租界》里的每一句话,他笔下"租界"里的"一砖一瓦"都做到言必有据和有稽可查。而根据学者毛尖对小白小说地进一步考据或"八卦",我们才知道,就连小说里玛戈随口提到的一句"杏仁粉",竟然"需要电影《英国病人》的超链接：男女主角在一次下午茶会上,偷

---

[1] 李敬泽：《摄影师、炼金术士及重建一个上海》,收录于《租界》,北京：中信出版社,2018年,第2页。
[2] 伊格言：《想象力的租界》,收录于《租界》,台北：联经出版公司,2017年,第7—9页。

偷去房间幽会,事后女主角丈夫指出,你的头发里有杏仁粉味道。所以,对《租界》做一次词源考据,除了人物档案和城市空间需要大量注释,小白的名词动词形容词都需要索隐,包括'陈小村'这样一个信手拈来的打酱油人物,也关联了上海作协副主席陈村的性情和爱好"①。

  对于小白的博学我们并不感到奇怪,因为身为文化随笔作家的小白早在《好色的哈姆雷特》一书中就已经为我们展示过了其知识体系的驳杂,尤其是他对于各种冷门知识的熟稔于心更是令人印象深刻,甚至是到了瞠目结舌的地步:从莎士比亚这个姓氏中所暗含的性意味到毕加索衰老对其创作力的影响,从"早期西洋医学入华史稿"到历史上各朝各代的最为俚俗的黄段子,小白似乎是无所不知的②。但这仍不能打消我们对身为小说家的小白所产生的疑惑:如此这般对知识的癖好似乎已经升级成为一种知识的"炫耀",那么这样的书写方式对谍战小说而言究竟意味着什么?如果说创作有着明确历史背景的小说必须要先做好一定的资料考证和案头工作,以便小说可以给读者营造出一种"真实的幻象",或者最起码不要暴露出"历史的谬误"的话,那么类似于"杏仁粉"这种近乎有些"卖弄"的细节影射又意义何在?

  小白也多次表明自己的这种写法是一种有意为之(当然是有意为之!),甚至在各类公开访谈中也毫不避讳暴露自己小说里所隐藏的知识来源。按照他自己的说法:"《租界》无意于展现一段历史,它更像是为某一段历史订制的赝品。为了以假乱真,作者确实在搜集材料下了一点功夫。一九三〇年代的中外报纸杂志,档案馆内租界和警务处卷宗,各种日记、回忆录,许许多多

---

① 毛尖:《杏仁粉和烤鳗鱼:〈租界〉六问》,《名作欣赏》2018年第3期。
② 用陆谷孙教授对该书的评语是"以男女之事的瓶子装文化之酒"。

的照片和影像资料。为了让小说中一艘邮轮顺利进入黄浦江港区，就去读了领航员日志。要写一场赛马，就查阅赛马俱乐部纪录。但这些细节上的考证，并不是为了让小说本身更加符合某一段历史。倒不如说，它们是想让小说所虚构的那些事件，更有可能在那些年代中真正发生。"①这段话背后其实体现出小白的一种文学创作观念，即他在小说中融入大量知识性和历史真实细节，并非要让自己的小说更贴近于那段历史本身。相反，他更大的创作野心在于想用知识重新搭建一个极具真实感的历史时空。换句话说，小白小说中的"历史细节癖"与"知识考据癖"绝非仅仅停留在反映论层面的对文学真实观念的理解上，而是具有福柯所说的从"正义—真理的联结"到"知识—权力的断裂"的"知识型"转变的根本内涵②。

在小白的小说中，充满了"知识癖"的历史细节不过是他随手拿来搭建租界"拼图"的有效"道具"："在好几个不同的历史档案文本里阅读到同一艘船，扮演着不同的角色，在不同的历史戏剧里充当着不同功能的道具，那感觉很奇妙。你把它拿过来充当你自己的道具，那会造成怎样的效果呢？"③在这里，知识细节不依靠其历史真实性而获得价值和意义，知识细节本身即包含某种权力结构和话语力量。因此，将大量的知识细节融贯到小说叙事之中，就如同前文所述《租界》中"万花筒"般的政治势力和人物身份一样，给人以一种炫目之感和沉浸体验。简而言之，小白在小说中植入大量知识，并非是想要带领读者回到历史中

---

① 小白：《自序：只是个游戏而已》，《租界》，台北：联经出版公司，2017年，第19页。
② 参见［法］米歇尔·福柯著，莫伟民译：《词与物：人文科学考古学》，上海：上海三联书店，2002年。
③ 小白、孙甘露：《小白谈租界那些事儿》，《东方早报·上海书评》第131期，2011年3月20日。

真实的1931年的上海租界,而是想要重新打造一个全新的、专属于小白的,同时又带有某种文学真实感的1931年的上海租界。其背后所隐藏的内在逻辑结构,借用福柯关于"知识型"的梳理和总结来看,并非传统的对于"相似""效仿""真实"的追求,而是符号在系统内部寻找意义,话语权力结构直接作用于人的感觉本身,从而产生出词与物之间新的联结幻象。

  这不禁让人想起意大利作家翁贝托·埃柯(Umberto Eco)和英国作家弗·福赛斯(Frederick Forsyth)。前者在《玫瑰的名字》中用大量笔墨讨论并展现出作者关于历史、宗教、哲学、神学乃至符号学的浩瀚知识,令人叹为观止;后者在《豺狼的日子》中所展示的从各地风土民情到一个情报人员最细微的衣着细节也都给读者一种相当程度的真实感受,引用马伯庸在《风起陇西》一书中的赞许之言:"最早看弗·福赛斯老爷的作品就是赫赫有名的《豺狼的日子》……他的文笔又十分细致,即使一件小事也要巨细靡遗地详细描写其细节,甚至具体到飞机的航班号以及购买物品的商店名称。"[①]当然我们知道,翁贝托·埃柯本身就是一名享誉全球的哲学家、符号学家和历史学家;而弗·福赛斯则是有着多年情报工作经验的资深"业内人士"。所以他们二人在小说中虽然都展现出丰沛的知识,但其知识的来源却是不同的:翁贝托·埃柯源自于阅读,而弗·福赛斯则更多出自现实经验。在这个意义上,小白显然是更贴近翁贝托·埃柯式的一位作家,但他所想要最终完成的是通过翁贝托·埃柯获取知识的方式来写出类似弗·福赛斯式对知识的表达[②]。

---

  ① 马伯庸:《风起陇西·后记》,长沙:湖南文艺出版社,2017年。
  ② 类似的中国作家和作品还有马伯庸和他的《长安十二时辰》,他在书写一个唐朝的谍战故事的同时,也通过大量史料阅读,试图尽量还原出一个长安人一天十二个时辰的生活轨迹和全部细节。

小白小说中"知识癖"的背后是他关于文学与历史、真实与虚构的深刻体认(这种体认,有些类似于新历史主义者对于"历史的文本"与"文本的历史"之间的辩证思考)。如果我们说小白用文学"重建"了一个上海,那么在这个"上海"中,他极力想要呈现的是这座城市的复杂性——各路势力的勾连碰撞、多种欲望的混杂冲突、不同人物动线的错综交织,以及无数知识细节的索隐和考据。这落实到具体的小说写法上,则表现为《租界》每一小节都转换了一个人物的观察视角和行为动线,最终形成了小说缤纷错落,又带有"移步换景"之感的55个叙述片段。每一个叙述片段都由不同的人物视角来展开,且在时间感上呈现出一种近乎"现在进行时"的叙述时态。这里所说的"现在进行时"并非叙述语法意义上的,而是指小白小说叙事与描写方式所带给读者的一种阅读时间感受,这是一种无距离的、消泯了作者身影和叙事人视角的、直接将读者拉入故事时空现场的、近乎电影般呈现方式的叙事策略。而将这55个极具现场感,甚至是沉浸式的叙述片段重新组合拼接之后,我们便能得到一个属于小白的、真实的、文学的1931年上海租界全貌。这是一个用知识浇铸细节,再用细节拼贴重组而成的上海租界。

丰富的浸润着"知识"的文本细节,对应着的是同样复杂的人物政治立场和行动目的。好像只有这种足够复杂的上海租界构建才能承载起同样复杂的人物身份和行为动机,借用王德威的话说:"一九三一年因此是无足为奇的一年。种种文坛的啼笑姻缘此起彼落,但就算有血有泪,作为舞台的上海,什么阵仗没有见过?"[①]而小白谍战小说里这种以多代少、以繁代简、以多元

---

① 王德威:《文学的上海,一九三一》,收录于《如此繁华:王德威自选集》,香港:天地图书有限公司,2005年,第122页。

代二元的书写策略也同时完成了对历史叙事简单化弊病的克服。在《封锁》中,鲍天啸其实很有可能的"军统"身份在小说虚虚实实的文本迷宫之中变得不那么惹人注目。而《租界》里的男二号顾福广所带领的一群人竟然是假冒共产党的帮派势力,采用的也是近似于无政府主义的暴力性革命纲领,这在小白笔下人人皆有不同的政治立场的上海租界里也丝毫不令人感到"意外"(有小说之内的意外,而无小说之外的意外)。这就是小白的高妙与超越之处,他既让读者不会有"失真"或胡编乱造的阅读体验,又尽量避免了阅读过程中将小说和真实的历史作过分的对应和关联。

小白另外一个让人产生兴趣的地方在于他小说内外对于所征引"知识"态度上的差别。对于《租界》的读者而言,即使完全不知道小白埋伏在文本内部的那些有关"轮渡""赛马""杏仁粉"的知识,也不影响《租界》作为一部爽利精彩的谍战小说所可能带来的阅读快感,因为小白在小说里对这些知识采取的是一种"藏"的态度,并且他将这些知识"藏"得极为隐蔽和巧妙。这与他在小说之外毫不掩饰地公开暴露自己小说文本中的知识来源,形成了鲜明而有趣的对比。这种在文本内外对小说背后知识"藏"与"露"的态度之迥异,既能看出小白在小说写作时的一番匠心与苦心,也能感受到他在这一过程中难掩的炫耀与得意。这里所说的"炫耀"一方面指的是小白在创作过程中主体性与能动性的爆发,另一方面则是作者有意识或潜意识地在对读者进行着筛选,即我们必须承认,小白的谍战小说本质上是包裹着通俗小说外衣的严肃小说或"小说实验",他心目中真正期待的受众并非一般大众读者,而是有着相当文学与历史知识储备的专业读者,甚至是学院派读者。关于这一点,将在他的小说《封锁》中得到更为充分的体现。

《封锁》：真实与虚构的叙事迷宫

如果说在《租界》里，小白关于真实与虚构的实践还只是全方位地用知识浇铸细节来"重建一个上海"，并在自己建造的上海租界中展开一段精彩纷呈的谍战故事，那么在《封锁》中，小白对于文本与现实、文学与历史、虚构与真实之间的书写和思辨则更加走向极致，小说通过精心设计、层层嵌套的"文本－事实－文本"的宛如"中国套盒"（Chinese Boxes）[①]或者"俄罗斯套娃"般繁复的小说结构，产生了文本迷宫一般的叙事效果，近乎彻底摧毁了我们追寻真相与隐喻及其之间逻辑因果的可能性。

《封锁》最基本的故事是在一处公寓里汉奸丁先生被炸弹炸死，于是日军封锁了整栋公寓，调查刺杀真相。这时公寓里一个写连载小说的亭子间作家鲍天啸自告奋勇地向日军讲述起自己所知道的事件原委。在这一过程中，鲍天啸不断讲述着自己对这起爆炸刺杀案件的"所见所闻"，而日本军官林少佐则不断追寻并反复质疑鲍天啸所讲述内容的合理性。鲍天啸在林少佐的连续诘问之下，也不断修正着自己讲述的内容，使其渐渐能够做到自圆其说。敏锐的观察者已经看出这一过程中刺杀事件与讲述之间的复杂关系，并用张承志的《西省暗杀考》来和小白的《封锁》作参照性阅读，指出在小白的《封锁》中，讲述本身即构成事件。[②] 的确，《西省暗杀考》中的暗杀并未真正发生，《封锁》里的爆炸案却发生了，但我们对其过程和细节近乎一无所知。我们

[①] 参见［秘鲁］马里奥·巴尔加斯·略萨著，赵德明译：《给青年小说家的信》，上海：上海译文出版社，2004年，第113页。
[②] 参见但汉松：《文学炸了——小白〈封锁〉中的恐怖叙事》，《上海文化》2017年第5期。

对这两起未发生/已发生的刺杀事件的认知都是通过马化龙或鲍天啸的讲述来完成的,即这两起案件在过程而非结果的意义上是被讲述出来的,而非实际发生的。《封锁》比《西省暗杀考》更进一步的策略是安排了一名具有生杀大权和充满质疑欲望的读者角色——林少佐,他在不断和鲍天啸所讲述的故事进行对话,表面上似乎是在努力探求故事的真实性,其实却是在深层意义上瓦解了讲述的可信度。对此,小说中有多处暗示/明示:

> 鲍先生,小说家常常会出差错,有些关键细节不合逻辑,于是整个故事就垮了。读者会觉得自己有权质疑,他们会用自己的方式来批评作家。但还来得及修改。挑剔的读者很有好处,他们提供意见,帮助你讲出一个好故事。①
>
> 林少佐说,他不会限制鲍天啸,你可以随便说,记忆,想像,事实,虚构,什么都可以说,什么他都想听。但是,每一部小说最后都要让读者来裁决。这一次,他本人希望担起责任,鲍天啸负责讲故事,由他来评判。②

林少佐与鲍天啸表面上看起来是审问者与被审问者之间的关系,实际上却是读者与作者之间的关系,或者借助托多罗夫在《散文诗学》中提出来的公式,即"罪犯:侦探=作者:读者"③。贯穿整篇小说的这场审问本质上是一名读者在不断对故事讲述者所讲的内容提出质疑,而故事讲述者又不断根据读者的合理

---

① 小白:《封锁》,北京:中信出版社,2018年,第38—39页。
② 同上书,第50页。
③ 如果我们将托多罗夫关于侦探小说的这一结构性理解稍加延伸,不难得出"鲍天啸:林少佐=被审问者:审问者=罪犯:侦探=作者:读者"这样一组关系。

怀疑而修订自己的故事细节,以使得自己讲述的故事看起来更加真实合理。但就在这个被讲述的故事似乎变得更加真实合理的同时,故事讲述者修订故事的行为本身已然揭示出其所讲述的故事乃是虚构而绝非事实,而这个虚构故事正是故事讲述者与读者"共谋"之下的产物①。这种通过一个侦探小说/类侦探小说框架,来表达作者对记忆、真实、身份、人性等主题探寻与思考的小说,其实和"玄学侦探小说"②(the Metaphysical Detective Fiction)有着异曲同工之妙。我无意将小白的《封锁》放置于"玄学侦探小说"的序列之中进行解读,但《封锁》表面上是在探求一起爆炸案的真相,同时又通过不断设计各种文本的迷宫来扰乱整个探求的过程,使小说在情节上变得曲折复杂,在逻辑本质上对"真相"到底是什么进行了质疑和消解,将原本是通俗文学之一种的侦探/谍战小说变为了先锋的、严肃的文学形式。这确实和"玄学侦探小说"呈现出了同样的思考向度和书写追求,进而为我们理解谍战小说与侦探小说之间的文类关联提供了一个新的案例和可能。而小白在《封锁》中所取得的这种对类型文学的突破,甚至是具有"反类型"意味的书写,其实某种程度上也可以借助于"玄学侦探小说"对于传统侦探小说的类型突破或"反类型"来加以理解。

兼有"考古学家的周详"与"诗人的偏僻趣味"的小白当然不

---

① 这具体落实到小说文本内部则可以试举一例:鲍天啸最开始时说自己在屋里写作时听见有人进了楼上房间。但林少佐找人上楼做了实验,证明鲍天啸在房间内根本什么也听不见。于是鲍天啸便改口说自己是在楼梯间碰到那个女人,并编造出了"我刚出二楼楼梯间,正下楼梯"这样一类看似更为真实且可行的细节。

② 现在一般公认的玄学侦探小说有法国作家罗伯-格里耶(Robbe-Grillet)《橡皮》、美国作家保罗·奥斯特(Paul Auster)《纽约三部曲》(《玻璃城》《幽灵》《锁闭的房间》)、意大利作家翁贝托·埃柯(Umberto Eco)《玫瑰的名字》、阿根廷作家博尔赫斯(Borges)《小径分岔的花园》、土耳其作家奥尔罕·帕慕克(Orhan Pamuk)《我的名字叫红》,等等。

会满足于此,他进一步通过精巧的情节设计将这个事实与讲述的思辨关系引入更为复杂的境地,小说里插入了鲍天啸连载过的一段小说《孤岛遗恨》,其中的部分情节竟然和后来发生的丁先生被刺案惊人的相似,鲍天啸是如何能够通过小说来预言事实的呢?正在读者还没有搞清其中关系的时候,小白又来一笔,说出了鲍天啸小说创作和另一件事实之间的关系,即"一个烈女,为父报仇。仇人是军阀"①。熟悉历史的读者很容易知道这是在说民国侠女施剑翘为父施从滨报仇,刺杀军阀孙传芳的故事,由此小说中文本与事实之间的关系变得更加复杂且扑朔迷离:历史上真实发生过的施剑翘案、小白在小说《封锁》里虚构的丁先生被刺案和小说虚构人物鲍天啸进一步虚构的小说《孤岛遗恨》以及他对丁先生被刺案的目击证词相互叠加在了一起,构成了一个真真假假的文本迷宫。用小说纪录历史、用小说预见历史、将小说变成历史……小白在这令人眩目的迷宫之中其实是在不断探讨各种"历史"与"小说"、"现实"与"文学"、"真实"与"虚构"、"事实"与"讲述"之间的复杂关系。小白甚至还不甘于此,他又在故事里植入了一个鲍天啸对门房撒谎的细节,并在小说结尾处让"我"(小说叙述者)把整个故事记录在名为《传记》的杂志里。前者为这场纷繁的虚实之辩又引入了一个谎言的维度,后者则让一切最终都归于文本和讲述之中。而当我们把关注的视线从文本内拉出到整部小说的产生过程时,就不难发现,《封锁》这个故事最初是小白为阚若涵的微电影《晚风》所撰写的剧本,后来小白才以此为基础写成了现在这篇名为《封锁》的中篇小说。②

---

① 小白:《封锁》,北京:中信出版社,2018年,第93页。
② 阚若涵的微电影《晚风》(小白编剧,2015年)在第三届"中韩青年梦享微电影展"上夺得了"最优秀影片奖",小白以这个剧本为基础所写的中篇小说《封锁》则发表于《上海文学》2016年第8期,后获"鲁迅文学奖"。

于是我们又在整个小说文本之外发现了一层电影与剧本的文本形式维度，小白也就此完成了他精心构建的"中国套盒"和"叙事迷宫"。

"叙事迷宫"一般被认为是后现代小说的一个突出特点。在"叙事迷宫"中，小说往往依靠叙事搭建迷宫式的文本框架，通过多种叙事方法扩展故事的情节或故事层，进而构建出错综复杂的文本结构，使读者陷入阅读的困境和混乱，而其本质目的则是在有意颠覆小说叙事结构本身的稳定性，以追求一种认知的破碎、情节的漂浮与阅读上的迷惑之感。比如杜威·佛克马在《后现代主义文本的语义结构和句法结构》一文中就将"迷宫情节"视为"增殖"的一个子分类，在他的理论体系中，"增殖"作为后现代主义文本结构之一种，其包括了符号系统的乘法、语言与其他符号的混合、结尾的增殖、开始的增殖、无结局的情节的增殖（迷宫情节），等等①。而关于"叙事迷宫"的理解还可以追溯至克里斯蒂娃（Kristeva）的"互文性"（Intertextuality）、罗兰·巴特（Roland Barthes）的"织物"（Texture）或者利奥塔（Jean-Francois Lyotard）的"小叙事"等理论序列之中，这里并非想将小白的《封锁》作为诠释"后学"的注脚和例证，而是想反过来说明小白在小说里设置了如此多层次的相互指涉，甚至彼此抵牾的文本层面，其核心用意之一就是通过多种文本之间的张力来消解所谓的"历史真相"或者说"逻各斯中心主义"观念②，其中用心和《租界》其实是一脉相承的。

---

① 参见［荷兰］佛克马、伯斯顿编，王宁等译：《走向后现代主义》，北京：北京大学出版社，1991年，第110页。

② 在克里斯蒂娃的后期"互文性"理论中，文本之间只有通过"互文"才能产生意义；利奥塔也提出那种以单一标准去裁定并统一所有话语的"元叙事"已被瓦解，取而代之的是只具局部合法性的"小叙事"。

从这一角度来重新审视《租界》，其中所广泛征引和埋藏的各种知识，本质上也正是克里斯蒂娃所说的广义上的"互文性"，即"任何作品的文本都是像许多行文的镶嵌品那样构成的，任何文本都是其它文本的吸收和转化"①。或者如罗兰·巴特在《作者的死亡》一文中所说："任何一种写作都不是原作：文本是引文的编织品，引文来自文化的无数个中心。"②小白的《租界》正是众多历史事实、档案文件、照片、电影画面、地图、航班时刻表、收发票据文本"马赛克拼贴"（克里斯蒂娃语）的结果，或者说是"精心编织"（罗兰·巴特语）的产物。

再回到小白的《封锁》，用书中所收录的《小说的抵抗》一文中的话来说，鲍天啸在"不得不正面接受一场真正的人性考验"之时，"是一部小说让他顺利地通过了这场考试。是他自己写的小说。一部很俗气、充满陈词滥调的小说""就是那么一部艳俗、老套、哗众取宠的小说，却悖论般地让鲍天啸选择了去让自己当一名英雄""从某种意义上看，这是小说的胜利，虚构故事的胜利"③。如果说《租界》里小白是在用无数的知识"炼金"为小说增加了丰沛的细节，然后用这些细节重建一个真实的文学的1931年上海租界，那么《封锁》则是在讲述一个通过文学如何改变历史，或者文学本身如何成为历史的过程，是一部小说使鲍天啸成为英雄，虚构在和真实的对决中取得了最后的胜利。换句话说，《租界》是通过众多"互文性"文本"拼贴"/"编织"出了一个新的文本空间（1931年的上海租界），《封锁》则是从这些多重"互文

---

① ［法］朱丽娅·克里斯蒂娃：《符号学：意义分析研究》，此处翻译参见朱立元：《现代西方美学史》，上海：上海文艺出版社，1993年，第947页。
② 转引自秦海鹰：《罗兰·巴尔特的互文观》，《法国研究》2008年第1期。
③ 小白：《小说的抵抗》，收录于《封锁》，北京：中信出版社，2018年，第239页。

性"文本的张力中产生了新的意义/英雄(鲍天啸)。

镜头下的"表演与窥视"

如果用本雅明对19世纪巴黎这座现代都市的描述来看小白笔下1931年的上海租界,我们不难发现顾福广在某种意义上就是一个本雅明所说的"密谋家"、小薛则是一个本雅明所说的"闲逛者"——"在闲逛街者身上,看的乐趣得到了尽情的满足,他们可以专心致志于观看,其结果便是业余侦探。他们还会在观看时惊异得目瞪口呆。"①一方面,小薛正是在闲逛的过程中偶遇了冷小曼,目睹了码头上的谋杀,进而产生了对整件事情的兴趣,开始了一场侦探般的调查;另一方面,小薛的本职工作是一名摄影师,并且他"最喜欢拍的就是这类场面。自杀者的尸体几乎占据半张照片,从对角线开始的整个右上部分。倒在汽车尾部悬挂的备用轮胎旁。地上全是黑色的液体,还有那支手枪"②。在小薛的理想照片中,尸体旁边的那支手枪就是罗兰·巴特所说的"刺点"。作者更为精心且细密的设置在于,小薛使用的那款相机——"那是架4×5的Speed Graphic,Compur镜间快门速度最高可达千分之一秒。这是最好的新闻照相机,可以抓住子弹射入头颅前那一瞬间的景象。"③这款相机和历史上20世纪30年代活跃在纽约的摄影大师Weegee所使用的相机是同一款,而Weegee最擅长的就是捕捉街头各种暴力事件,拍摄凶杀案现场,靠出售凶杀案照片的新闻价值获得收入。在小薛的职

---

① [德]瓦尔特·本雅明著,王涌译:《发达资本主义时代的抒情诗人》,上海:华东师范大学出版社,2017年,第91页。
② 小白:《租界》,北京:中信出版社,2018年,第19页。
③ 同上书,第26页。

业和癖好中,"正如照相机是枪支的升华物一样,给某人拍照也是一种升华了的谋杀——一种温和的谋杀,适合于悲伤、可怕的时光"①。

在本雅明看来:"照相摄影的出现使身份辨别出现了一个历史转折,摄影的出现对犯罪学的意义不亚于印刷术的发明对文学的意义。摄影第一次使长期无误地保存一个人的痕迹成为可能。当这征服隐姓埋名者的关键一步完成后,侦探小说便应运而生了,自那以后,准确无误地将罪犯的语言和行为确定下来的努力就从没有停止过。"②或者借助苏珊·桑塔格对摄影第一次登上历史舞台时的描述我们更能清楚地了解到摄影术、犯罪、权力控制之间的内在关联:"照片可以提供证据,当我们听说某事,但又疑窦重重,一旦看到照片,这件事便似乎得到了证实。根据对其功能的一种说法,照相机可以记录罪案。自巴黎警方 1871 年 6 月对巴黎公社社员进行杀气腾腾的大围捕时首先使用照相机以来。照片变成为现代国家监视以及控制其日益机动的人民时一种有用的工具。"③小说里码头刺杀案发生后,冷小曼的照片正是上海各家小报记者和读者所竞相追逐的对象,也是小薛最后成功发现冷小曼隐身之所的关键性媒介。但在这组照片反映并佐证案件事实的背后,却包藏着顾福广的另一层祸心,即他在暗杀前就已经通知沪上媒体,为的就是让这些报馆的摄影师们能够提早到场并拍到一张具有足够视觉震撼力的照片,从而为自己的帮派在上海滩租界崛起做一场免费且华丽的广告宣传。

---

① [美]苏珊·桑塔格著,艾红华等译:《论摄影》,长沙:湖南美术出版社,2005 年,第 25 页。
② [德]瓦尔特·本雅明著,王涌译:《发达资本主义时代的抒情诗人》,上海:华东师范大学出版社,2017 年,第 60 页。
③ [美]苏珊·桑塔格著,艾红华等译:《论摄影》,长沙:湖南美术出版社,2005 年,第 16 页。

在这里,谋杀反过来成为实现一张照片目的的手段。

无独有偶,在《租界》这本小说最后,顾福广抢劫银行的目的之一竟然也是为了拍摄一段足够震撼人心的电影,为此他不惜事先从片场绑架了一名电影摄像师。如果我们将顾福广的行为目的理论化,便是他已经认识到了(哪怕这种认识仍是非常浅表层面的)照片与事实之间的微妙关系:照片一方面是对事实的无可辩驳的再现和证明,另一方面照片也可以脱离事实而获得某种流动性,进而在事实结束后获得某种独立性与永恒性,即克拉里所说的"影像的可分离本质,它有能力获得一种它的指涉物无法拥有的流动和独自流通的能力"。

相比于密谋家顾福广,那名被绑架来的摄影师前后态度的变化也颇值得注意,他开始只是战战兢兢地被从片场绑走,成了被控制的人质,但随着抢劫过程的展开,随着摄影机开始运作,他突然间宛如获得了缪斯附体一般,彻底点燃了自己拍摄艺术的激情,并达到了一种如痴如醉的癫狂程度。小说里这一震撼人心的场面简直是苏珊·桑塔格摄影理论的文学翻版和最佳注解:"照相机的无所不在雄辩地表明,时间由许许多多有趣的事件,值得拍摄的事件所组成。而这又反过来使得人们更容易感觉到,任何事物,一旦发生,则无论其寓意特点如何,都应允许其完成——以便另一事物,如摄影,可以问世。事件结束后,照片仍会存在,使得该事物享有某种在其他情况下无论如何都无法享有的不朽性(以及重要性)。当现实世界中的人们在那里相互残杀时,摄影师却藏在自己的照相机后,创制着另一个世界的微小元素:即设法超越我们所有人生存时限的形象世界。"[①]

---

① [美]苏珊·桑塔格著,艾红华等译:《论摄影》,长沙:湖南美术出版社,2005年,第22页。

随着影片拍完,小薛从摄影师手里夺取了胶片,"一格格观看,时不时咋舌惊叹"①。这是本雅明在《机械复制时代的艺术作品》中提出的电影影像给现代人所带来的一种观看后的"惊颤体验",当然本雅明认为这种"惊颤体验"不仅存在于电影中,在快速流动的现代都市街道,面对大量匆忙奔走的陌生人群,人们同样会产生这种"惊颤体验",遑论"一九三一年的上海人口超过三百三十万,早已跻身为亚洲第一大都会"②,这一涌动在街头的人群是如此庞大且数量惊人,遑论这些人群中还无时无刻不充满了密谋、权欲、算计、谋杀、死亡、枪与照相机。本雅明就曾援引波德莱尔的一句话:"与文明世界每天出现的惊颤和冲突相比,森林和草原的危险还算得了什么?"③

小薛镜头下的死亡场面、码头摄影师镜头下的暗杀新闻、摄影师颜风镜头下的银行抢劫画面……原本是一幕幕惊心动魄的事件,但在小说里无处不在的照相机/摄影机的"窥视"下便全部沦为了"表演"。死亡、暗杀、抢劫本身不是目的,它们的目的是产生一张照片、一段影像,一种足够骇人的"惊颤体验"。"表演与偷窥"原本是小白另一本文化随笔集的名字,同时也是我们理解小白谍战小说的关键词。甚至于小白在书写《租界》这本小说时,也是采用了一种"窥视"的观察角度和切入方法:"说到'窥视',《局点》固然是伪装成身在局内的局外人通过'窥视'一个口述的小型的江湖事件,进而偷窥到'历史叙述'和'传奇'在其诞生之初的荒诞状态。《租界》同样也通过'窥视'伪装成的'历史

---

① 小白:《租界》,北京:中信出版社,2018年,第367页。
② 王德威:《文学的上海,一九三一》,见《如此繁华:王德威自选集》,香港:天地图书有限公司,2005年,第112页
③ [德]瓦尔特·本雅明著,王涌译:《发达资本主义时代的抒情诗人》,上海:华东师范大学出版社,2017年,第47页。

档案','窥视'片断的、考据不详的历史影像、图像、意象,进而'窥视'历史叙事本身。偷窥既是《局点》和《租界》的叙事视角,也是这两部小说里的人物观看事件、景物、他人的方式。"①正是在这种"窥视"的写法下,1931年上海租界舞台上才展开了一场场精彩的谍战"表演"。

最后,让我们将目光移到《封锁》中鲍天啸在对林少佐不断讲述的时刻,此时在公寓对面一幢楼的楼上,也有一群记者在不断用照相机"窥视"着这幢公寓里的审问场景。而在窥视之下的林少佐似乎也乐得如此,并配合性地做出了不少颇具"表演"意味的动作。一张照片/一段影像纪录一个历史的片段,但一种窥视可能又促成了一场表演。苏珊·桑塔格说照片不会讲述,只能引起联想。这种联想既是拍摄者的联想,也是观看者的联想。此外,小白还试图告诉我们,这同时可能也是被拍摄者的联想。也正是因此,一场看似紧张万分的刺杀案审问,就在"窥视"之下沦为了一场"表演",镜头反过来作用于现实,就像被刺杀的丁先生生前所常说的那句隽语一样,"自从有了电影院,情报里就多出许多穿风衣戴帽子的特工"②。

小白的小说创作表面上看,多以"谍战小说"为内容取材和类型框架,但其在本质上其实是"反类型"的。一方面,小白将大量知识细节融入小说叙事之中,形成了一种斑驳绚烂的阅读效果,更重要的是他借此构建起了一个由知识搭建而成的文本世界,并在"现实—历史"和"知识—话语"之间形成有趣的彼此观照;另一方面,小白小说中的叙事迷宫,将通俗小说的阅读快感

---

① 小白、孙甘露:《小白谈租界那些事儿》,《东方早报·上海书评》第131期,2011年3月20日。
② 小白:《封锁》,北京:中信出版社,2017年,第115页。

引入更为复杂、幽深的严肃文学思考境地,产生了类似于"玄学侦探小说"的某些"后现代"特征。而其小说中最经常使用的照相机/摄影机作为核心意象,更是进一步呈现出真实与虚构、表演与窥视、事实与讲述之间的复杂关系与辨证可能。如果借助于本文开篇所指出的谍战小说兼具"政治小说"与"侦探小说"二重属性来重新检视小白的小说创作,他的谍战小说其实是通过大量的知识细节与"以繁代简"的写法来完成对简单二元政治立场的克服,同时通过类似于"玄学侦探小说"的迷宫式叙事关联起谍战小说之于侦探小说新的类型发展可能性。由此,小白的"谍战小说"创作完成了对于"谍战小说"自身的类型突破或"反类型"超越,在成功消解通俗文学/类型小说与严肃文学边界的同时,形成了自身独特的文学审美趣味与个人主体风格。

第四辑

科技与传奇

早期侦探小说中的理性精神

从世界范围来看,侦探小说诞生并发展于19世纪中期至20世纪初,从爱伦·坡到柯南·道尔的系列侦探小说创作构成了世界侦探小说发展的第一轮高峰。其时,在物质经济上,第一次工业革命在欧美发达国家业已完成,第二次工业革命正在兴起,各种新能源、新技术、新发明不断产生,人们研究自然、对抗自然、征服自然的能力日益加强。在思想文化上,这一时期正逢欧洲启蒙运动的发展进行到后半程,人们普遍表现出对启蒙的乐观与对理性的自信。人类认知世界的愿望空前高涨,通过科学技术手段与理性逻辑思维就可以掌握一切复杂事物并能够穿透认知其本质的想法已经渐渐深入人心。侦探小说正是在这一时代背景之下应运而生,或者我们也可以说,侦探小说是理性时代的文学产物。

侦探小说与西方理性精神传统

西方世界对于"理性"概念的探讨早已有之且传统悠久:从柏拉图在《理想国》中关于作为第一性的、永恒普遍的"理式"世界的构想,到笛卡尔《方法谈》与《沉思录》里对理性确定性的追求[①];从斯

[①] 比如,笛卡尔在《方法谈》中曾说:"我们切不可相信任何事物的真实性,除非其真实性得到了我们理性的证明。"

宾诺莎通过《伦理学》对于理性和理性知识的宣扬和实践,到康德的《纯粹理性批判》对理性自身能力的批判性考察……我们大致可以勾勒出一条西方思想家与哲学家们对于"理性"问题思考和探讨的粗疏脉络。而明确将"理性"这一哲学概念与侦探小说这一文学类型进行相互关联思考的学者当首推德国思想家、电影理论家西格弗里德·克拉考尔(1889—1966)。在《侦探小说:哲学论文》一书中,克拉考尔提出,在现代社会中宗教逐渐从人们的日常生活与精神世界中隐退,理性取而代之成为新的宗教与上帝。而在侦探小说中,面对理性这个现代社会的"上帝","侦探也被借予修道士的品质"[①],他是理性在小说中的代言人,甚至可以"作为理性的人格化,侦探既不是在追踪罪犯,因为后者已经犯法,也没有自我认同为合法性原则的承担者,可以说,他解谜只为猜谜的过程"[②]。

与之相应地,克拉考尔认为,侦探小说以其较为纯粹的、单向度的文本形式而承载并贯穿了理性的意义:"尽管并非艺术品,然而,一个去现实社会的侦探小说对这个社会本来面目的展现比这个社会通常能够发现的更加纯粹。社会的载体及其功能:在侦探小说里,它们自行辩护,也交代了隐藏的含义。可是,小说只能强迫自我遮蔽的世界进行如此一番自我暴露,因为,孕育出小说的是一种不受这个世界限定的意识。担负着这一意识,侦探小说的确首先对由自治理性统治的,仅存于理念中的社会进行了通盘思考,然后合乎逻辑地推进这一社会给出的开端,理念借此在情节和人物中得到完全的充实。如果单向度之非现实的风格化得到了贯彻,侦探小说就根据它的实存性将

---

① [德]西格弗里德·克拉考尔著,黎静译:《侦探小说:哲学论文》,北京:北京大学出版社,2017年,第82页。
② 同上书,第119页。

刚好满足构造性前提的单一内容并入一个封闭的意义关联(Sinnzusammenhang),此实存性不会被置换为批评和要求,而是转化为审美的编排原则。"①在克拉考尔的这段论述中,侦探小说因为其特殊的、纯粹的"审美编排原则"构造出了"一个封闭的意义关联",使得"单向度之非现实的风格化得到了贯彻",并因此被视为呈现理性观念的完美的文学体裁。

可以说,克拉考尔成功地挖掘出了作为通俗小说类型之一的侦探小说本身所蕴藏的理性精神和现代性因素。但也正如后来学者所评价的那样,克拉考尔"他的兴趣在于对一种审美形式进行历史哲学的和形而上学的阐释"②。即他更多的是从抽象的意义层面来考察作为对象的侦探小说,并探究其理性特质。而在这里,我们或许还可以借助齐美尔的论述来更为具体地理解理性与侦探小说所产生的现代都市背景之间的内在关联:"在我们看来,大城市理性观念的加强也是由心理刺激引起的。"③"这里,首先要理解大城市精神生活的理性主义特点。大城市的精神生活跟小城市的不一样,确切地说,后者的精神生活是建立在情感和直觉的关系之上的。直觉的关系扎根于无意识的情感土壤之中,所以很容易在一贯习惯的稳定均衡中生长。相反,理智之所在却是我们的显而易见的有意识的心灵表层,这里是我们的内心力量最有调节适应能力的层次,用不着摇震和翻松就可以勉强接受现象的变化和对立,只有保守的情感才可能会通过摇震和翻松来使自己与现象相协调。当外界环境的潮流和矛盾

---

① [德]西格弗里德·克拉考尔著,黎静译:《侦探小说:哲学论文》,北京:北京大学出版社,2017年,第38—39页。
② 同上书,第3页。
③ [德]齐美尔著,涯鸿、宇声等译:《桥与门——齐美尔随笔集》,上海:生活·读书·新知三联书店上海分店,1991年,第264页。

使大城市人感到有失去依靠的威胁时,他们——当然是许许多多个性不同的人——就会建立防卫机构来对付这种威胁。他们不是用情感来对这些外界环境的潮流和矛盾做出反应,主要的是理智,意识的加强使其获得精神特权的理智。因此,对那些现象的反应都被隐藏到最不敏感的、与人的心灵深处距离最远的心理组织中去了。"①在齐美尔看来,理性的产生与现代大都市的生活方式与背景密不可分,甚至于"这种理性可以被认为是主观生活对付大城市压力的防卫工具"②。

客观世界的"可知"与"可控"

具体谈到侦探小说中的理性精神,大概可以分为以下几个层次来进行理解:一方面,侦探小说中的理性首先体现为一种认知世界的方式,即小说中的侦探们往往被设定为理性的拥趸者和忠实信徒。他们天然地相信世界是可以被认知的,相信借助理性主义的认知,生活中的一切奥秘都可以找到合乎理性的解释。侦探往往对于通过观察与思考来洞穿事物背后本质的可行性与有效性保持着一种乐观和自信,自信可以将看似无从索解的神秘案件还原成理性可以把握的因果链条。甚至于我们可以说,这一信念本身就是对理性主义的最大彰显。再次借助克拉考尔的精彩表述,即"侦探并不指向理性,他就是理性的化身,他不是作为理性的造物去履行理性发出的指令,准确地说,是理性自身不带人格地执行着它的任务——因为,要以审美的方式表明世界与其条件之间的张力收缩,最有力的办法莫过于令人

---

① [德]齐美尔著,涯鸿、宇声等译:《桥与门——齐美尔随笔集》,上海:生活·读书·新知三联书店上海分店,1991年,第259—260页。
② 同上书,第260页。

物对自设为绝对的原则完成认同"①。而这种对于世界本质"可知"的自信,恰好又非常形象地体现在世界第一篇侦探小说,美国作家埃德加·爱伦·坡的《莫格路凶杀案》开篇所引用的诗句之中:"塞壬唱的是什么歌? 躲在妇女群里的阿喀琉斯用的是什么名字? 问题虽不容易回答,却并非没有答案。"②想要回答都市中的种种问题,寻找到隐藏于"人群中的人"是需要侦探具备一种观察与思维方面的穿透力。在这个意义上,侦探的工作即努力阅读城市表象之下的秘密,即对于现象背后因果关系的"看穿"与深层把握。而这种"看穿"与"把握"是需要以理性为依归的,并且侦探通过理性思考来"看穿"秘密本身,在侦探小说中,就具有一种力量。

另一方面,对世界"可知"的承认同时意味着将世界本身视为一种有秩序的对象,而侦探小说里侦探破案的过程本质上正是从混乱、纷繁、令人迷惑的案件背后发现潜在的条理和确定的关系,进而恢复这个世界的固有常态秩序。如克拉考尔所说:"侦探小说的特点是,理性发现了一份材料,材料的不充分看起来几乎无法为理性贯穿始终的过程提供攻击点。在被摆在理性面前的少量事实的周围,一开始就弥漫着一片无法穿透的黑暗,或者,一派诱人的前景展开了,这景象一定会把人送上歧途,而且表示骗得刑警的盲信。"③"在侦探小说里,一个神秘事件就可以将人们投入恐慌,让人透不过气的不是事件的威力,而是决定

---

① [德]西格弗里德·克拉考尔著,黎静译:《侦探小说:哲学论文》,北京:北京大学出版社,2017年,第77页。
② [美]爱伦·坡著,孙法理译:《爱伦·坡短篇小说集》,南京:译林出版社,2008年,第158页。
③ [德]西格弗里德·克拉考尔著,黎静译:《侦探小说:哲学论文》,北京:北京大学出版社,2017年,第138—139页。

事实的因果链条未被识破。"①"直至最末,一连串事实才给出那个符合理智的解释,唯有这解释才可能制止笼罩着被卷入者的灾难。"②

克拉考尔所说的这一点在爱伦·坡的侦探小说中体现得尤为明显,如前文所述,爱伦·坡的侦探小说创作一方面明显受到了他早期哥特小说创作的影响,另一方面又对其有所突破。这种突破在某种程度上可以理解为爱伦·坡的侦探小说在如同其哥特小说一样渲染过悬疑、恐怖的气氛之后,最终必须让侦探杜邦依靠理性分析推理出事实真相,即在认识论意义上完成了理性主义对神秘主义的破除。在侦探杜邦具体分析与推理的过程中,也一般遵循着从包含有多种可能性的开放模式抵达唯一真相的水落石出的过程。而在侦探通过理性思考,找出克拉考尔所说的"因果链条"上的缺失的环节,最终推导出事实真相的同时,也意味着整个"秩序"从混乱恢复到有序。爱伦·坡所开创的这一侦探小说结构模式,基本上奠定了后来侦探小说这一小说类型的写作规范和基本叙事成规。而在民国时期中国侦探小说作家长川创作的"叶黄夫妇探案"系列中的《红皮鞋》一篇中,也有一个与此相关且颇耐人寻味的细节。小说里警官叶志雄"转过身来,向全房间瞥了一眼,觉得整个房子的布置非常得宜,各样用具也安置得和谐,运用方便。突然看见床边一只樟木箱的地位实在放得不妥切,志雄想宋嘉春的太太一定是个聪明贤惠的妇女,样样东西都安排得妥妥帖帖,惟有这只樟木箱子不大合适,也许其中有什么道理在"③。这样一个警察在失踪者(后来

---

① [德]西格弗里德·克拉考尔著,黎静译:《侦探小说:哲学论文》,北京:北京大学出版社,2017年,第112页。
② 同上书,第113页。
③ 长川:《红皮鞋》,《大侦探》第二十八期,1948年。

证明是死者)房间内发现箱子"放得不妥切",并以此为切入点展开案件调查的细节,在某种程度上可以视为对侦探小说中理性"秩序"的绝妙隐喻。在侦探小说所构建的"理性""有序"的世界中,侦探最重要的工作之一就是使"失序"的社会恢复曾经的秩序,因而他们会格外注意处于秩序之外的"不和谐"与"不妥切"的事物,并把这些秩序的"裂缝"作为他们恢复秩序工作的入手点和出发点。

另一个有趣的例子是民国作家徐卓呆的小说《犯罪本能》,在这个故事里男主人公韦心泉因为车祸而产生了精神错乱与犯罪妄想,认为自己打劫运钞车、开枪杀人,最后还夺飞机逃走——用小说中的说法就是"刺激了犯罪本能",出现了"用夸张的形式浮到意识中来的事"。而精神科医学博士在小说里就起到了类似于"侦探"的功能,他"不独事实,连心中想的念头都调查着",并"最终得到了解决之钥"[1],不仅破解了一切真相,还成功治愈了韦心泉,恢复了世界的秩序——这里不仅指客观世界的秩序,更指男主角主观世界的秩序。

当然,这种关于"秩序"的想象在相当程度上不过是现代人的一种精神幻象,正是现代人的不安全感使他们尽力让一切看上去都是秩序井然且逻辑清晰的,似乎所有事物都是精确且可预测的,从而让人们形成一种一切尽在掌握之中的假象和错觉。但晚清民国时期的中国侦探小说中尚未出现关于这一问题的有效反思,而西方侦探小说对此形成比较深入的思考,也要等到后来被称为"玄学侦探小说"的出现,或者是侦探小说与严肃文学更深层次的结合(如阿根廷作家博尔赫斯、意大利作家翁贝托·埃科、美国作家保罗·奥斯特和法国作家帕特里克·莫迪

---

[1] 徐卓呆:《犯罪本能》,《侦探世界》第十五期,1923年。

亚诺的部分作品)之后，才得以成为可能。

知识的占有与逻辑运思方式的使用

　　必须进一步指出的是，无论是世界的"可知"与"可改"，还是秩序的"先在"与"恢复"，其投射到侦探的主观世界都体现为其对于理性运思方式的使用与信赖，以及对于知识与知识之间逻辑关系的严格依照。这方面代表性的例子当首推福尔摩斯的"演绎法"，即如福尔摩斯自己所说："逻辑学家从一滴水就能推测出它是来自大西洋还是尼亚加拉瀑布的，而无需亲眼见到或听说过大西洋或尼亚加拉瀑布。生命就是一条巨大的链条，只要见到其中的一环，我们就可以推想出整个链条的特性。"[1]中国侦探小说作家程小青也曾对此提出过类似的反问："故事结束了，一切疑窦都已给确凿的事实说明了，便觉得这把戏也平淡无奇。但在未明之前，它的迷离扑朔，仿佛给一层厚幕掩盖着，谁又看得透它的幕后？"[2]在程小青的侦探小说中，能"看透幕后"之人当然只有侦探霍桑，而霍桑看透一切的方法相当程度上也要归功于其对于理性运思方式的使用。换个角度来说，在这一切情节的背后其实是作者程小青在创作侦探小说时对于理性运思方式的使用。比如郑逸梅就曾形容程小青创作侦探小说时的状态和匠心："小青思想致密，胜于常人，当他编撰探案，例必先构一情节图。情节由甲而乙，由乙而丙丁，草图既成，进一步更求曲折变幻，在甲与乙之间，乙与丙丁之间的大曲折中再增些小曲

---

[1]　[英]阿瑟·柯南·道尔著，王逢振、许德金译：《福尔摩斯探案全集·血字的研究》，北京：中央编译出版社，2013年，第6页。
[2]　程小青：《项圈的变幻》，收录于《中国现代文学百家·程小青代表作》，北京：华夏出版社，1999年，第342页。

折,极剥茧抽丝的能事,使人猜摸不出,及案破,才恍然大悟。"①其中"思想致密""构情节图""曲折变幻"等都是理性运思方式在程小青侦探小说创作过程中的具体体现。

  而在承认世界"可知"、秩序与逻辑的前提下,侦探小说中的理性又表现为一种认知的欲望,即侦探小说中的侦探通过对知识的占有来完成对客观世界的把握以及一种秩序感、可控感的获得。比如柯南·道尔笔下的福尔摩斯通过对伦敦街道地名的熟稔来达到他对这座城市进行认知占有和精神把控的效果,并由此在读者心中将福尔摩斯与伦敦这座城市紧密捆绑在一起,甚至于后来的很多影视改编作品都将福尔摩斯视为伦敦治安的捍卫者与守护神。又比如由英国侦探小说家巴拉涅斯·奥克兹的《角落里的老人》所开创的"安乐椅侦探"传统中的侦探主人公们,他们足不出户,只是通过对信息和知识的掌握、分析与推理就完成了对案情真相的破解,同时也完成了对世界的"认知掌控"和想象性把握。②

  当然,侦探们并不是渴望占有一切知识,事实上他们也无法占有一切知识,即使是被称作"他是一架世界上最完美的用于推理和观察的机器"③的福尔摩斯也要对自己所需要掌握的知识进

---

① 郑逸梅:《程小青和世界书局》,收录于《芸编指痕》,哈尔滨:北方文艺出版社,2016年,第174—175页。
② 其实早在爱伦·坡的《玛丽·罗杰疑案》中,侦探杜邦就完全根据报纸上的信息、分析和评论来进行推理和破案,可以视为"安乐椅侦探"的最早雏形。而柯南·道尔笔下福尔摩斯的人物形象中也已经暗含了后来"安乐椅侦探"的部分形象要素,比如在《血字的研究》一篇中,华生就曾说"你的意思是说,别人虽然亲历各种细节却无法解决的问题,你足不出户就能解决了?"(参见[英]阿瑟·柯南·道尔著,王逢振、许德金译:《福尔摩斯探案全集·血字的研究》,北京:中央编译出版社,2013年,第7页)已经暗示了福尔摩斯"曾经"或者至少"可以"只依靠对信息和知识的掌握与了解就完成了对事实案件的掌控与破获。
③ [英]阿瑟·柯南·道尔著,王逢振、许德金译:《福尔摩斯探案全集·波希米亚丑闻》,北京:中央编译出版社,2013年,第104页。

行一番遵循实用主义原则的严格筛选:"我认为人的脑子是一个有限的空间,你必须有选择地吸收知识。你不能把什么东西都放进去,那样做是愚蠢的。如果那样做,就会丢掉有用的东西,至多是和许多其他东西混杂起来,到时候也难以应用。因此,会工作的人一定要进行非常仔细的选择,记住对他有用的东西,抛开无用的一切,并把有用的东西条理化。如果认为大脑的空间具有弹性,可以任意扩展,那就错了。请你相信,总有一天,随着你的新知识的增加,你会忘记以前熟悉的东西。因此最重要的是,不能让无用的东西排斥有用的东西。"①福尔摩斯对于自己掌握知识的选择性和倾向性有时候甚至到了令人惊叹的偏激地步,比如,华生就曾对福尔摩斯在某些方面的"无知"表示感叹:"在19世纪,一个有知识的人不知道地球绕太阳运转的道理,实在是令人难以理解的怪事。"②

由此,华生还曾为福尔摩斯相当惊人却又十分偏颇的知识范围列出了一份"知识清单":

1. 文学知识——无。
2. 哲学知识——无。
3. 天文学知识——无。
4. 政治学知识——浅薄。
5. 植物学知识——片面,但对莨蓿制剂和鸦片非常了解;对毒剂具有一般知识,但对实用园艺学一无所知。
6. 地理学知识——限于实用。他一眼就能分辨出不同的土质。他散步时曾把泥点儿溅在了裤子上,根据泥点儿

---

①② [英]阿瑟·柯南·道尔著,王逢振、许德金译:《福尔摩斯探案全集·血字的研究》,北京:中央编译出版社,2013年,第5页。

的颜色和硬度他能告诉我是在伦敦还是在别的地方溅上的。

7. 化学知识——精深。

8. 解剖学知识——准确,但不系统。

9. 惊险文学——十分广博,他熟悉近一个世纪发生的几乎所有恐怖事件。

10. 提琴拉得很好。

11. 善用棍棒,精于刀剑拳术。

12. 具有丰富实用的英国法律知识。①

福尔摩斯通过这份他所掌握的"知识清单"完成了他对世界的认知和把握,而小说也通过这份"知识清单"完成了对福尔摩斯这个人物形象的功能性塑造。与此同时,我们不能忽略的是,负责列出这份"知识清单"的人是华生,而他在判断福尔摩斯具备哪些知识、又不具备哪些知识、对哪些知识有着异于常人的了解、又对哪些原本应该知道的东西一无所知的时候,其潜在的话语前提是对于一个在当时具有一般认知能力和知识储备的英国人应该掌握的知识范围的理解和预设。即我们通过华生所列出并表述的福尔摩斯的"知识清单"可以逆向推出一份华生的"知识清单",这里面或许会有一定的文学知识、哲学知识和天文学知识等内容。小说在借助华生之手列出福尔摩斯的"知识清单"的同时,也是在间接通过华生所拥有的知识来完成对华生这个人物的塑造与想象,而这种塑造与想象同时又构成了作者对于当时英国社会中产阶级白种男性人群描摹与重构的重要组成

---

① [英]阿瑟·柯南·道尔著,王逢振、许德金译:《福尔摩斯探案全集·血字的研究》,北京:中央编译出版社,2013年,第5页。

部分。

  此外,认知的欲望以及对知识的占有,落实到具体破案过程中,即表现为侦探们对具体科学技术手段的使用和信赖。众所周知,福尔摩斯经常做化学实验,比如在整个小说系列中,福尔摩斯第一次见到华生时就正在欢欣于自己"发现了一种试剂,只能用血红蛋白沉淀"①,又如他非常擅于观察犯罪现场的指纹、足印、毛发、血迹等痕迹,并且能够据此作出重要的分析和判断。他甚至将这种破案技术手段从具体的探案实践层面上升到一种科学研究层面,同时还可以用来指导其他人进行类似的探案实践(即符合科学理论的可检验性与科学实验的可重复性原则)。按照福尔摩斯自己的说法:"我写过几篇技术方面问题的专论,比如有一篇叫《论各种烟灰的区别》。在里面,我列举了一百四十种不同形状的雪茄、纸烟、烟斗丝,还配有彩色的插图来说明各种烟灰的不同。""还有一篇关于脚印跟踪的专论,里面有对于使用熟石膏保存脚印的一些介绍。这里还有一篇奇特的小文章,是关于一个人的职业怎样影响他的手形状的,配有石匠、水手、木刻工人、排字工人、织布工人和磨钻石工人的手形版画,这些对于科学的侦查是有很大的实际作用的——特别是在碰上无名尸体的案件或是发现罪犯身份等时都会有帮助。"②这里的福尔摩斯俨然从侦探"摇身一变"成为"科学家"和"实验者",而需要特别指出的是,现代实验室中理性/科学/知识的神秘性也反过来为福尔摩斯这个人物的塑造增添了新的光环。

---

  ① [英]阿瑟·柯南·道尔著,王逢振、许德金译:《福尔摩斯探案全集·血字的研究》,北京:中央编译出版社,2013年,第2—3页。
  ② [英]阿瑟·柯南·道尔著,王逢振、许德金译:《福尔摩斯探案全集·四签名》,北京:中央编译出版社,2013年,第57页。

综上所述，侦探小说中的探案故事往往建立在对一个"可知"的世界想象的基础之上，将客观世界（包括他者的主观世界）理解为一种有着某种既定秩序与规律的所在①。当侦探面对这种既定秩序与规律时，需要使用理性的运思方式，即通过对因果链条的遵循和严格的逻辑推理来完成对案件前因后果的整体性把握。其中，不可或缺的内容是侦探的认知欲望及其对于丰富且有效的知识的占有，而这种知识占有落实到具体的探案过程中，就表现为对一系列科学技术手段的借助和使用。以上这些环节共同构成了侦探小说中的理性因素。我们甚至可以说，在这些意义上，侦探小说并非反映"社会现实"(social reality)的文学，而是反映"理性现实"(rational reality)的文学，因而也有学者就此提出侦探小说应该属于"浪漫主义文学"或"幻想小说"②。或者用克拉考尔的话来说，"细究之，他们的作品属于一个含义层面并且听从相似的形式法则。将他们全体捆扎又铸上印记的是它们所证明的以及它们由之产生的理念：全盘理性化的文明社会的理念，对这个社会，它们进行极端片面的把握，风格化地将之体现在审

---

① 这种侦探对于世界的笃定认识和理性把握更多还是限定在早期侦探小说之中，在后来美国"硬汉派"侦探小说作家达希尔·哈米特(Dashiell Hammett)和雷蒙德·钱德勒(Raymond Chandler)的笔下，案件经常表现为某种无缘由的愤怒或者临时起意，比如钱德勒说的"汉米特把谋杀还给了那些手里拿着工具，因为各种原因而犯罪的人……他把谋杀带回小巷中""世界上最容易被侦破的谋杀案是有人机关算尽，自认为万无一失而犯下的，真正伤脑筋的是案发前两分钟才动念头犯下的谋杀案"。因而侦探在借助理性应对和处理这些案件的时候，往往不能像福尔摩斯那样得心应手，相反更多表现出某种无力感与无可奈何的挫败情绪。

② 比如博尔赫斯就曾认为："爱伦·坡不希望侦探体裁成为一种现实主义的体裁，他希望它是机智的，也不妨称之为幻想的体裁，是一种充满智慧而不仅仅是想象的体裁；其实这二者兼而有之，但更突出了智慧。"（参见博尔赫斯：《侦探小说》，收录于［阿根廷］豪·路·博尔赫斯著，王永年、屠孟超、黄志良译：《博尔赫斯口述》，杭州：浙江文艺出版社，2008年，第169页。）

美折射当中。它们感兴趣的不是逼真地再现那些被称为文明的实在(Realität),而是一开始就翻出这实在的智性特征。"① 在充盈着理性精神的侦探小说中,"作为理性轻松的扮演者,侦探漫游在人物之间的空间里"②且"从一个任务赶赴又一个任务,他独自展示着理性向着无限的前进(Progressus ad indefinitum)"。③

---

① ［德］西格弗里德·克拉考尔著,黎静译:《侦探小说:哲学论文》,北京:北京大学出版社,2017年,第20—21页。
② 同上书,第17页。
③ 同上书,第84页。

侦探小说里的"动物杀人"

众所周知,侦探小说的情节核心在于寻找凶手。但颇为有趣的地方在于,世界上公认的第一篇侦探小说,即美国作家爱伦·坡所写的《莫格路凶杀案》(1841年5月刊于《格雷姆杂志》)中杀人的凶手却并不是人,而是一只红毛大猩猩。随后令侦探小说这一文学类型风靡全球的柯南·道尔的"福尔摩斯探案"系列故事中,也有多篇涉及动物杀(害)人的题材,比如《斑点带子案》《戴面纱的房客》《狮鬃毛》《爬行人》,以及最著名的那篇《巴斯克维尔的猎犬》。

现代都市中的"惊颤体验"与死亡魅影

在《莫格路凶杀案》中,一间门窗紧闭的房间、一对死状惨烈的母女、一群好像听见凶手讲着不同国家外语却终究莫衷一是的邻居证人。爱伦·坡在这篇侦探小说的开山之作中集合了密室、血腥、死亡、诡异、悬疑与恐怖等诸多元素,某种程度上仍能看出他早期哥特小说的一些影子。而更为出人意料的是,侦探杜宾推断出杀人凶手竟然是一只由远洋水手带来的红毛大猩猩,并最终将其绳之以法。

本雅明在《发达资本主义时代的抒情诗人》中曾将爱伦·坡的侦探小说和巴黎这座现代资本主义都市放在一起进行讨论,

认为侦探小说是一种诞生于现代都市之中的小说类型,并反过来增强了巴黎这座都市的现代幻象。在本雅明看来,在一个由几百万陌生人组成的现代都市社会中,人们在街道上每天都要面对大量快速涌动、奔走的陌生人群,并由此会产生一种"惊颤体验"。本雅明甚至引用波德莱尔的话来描述这种惊颤体验所带来的具体感受:"与文明世界每天出现的惊颤和冲突相比,森林和草原的危险还算得了什么?"[①]另一方面,在现代大都市的生活中,个体身份的多重性导致了人与人彼此间了解的片面与认知的破碎。人们极可能完全不了解与自己同乘一辆公共汽车或电梯的乘客,也可能并不认识同在一个酒吧里喝酒的临时伙伴,甚至也不了解与自己一起工作的同事,因为他们只有在工作的八小时当中才相互间成为同事,而其下班后的生活与所扮演的角色并不一定为人所知,更遑论每日在街头涌动的人潮中彼此擦肩而过的无数路人。人们的出身、来历和过往似乎都可以隐藏许多"不为人所知"与"不可告人"的秘密,进而为凶手获得匿名性并在都市中隐藏自己的踪迹提供了可能,即出现了爱伦·坡小说中所说的"人群中的人"。这样的都市社会环境成为现代犯罪得以潜滋暗长的土壤,而人们在日常都市生活中所感受到的"惊颤体验"与紧张焦虑也逐渐固化、沉淀为某种无意识与"感觉结构",并最终在侦探小说文本内部升级表现为对暴力、犯罪和死亡的恐惧。

在这个意义上,我们再来看爱伦·坡的《莫格路凶杀案》,小说里穿梭在巴黎街头的杀人犯红毛猩猩绝非一般意义上的都市奇闻怪谈,而是隐喻性地表达了在陌生都市里穿行的"惊颤体

---

① [德]瓦尔特·本雅明著,王涌译:《波德莱尔:发达资本主义时代的抒情诗人》,南京:译林出版社,2014年,第47页。

验"和死亡恐惧。红毛猩猩在某种程度上正是现代都市中人的兽性、欲望、暴力的象征物,是都市人群对于都市生活恐惧的投射与集合体。此外,所有人(邻居/现场证人)都好像听见了它的声音,但所有人又都不知道它究竟说的是哪国语言,这一巴别塔与罗生门式的证词其实是现代都市——尤其是国际性大都市——中人与人之间极度陌生化的体现。或许我们可以认为,爱伦·坡的第一篇侦探小说似乎想借助在巴黎游荡且杀人的一只红毛猩猩来告诉读者:侦探小说在诞生之初是属于现代都市的小说类型,同时小说里侦探所要面对和解决的问题,正是现代都市中人的兽性、暴力、犯罪与恶。

此外,值得注意的是,《莫格街凶杀案》中的杀人猩猩是水手在印度婆罗洲发现、捉住并带回巴黎的,而这种把"杀人怪物"的产地安排在"来自远方"的设定和想象也同样出现在"福尔摩斯探案"小说中的《斑点带子案》和《戴面纱的房客》中——这两部小说里"杀人"的动物分别是印度最毒的沼地蝰蛇和名叫"撒哈拉王"的北非狮子。而这种对杀人动物产地的"异域"设定也显然带有欧洲老牌殖民国家的"东方主义"偏见和神秘化想象。

从知识的占有到科学的执迷

柯南·道尔笔下的福尔摩斯是一个知识极丰富且偏狭的人,按照华生所列出的福尔摩斯的"知识清单",我们知道他对于自己工作需要的知识(如化学、解剖学、惊险文学等)有着异于常人的精细掌握,甚至能够区分出140种雪茄和烟草的烟灰的区别,但对于哲学和天文学等对侦探工作无用的知识则一无所知,甚至于不知道也不在意当时已然成为一般常识的"日心说"。这其实暗含了侦探小说对于知识/理性/科学的两种态度:一方面,侦探小说普遍带有对知识、理性和科学的崇拜,这既包含对于观察和实验等科学探案手法的信赖,也体现为对于严格的逻辑推理等理性运思方式的重视。克拉考尔在《侦探小说:哲学论文》一书中曾经提出一个有趣的说法:当上帝/宗教在西方衰落之后,取而代之的是理性这个新的上帝,而理性在人间的代言人,则是侦探小说里的侦探[①]。福尔摩斯当然是这方面杰出的代表。另一方面,福尔摩斯的知识又是偏狭的,他甚至为此建构出一套理论,认为人的大脑就像阁楼,没用的东西装多了,有用的知识就无处安放了。这既是对知识做出了有用/无用功利化的认识与区隔,也是现代学科专业细分之下的必然产物。

小说《狮鬃毛》就是福尔摩斯掌握了大量"冷门"知识的一个例证,被害人在海边死亡,背上留有好像被鞭子抽打而形成的纵横交错的痕迹,并在死前留下了几个不清不楚的"死亡留言"——"狮鬃毛",正在所有人都对这件事束手无策的时候,福尔摩斯凭借其丰富的"冷门"知识,看出这种痕迹是被氰水母蜇咬后产生的痕迹,并进一步判断"狮鬃毛"和"氰水母"发音很相似,从而认定这是一起意外事故,而非此前警方怀疑的有人蓄意虐待乃至谋杀。福尔摩斯之所以能如此快速地解决案件,完全得益于他对于这类古怪生物知识的充分占有。

但当这种知识占有发展过度时,对知识的追求就会变成对知识的"执迷"(obsession),加上现代人普遍对知识抱有一种功利主义态度,最后难免演化为急功近利与过犹不及。小说《爬行人》讲的就是这样一个故事,只是这篇小说里没有直接出现动物,而是出现了动物的一部分——一管猿猴的血清。年老的普

[①] 参见[德]西格弗里德·克拉尔著,黎静译:《侦探小说:哲学论文》,北京:北京大学出版社,2017年。

莱斯伯利教授爱上了一名年轻的女性，为了让自己和对方显得更般配，老教授开始自行注射一种还没有充分经过临床检验的"猿猴血清"，以求能够使自己恢复青春。但最后的结果却是老教授因为注射血清而产生了某些返祖现象，比如四肢行走、爬窗户，等等。这篇小说所体现出来的正是现代人对于科技的过分信赖和"执迷"，终究产生了"恶之花"，原本是为了追求让身体进化的药品最后却导致人体自身的"退化"，原本是通过理性为人生"祛魅"的现代科学知识却引发了新一轮的"赋魅"。其中所体现出来的对科学的谨慎和怀疑态度，是早期侦探小说中非常罕见的反思与表达。甚至于我们可以将其脱离侦探小说这一文学类型之外，而和玛丽·雪莱的《弗兰肯斯坦》等早期科幻小说放在一起进行比较和思考。科学是人类现代社会进步的动力，但对科学的过分追求和执迷却只能产生怪物和"非人"，借用鲁迅在《科学史教篇》中的说法："盖使举世惟知识之崇，人生必大归于枯寂，如是既久，则美上之感情漓，明敏之思想失，所谓科学，亦同趣于无有矣。"[①]

个体欲望与正义伦理

本文虽然主要讨论侦探小说里的"动物杀人"，但须知，动物本身是不会杀人的，即使是动物杀了人，也只能归结为"事故"（accident），而非侦探们所感兴趣的"案件"（case）。绝大多数侦探小说里的"动物杀人"本质上都是动物在人为操纵下进行杀人，而在这一类的小说书写模式中，凶猛的动物（巨型犬、毒蛇、

[①] 鲁迅：《科学史教篇》，见《鲁迅全集》（第一卷），北京：人民文学出版社，2005年，第35页。

狮子)其实只是凶手为了犯罪所操控的工具,是人类邪恶欲望的某种外化和投射。

《巴斯克维尔的猎犬》是福尔摩斯探案系列中有名的故事之一,朱利安·西蒙斯在《血腥的谋杀:西方侦探小说史》中认为这是福尔摩斯系列中真正符合"长篇侦探小说结构"的佳作。小说伴随着一个古老的恶犬杀人的传说而展开,但到最后却发现是一个意图侵占庄园财产的"阴谋家"利用了这个可怕的传说。凶手购买并装扮了一只巨型犬,在犬嘴部附近撒上磷粉,使其夜间出没可以发出诡异的光,更像是传说中的"地狱之犬",并借此来恐吓并攻击庄园主人。这里的巨型恶犬当然是骇人的,但更令人感到恐怖的是凶手为了获得庄园的财产而不惜在沼泽深处豢养恶犬,与自己的妻子假扮兄妹以便勾引并利用另一位单身女性,借助恶犬杀害了庄园的老主人,还希望进一步除掉庄园的新主人等一系列令人发指的行为,让读者看罢之后不禁感叹:比野兽更可怕的其实是人心。

在另一篇《斑点带子案》中,继父为了不让女儿嫁人以防止自己失去享用她们财产的权利,便在保险柜里养了一条印度毒蛇,并在深夜通过哨声操控毒蛇,攻击他的继女。其中借助动物所暴露出来的人性的丑陋与可怕,和《巴斯克维尔的猎犬》可谓异曲同工,而小说的结局也很耐人寻味,毒蛇被福尔摩斯用手杖击中,仓皇逃回原先的房间,并在失控和愤怒之下攻击了继父,试图操纵毒蛇杀人的继父最终反命丧毒蛇之手。一切到头来是恶有恶报,正义在冥冥之中得到了伸张。

此外,《戴面纱的旅客》也是一起有关动物伤人的案件,在马戏团工作的女主角不堪忍受丈夫的虐待,而决定与情人一起用一根钉有五根钢钉、做成狮爪形状的棒子杀死丈夫,伪造成狮子杀人的意外。但在他们顺利杀死丈夫并放出狮子后,狮子却因为人血的味道而失控,反过来攻击了女主角,而她的情人也因为一时胆小而逃走。为人堪比野兽的残暴丈夫、与情人计划一起杀死丈夫的女主角、面对女主角被攻击而胆小逃走的情人……这不禁让人联想到鲁迅在《狂人日记》中的一句话:"狮子似的凶心,兔子的怯弱,狐狸的狡猾,……"当然,早期侦探小说对于人性卑劣的认识和揭露远不能达到鲁迅对人的"劣根性"乃至"吃人社会"的批判深度,但我们在这篇小说里已然可以看出一些人性之中的劣迹斑斑。值得欣慰的是,小说最终又回到了谅解与宽恕:凶暴丈夫的死在某种程度上是罪有应得;犯了谋杀罪的妻子已经容貌尽毁,也算是受到了应有的惩罚;而她的情人在不久前也因溺水而去世。因此福尔摩斯决定不再继续追究,并鼓励女主角积极地活下去。小说结尾处,福尔摩斯收到了一瓶毒药,这正是女主角原先准备用来自杀的毒药,而她将毒药寄给福尔摩斯,表示她已经准备好开始自己的新生活了。在这个充满希望的光明结尾中,还有一个细节值得一提,就是福尔摩斯的"法外开恩",这恰是早期侦探小说正义伦理的绝佳体现:早期侦探小说中的侦探多为私家侦探身份,他们不是国家司法体系中的正式人员——与警察、法官等执法人员都不同——而是在国家司法体系之外来伸张社会正义与民间正义,作为司法正义的某种补充和调节,因而就有了更多变通与腾挪的空间和余裕,也使得"国法无情"之下有了新的"诗学正义"的表达可能。

侦探小说当然主要讲的是"人害人"和"人破案"等有关于人的故事,而"动物杀人"也并非侦探小说的主流题材。但通过本文所举的几篇早期欧美侦探小说中的"动物杀人"故事,我们却能一窥侦探小说诞生之初的几个核心概念:侦探小说与现代都市之间的血脉关系、对个体欲望与罪行的揭露、对科学理性的推崇与执迷、对司法正义的独特理解与伸张等。在这些"动物杀人"故事中,表面上杀(害)人的直接凶手是动物,但其背后无一例外都是对现代社会结构与个体内心欲望的关注和表现,进而关乎对侦探小说中科学、理性、法制、正义、都市时空感受等现代性议题的思考。从这个角度来说,这些以"动物杀人"为案件题材的侦探小说看似有一种猎奇性的书写倾向,但其却在另一个侧面展现出侦探小说是一种关于"人"的小说类型,而且是一种具有现代性价值的小说类型。

火车、时刻表与陌生人
——晚清民国侦探小说中的现代性想象

火车与侦探小说都是晚清时期"舶来"到中国的新事物。清光绪二年(1876年)吴淞铁路正式通车,一时间"观者摩肩夹道,欲买票登车者,麇集云屯,拥挤不开"(陈定山《春申旧闻》),吴淞铁路也通常被认为是中国的第一条铁路(关于中国的第一条铁路,另有1865年北京宣武门外的"模型铁路"和1881年唐胥铁路两种说法)。二十年后(清光绪二十二年,1896年),上海《时务报》上首次刊出张坤德翻译的"歇洛克·呵尔唔斯笔记"(即"福尔摩斯探案"小说)。此后,西方侦探小说便进入中国,并在中国掀起了一波翻译和创作侦探小说的热潮。

火车与罪案及侦探小说之间似乎存在着某种天然的联系,火车也是中外侦探小说作家们格外偏爱的罪案发生空间。比如阿加莎·克里斯蒂著名的《东方快车谋杀案》、西村京太郎的"铁路旅情"系列侦探小说,以及希区柯克的犯罪悬疑电影《火车怪客》,等等,都是其中的典型代表。可能是由于漫长的火车旅途实在太过无聊,这些侦探小说作家们便开始展开各自的文学书写,想象着一桩又一桩和火车有关的谋杀案。

从这个意义上来说,号称"民国侦探小说第一人"、"霍桑探案"系列小说作者程小青的代表作《轮下血》,则可以视为无聊的火车旅途与刺激的谋杀案件之间关系的某种隐喻。在小说里,作为侦探助手的包朗就不断感叹火车旅途的寂寞无聊,"虽然只有数小时的途程,却还不免要发生烦躁不耐的感觉",似乎总要发生点什么"新鲜的刺激可以来调剂一下"①,才能打破这种火车上的沉闷。果然,小说里几分钟后就出现了一起火车轧死人的案件,而侦探霍桑则敏锐地注意到死者生前曾购买过人寿保险,并由此联想到了死者家属通过伪造火车交通事故来进行杀人骗保的犯罪可能性,最终竟至破获了一个专门制造"杀夫骗保"连环事件的"十姊妹党"犯罪团伙。

作为"速度巨兽"的火车

除了打发旅途中的无聊时间外,火车与侦探小说之间更深层次的内在关联还在于作为现代文明器物的火车给前现代人群所带来的冲击与恐惧之感,而这种恐惧感往往内化为某种心理焦虑,并通过文学罪案想象的方式来予以表达。前现代人群对于火车最为直观的恐惧感受首先是其速度、浓烟与轰鸣声所带来的不安,即沃尔夫冈·希弗尔布施在《铁道之旅》中所说的"对于熟悉的自然被一种自身拥有内在力量源的、喷着火焰的机器所取代的恐惧"②。

在清末民初,传统中国人对于作为新事物的火车也有着类似的焦虑和不适感受,陈建华在《文以载车:民国火车小传》中对此有过如下一番描绘:"眼睁睁看着黑压压庞然大物一往无前阻我者亡地在神州大地上横冲直撞,心头就不大好受,而震耳欲聋的呼啸,飞驰而过的速度,对于一向崇奉牧歌美学的中国人来

---

① 程小青:《轮下血》,收录于《霍桑探案集》(第一卷),长春:吉林文史出版社,1987年,第135—136页。
② [德]沃尔夫冈·希弗尔布施著,金毅译:《铁道之旅:19世纪空间与时间的工业化》,上海:上海人民出版社,2018年,第2页。

说,神经真的受不了。"①再加之当时中国人对于破坏风水的担忧,以及火车所普遍隐喻的西方殖民之手对中国广大铁路沿线地区的深入和掠夺,火车对清末民初的中国人而言,其所带来的现代威胁感受可谓有着切肤之痛,且又一言难尽。

相应地,晚清时期的报纸及画报上出现了不少关于《毙于车下》《火车伤人》的图像或文字新闻。在相关图像新闻中,火车或者是以其巨大的车头插入画面之中,和画中人物身体的大小比例颇不协调,进而构成一种"巨兽"般的突兀惊恐与视觉冲击;或者是以横亘的车身直接将整幅画面一切为二,似乎暗示着其对原本画面整体感、和谐感的撕裂与破坏。而在相关文字新闻中,也不乏"火轮车之行,其疾若飞,其力甚大,人或触之,未有不血肉横飞、立即毙命者"②、"火车从人身上滚过,当即碾为四段"③、"碾伤之皮肉已如齑粉,腰间肚肠均皆流出"④、"前车忽然倒退,与后车相撞,人在中间,立将胸背挤成一片,经人急为救出,异入车中,口涌血沫不止,逾时气绝"⑤等相当恐怖的记录。这些图像与文字或可以作为当时社会新闻与真实事件来看待,同时也更象征性地表达出了火车作为现代性力量所"引起的暴力和潜在的破坏感"。

火车速度不仅为身处火车之外的路人带来了巨大的心理焦虑,也给车厢内的乘客以紧张和眩晕的感受。特别随着火车速度的不断提升,"看向"窗外这个动作本身就会引起一种"眩晕"与"休克"的效果。对于这种现代"眩晕"感受,西方学者有着相当丰富且精彩的研究,比如希弗尔布施指出铁道旅行连通了出

---

① 陈建华:《文以载车:民国火车小传》,北京:商务印书馆,2017年,第18页。
② 蟾香:《毙于车下》《点石斋画报》第三百一十四期,1892年。
③④ 《火车伤人》,《申报》,1876年8月4日,第三版。
⑤ 《火车伤人》,《申报》,1898年12月27日,第二版。

蟾香：《毙于车下》，刊于《点石斋画报》第三百一十四期，1892年
（图片来源："全国报刊索引"数据库）

发地与目的地，同时也消灭了作为中间物的"旅行空间"，更使得慢慢欣赏沿途风景变得不再可能。也正是在这个意义上，斯特劳斯视铁路为将"景观空间"转变为"地理空间"的关键性动力。铁路直接并置起点与终点而跳过中间过程所带来的视觉及心理感受，又和电影中的"蒙太奇"手法具有了某种同构性，因此"都市人流""电影画面"与"火车视景"共同成为本雅明所说的形成现代"惊颤体验"的典型代表。这种火车速度对乘客所引发的"眩晕效果"往往会导向另一种小说类型的产生，即哥特小说或悬疑、恐怖小说。比如施蛰存在谈到自己小说《夜叉》的灵感来源时曾明确指出："一天，在从松江到上海的火车上，偶然探首出车窗外，看见后面一节列车中，有一个女人的头伸出着。她迎着风，张着嘴，俨然像一个正在被扼死的女人。这使我忽然在种种

的联想中构成了一个 plot,这就是《夜叉》。"①

坐着火车去查案

当然,换一个角度来看,被视为"速度巨兽"的火车同时也是人们"收缩空间"和"节省时间"所必要的交通工具。简而言之,正是因为火车的发明、普及与不断提速,人们才有了更为方便和日常化的抵达新空间的可能性。而这种交通工具的进步无疑也增强了侦探行动的便利,拓展了侦探查案的范围。早在柯南·道尔的"福尔摩斯探案"系列小说里,福尔摩斯与华生就经常搭乘火车离开伦敦去英国其他郡县或乡村查案。

在晚清民国时期的侦探小说中,也经常出现侦探居住在上海,而案件发生于江浙市镇(特别是苏州)的小说情节模式。在这些小说中,侦探想要查清案件,就必须搭乘火车等现代交通工具才能保证及时赶到案发现场。比如在中国本土创作的第一部长篇侦探小说《中国侦探:罗师福》(1909—1910)开篇,在"苏州省城的中区"小巷北底的房间内发生了一起毒杀案,而后当地的警察、巡官、县令、师爷等一众人物纷纷登场,但依旧对这起案件束手无策。终于,"受了学校的教育"的青年费小亭提出"吾一个人,决不能担此重任,吾想还是到上海请他去",然后"费小亭于十六日傍晚,趁火车到上海,直至明日午后,方把罗侦探请到"②,这才最终开启了后来整个罗师福(侦探的名字已经暗示"其师从福尔摩斯")侦探破案的故事。小说中发生于苏州的凶案最后必

---

① 施蛰存:《〈梅雨之夕〉自跋》,收录于《施蛰存七十年文选》,上海:上海文艺出版社,1996年,第807页。
② 南风亭长著,华斯比整理:《中国侦探:罗师福》,北京:北京联合出版公司,2021年,第39页。

须依靠来自上海的侦探罗师福才有可能获得解决,这既是源自当时的上海由警察、侦探、法医、律师等所构成的现代侦破与司法体制相对更加完善,相关人员的业务能力也普遍更强的现实境况;同时又构成了一个有趣的"城市隐喻"和地域现代性想象。当然,在这其中我们不能忽略的是,来自在当时被认为是更为"现代"的上海的侦探罗师福之所以能及时赶到苏州查案,正是因为其借助了现代火车交通的便利。而具体对应当时的现实情况来看,这一小说情节得以成立的前提之一,即以火车为代表的现代交通工具连通了苏沪两地,所以才会有侦探从上海到苏州隔日往返的现实可能性。

火车时刻表犯罪

火车及其速度不仅压缩了现代时间与空间,改变了起点、终点与途中的关系,更是强化了主体对现代时间的精确感受。具体来说,即火车时刻表较为集中和突出地体现了现代生活中人们对于时间准确性与可控性的追求。在俞天愤的侦探小说《箧中人》(1916)一开头,即对火车发车时间的分秒不差予以了先声夺人的强调:"三等车出入之玻璃门訇然而闭,站长左手执绿旗,缓步而来,右手在衣袋中探其银笛,作势欲吹,盖距开车时仅三分钟耳。"[①]之后随着火车沿途各列车站的储物箱相继发生了连环盗窃案,侦探韦诗滕则是需要借助火车时刻表来进行案情推演,所谓"有轨可循,有时可定,君之行车表,已语我下手法矣"[②]。小说对韦诗滕在出发办案之前先"取火车表细检之"的过程和分析结论也进行了一番详细地展现:

---

①② 俞天愤:《箧中人》,《小说丛报》第十九期,1916年(署名"天愤")。

余既检火车表,复检日报,第三站之案,发现于上午八点三分以后,第九站发现在八点五十三分以后,第十八站发现在九点七分以后。总而言之,其窃取之时必于夜中,不越于第一班车之时间。例如第三站之末班车,在下午六时必至,次晨六点四十一分乃有第一班车,试问此十二时中,何事不可为?又如第十八站之末班车为下午五点五十一分必至,夜一点乃有向东之车,此六时内之光阴,又何事不可为?故余于此案着手之处不外时地二字,今时已研究明白,则更进言夫地。①

侦探韦诗滕借助对于火车时刻表的分析和推理,弄清了犯罪者的犯罪时间与行动路径,进一步锁定了犯罪者的犯罪方式并最终成功将其一网打尽。而小说中侦探"于此案着手之处不外时地二字",根本上来说是得益于火车时刻表对于现代时空的准确切割,《篋中人》也因此堪称民国时期展现火车时刻表在侦探小说中所起到功能的最全面且深入的代表性作品。

在后来的侦探小说史上,甚至还发展出了一种专门的"时刻表推理小说",即犯罪分子利用"火车时刻表"来制造自己的不在场证明。原本是侦探用于确定时间具体性与精准性的火车时刻表最终却成了凶手破坏认知准确性的犯罪道具,人们追求对于现代性时间的极致把握最终走向了自己的反面,毁灭了现代人似乎可以把握一切的虚假幻象,比如日本作家松本清张的代表作《点与线》(1957)就堪称其中典范。当然,这种对于火车时刻表的理解与运用方式还不能为晚清民国侦探小说作家们所想象和掌握。

---

① 俞天愤:《篋中人》,《小说丛报》第十九期,1916年(署名"天愤")。

车厢内的"陌生人"

与前文所述望向车窗之外所引发的"眩晕感"一体两面的是身处于车厢内的孤独、警惕与紧张。较长时间与一群陌生人共处在同一个封闭、狭小的空间内,"陌生的他者"所具备的"匿名性"又构成了现代性焦虑的又一重要表征——我们不知道同车旅客的真实身份,却又要被迫和其长期、近距离相处,而随着火车到站大家又会各自分散,甚至永不再见。这其中所包含的现代性体验与齐美尔在《大城市与精神生活》中所指出的都市中人与人之间"矜持"、"是一种拘谨和排斥"的关系和感受高度一致。也正是从这一理解出发,本雅明才会对爱伦·坡的小说《人群中的人》予以高度评价,在本雅明看来,侦探小说中侦探的主要职责就是找出藏匿于人群之中的犯罪分子,而"人群中的人"恰好是侦探小说中一切神秘犯罪者的人物原型和形象隐喻,即侦探小说本质上就是在讲述一个寻找"人群中的人"的故事,后世很多侦探小说研究者也因此将这篇小说看成世界侦探小说的"雏形"之作。在这里,我们完全可以将"火车上的人"视为"人群中的人"的另一种"变形"或者"典型"。

对此,民国侦探小说作者们也已经有了初步的认识,在张庆霖的侦探小说《无名飞盗》(1924)开篇就描绘了一个火车进站时的混乱场面,"火车渐渐走得慢了,嘈杂的声音从窗口送将进来,闹得人头脑发昏"[①]。朋友曙生还特别提醒"我"小心窃贼浑水摸鱼、趁乱作案,即暗示了在嘈杂的车站人群之中可能隐藏着作为"人群中的人"的犯罪分子。而李冉的《车厢惨案》(1942)则进一

---

① 张庆霖:《无名飞盗》,《小说世界》"侦探专号",1924年。

步设计了一段车厢内意外熄灯、歹徒趁黑行窃、乘客戒指被盗的情节,小说中熄灯所引发的黑暗正是对火车上陌生人身份的又一层掩盖或者说强化①。

此外,在当时的一些非侦探小说中,也有不少对火车车厢内罪案题材的书写,比如张恨水的小说《平沪通车》(1935)就着力刻画了一起发生在铁路旅行中的艳遇与骗局,银行家胡子云在火车上偶遇摩登女郎柳絮春,他一方面难掩内心的欲望,另一方面又时时警惕着这个陌生女人。但最终胡子云仍然不幸"中招",他忍不住将柳絮春请到自己的头等包厢中休息,而柳絮春中途在苏州悄悄下车,顺便偷走了胡子云皮箱里的十二万巨款。对于这篇小说,学者陈建华、周蕾与李思逸等皆有过相当精彩的论述,比如对小说现实故事原型的考察、对神秘且危险的女性他者的解读,以及对现代社会陌生人信任的建立与困难的分析,等等②。

相比之下,施蛰存的《魔道》(1933)则更加在象征的层面上表达出了火车上的"陌生人焦虑"。小说写"我"从上海出发乘火车到朋友郊外的别墅中度周末,在车厢里看见了一个老妇人,开篇即"我是正在车厢里怀疑着一个对座的老妇人。——说是怀疑,还不如说恐怖较为适当些"③。由此,"一个老妇人的黑影"就一直如影随形,不仅引发了"我"对各种黑色事物的恐怖联想,更是如鬼魅般附着在"我"的心头和梦境之中。以往对这篇小说的

---

① 李冉:《车厢惨案》,《麒麟》第二卷第六期,1942年6月。
② 参见陈建华:《文以载车:民国火车小传》,北京:商务印书馆,2017年;周蕾:《妇女与中国现代性:西方与东方之间的阅读政治》,上海:上海三联书店,2008年;李思逸:《铁路现代性:晚清至民国的时空体验与文化想象》,台北:时报文化,2020年。
③ 施蛰存:《魔道》,收录于《中国现代文学补遗书系·小说卷2》,济南:明天出版社,1990年,第701页。

解读通常偏向于从现代都市人心理焦虑及施蛰存小说中受显克微支与爱伦·坡影响等角度出发,但我们也需要注意到,小说里"我"遇到老妇人的具体空间是在火车车厢内,从某种意义上来说,正是这种火车车厢所带来的现代紧张感受才构成了"我"后来一系列无法摆脱的梦魇的源头之一。

铁路无疑是一个现代以来的科技产物与文学意象,按照《铁道之旅：19世纪空间与时间的工业化》一书中的精辟概括："在19世纪,除了铁路之外,再没有什么东西能作为现代性更生动、更引人注目的标志了。"一方面,铁路与火车被视为一种现代性的表征,"科学家和政客与资本家们携起手来,推动机车成为'进步'的引擎,作为对一种即将来临之乌托邦的许诺";另一方面,该书作者希弗尔布施也明确指出,"事实上从一开始,铁路就未能免于威胁之论调与恐惧之潜流"[①]。我们可以说,铁路本身就内蕴了现代性进步与危机并存的一体两面。

具体到火车与侦探小说之间的关系来说,二者作为现代性的产物与表征,共同形塑了现代社会人群的心理体验和感觉结构。火车作为"速度怪兽"所引发的恐惧感同时也是人们面对现代生活如洪水猛兽般袭来时在内心所产生的惊恐和焦虑;火车对现代时间的强力宰制更是在侦探小说的发展史上留下了深刻烙印,以至于最终衍生出了一种特殊的侦探小说子类型;而火车所形成的车窗外"视景"的"惊颤体验"与车厢内的"陌生人空间",也和侦探小说产生所依赖的现代都市感受具有高度同构性。由此,我们或许可以更好地理解为什么许多侦探小说作家

[①] [德]沃尔夫冈·希弗尔布施著,金毅译：《铁道之旅：19世纪空间与时间的工业化》,上海：上海人民出版社,2018年,第2页。

都偏爱火车罪案题材,其中固然有封闭空间、有限人群所带来的情节展开上的便利,但更为根本的心理根源或许在于,火车所包含的现代性危机感受,正是作为一种现代小说类型的侦探小说在本质上所意图捕捉或表达的深层内容。

民国侦探小说中的摄影术

本雅明曾借用爱伦·坡的小说名称"人群中的人"来指称现代都市中的犯罪分子:在拥有几百万人口的大都市中,在每天大街上快速涌动的陌生人群里,现代犯罪分子往往很容易隐藏自己的身份和行踪,即现代都市犯罪在某种意义上呈现出不可捕捉和稍纵即逝的特点,而针对这一情况所产生的现代都市科技便是摄影术。摄影术提供了一种捕捉犯罪影像的手段,它将犯罪行为凝固为一个固定的影像空间并保存下来,进而具备了作为呈堂证供的可能性与可靠性。

摄影术、都市犯罪与侦探小说

在人们借助摄影术捕捉犯罪者身体/身体影像作为证据的同时,也意味着一种新的控制身体/身体影像的技术的诞生,即一种新的关于身体的权力关系的出现。正如汤姆·甘宁所言,"摄影使得一种以现代科技武装的新的控制模式出现""在法定侦查程序和侦探小说设计加工过的版本里,身体重现,作为可捕捉之物,而摄影提供一种方式可以捕获逃犯的身体性"[1]。而借助苏珊·桑塔格对摄影第一次登上历史舞台时情境的相关描

---

[1] [美]汤姆·甘宁著,张泠译:《描摹身体:摄影,侦探小说与早期电影》,收录于唐宏峰主编:《现代性的视觉政体》,郑州:河南大学出版社,2020年,第552页。

述，我们或许更能清楚地了解到摄影术、犯罪、权力控制之间的内在关联："照片可以提供证据，当我们听说某事，但又疑窦重重，一旦看到照片，这件事便似乎得到了证实。根据对其功能的一种说法，照相机可以记录罪案。自巴黎警方1871年6月对巴黎公社社员进行杀气腾腾的大围捕时首先使用照相机以来。照片便成为现代国家监视以及控制其日益机动的人民时一种有用的工具。"[①]简单来说，在巴黎公社运动过程中，其社员曾被允许在他们设置的路障和堡垒前拍照，而这些原本是用来记录革命英雄形象的照片，在巴黎公社失败后，却成为法国当局用来指认、逮捕和惩罚相关成员的关键性证据。

由此看来，摄影术与犯罪证据、权力控制、身体捕捉等具有天然的密切关联。甚至于在本雅明看来，摄影术的发明和侦探小说的诞生之间也存在着某种内在联系——它们都是要对犯罪行为进行"定格"："照相摄影的出现使身份辨别出现了一个历史转折，摄影的出现对犯罪学的意义不亚于印刷术的发明对文学的意义。摄影第一次使长期无误地保存一个人的痕迹成为可能。当这征服隐姓埋名者的关键一步完成后，侦探小说便应运而生了，自那以后，准确无误地将罪犯的语言和行为确定下来的努力就从没有停止过。"[②]即从记录犯罪者身体、行动和语言这个角度来看，摄影术和侦探小说具有某种内在的一致性。

福尔摩斯的"无奈"

既然摄影术是凝固并破获犯罪行为的有效工具，那么在以

[①] [美]苏珊·桑塔格著，艾红华等译：《论摄影》，长沙：湖南美术出版社，2005年，第16页。

[②] [德]瓦尔特·本雅明著，王涌译：《波德莱尔：发达资本主义时代的抒情诗人》，南京：译林出版社，2014年，第60页。

罪案为主要书写题材的侦探小说中当然不会抛开摄影术。在柯南·道尔"福尔摩斯探案"系列小说中的《银色马》《贵族单身汉案》《马斯格雷夫礼典》《黄面人》等多篇作品里，都出现了福尔摩斯向当事人索要照片以便确认被害人或失物形象的细节，照片在这些小说中也往往成为侦探破案的关键性道具，甚至是不容辩驳的证据。而在这方面更有趣的例子当属《波西米亚丑闻》，在这篇小说中，"无所不能"的大侦探福尔摩斯竟然被他称为"那位女士"（the woman）的艾琳·艾德勒女士所拍摄的一张照片搞得焦头烂额。

小说中波西米亚大公要和斯堪的纳维亚国王的女儿结婚，但大公年轻时曾与艾琳·艾德勒女士交往，并拍摄有二人亲密的合影，因此受到艾德勒女士的威胁。大公不得已向福尔摩斯求助，请他帮忙摆平这起"照片门"事件。被勒索的大公向福尔摩斯讲述了自己遭遇的困境之后，二人之间产生了如下一番耐人寻味的对话：

"如果这位年轻女人想用信来达到讹诈或其他目的，她如何证明这些信是真的呢？"

"我的笔迹。"

"可以伪造。"

"我的私人信笺。"

"可以偷。"

"我自己的印鉴。"

"可以仿造。"

"我的照片。"

"可以买。"

"我们两人的合影。"

"噢,天哪!那就糟了。陛下的生活的确是太不检点了。"①

这里透露出福尔摩斯认为事件的关键不在于大公的风流韵事与有失检点的事实,而在于它以照片的形式凝固并流传了下来,因此想解决危机的唯一办法就是得到并销毁照片。在这个故事中,摄影术成了勒索要挟的手段,"照片即真相"让福尔摩斯本人都感到为难。抛开案件本身,以及后来福尔摩斯并不算高明的"救场"手法,我们可以发现小说一个不经意间透露给我们的细节,即案件发生时(小说中被设定为1888年)的福尔摩斯或者是小说创作时(1891年)的柯南·道尔对当时早已经出现的照片合成技术似乎并不了解。因为随着合成照片与影像处理技术的出现与发展(当时主要是靠把分别拍摄的两张照片,再透过蒙太奇手法结合成一张,或者是借助于双重曝光的手法),照片也不一定能够成为绝对可靠的证据,即人们现在日常所说的"眼见不一定为实"。我们不妨假设下,如果福尔摩斯知道合影可以后期合成的话,就完全可以教唆大公把艾德勒女士手里的合影推脱说是她"伪造"的,毕竟在此之前,福尔摩斯也想到过要"诬陷"艾德勒女士伪造大公的笔迹、窃取大公的私人信笺和仿造大公的印鉴等,"道德"绝非这位名侦探在这个案子中所首要考虑的对象。

民国侦探小说中的摄影术

在民国时期的中国侦探小说里,照片也是侦探们需要依傍

---

① [英]阿瑟·柯南·道尔著,王逢振、许德金译:《福尔摩斯探案全集·历险记·波西米亚丑闻》,北京:中央编译出版社,2013年,第107页。

的重要破案工具之一。比如在俞天愤的小说《白巾祸》(1926)中,"我"听闻有命案发生,很自然地第一反应就是问警佐"死者拍照没有?"①可见对案发现场进行拍照留证已经成为当时查案的某种固定惯例。在程小青的《一只鞋》(1922)里,侦探霍桑抓捕嫌犯的方法也是"把高有芝的照片拿到手,再把他送到如真照相馆里去,请他们特别加快添印,以便杭州的回电一到,就可把照片分给各警区的探伙们,准备按图索骥"②,其具体做法堪称苏珊·桑塔格所描述的巴黎公社之后警方搜捕行动的"中国翻版"。而在俞天愤更早期创作的侦探小说《风景画》(1918)中,警察们一直苦于找不到盗贼藏身的地点,只知道其活动范围大概在西村一带,而侦探则完全依靠仔细观察好友拍摄的一幅西村附近的"风景画"(即现在一般所说的"风景照")来寻找蛛丝马迹,最后甚至动用到了显微镜来"细读"照片,才终于发现了匪徒不经意间留下的线索——船上飘起的一缕白烟,从而推断出盗贼的交通工具和藏身之所③。从这些小说的相关情节中可知,在20世纪20年代前后,中国侦探小说的作者和读者对摄影术已经丝毫不陌生,并且可以很习以为常地将照片作为破案的基本工具和证据。

在这一时期的中国侦探小说中,将摄影这门技术运用到极致的小说当首推程小青的《第二张照》(1927)。小说里,罪犯王智生先是将杨春波和顾英芬男女双方分别骗至翡翠亭

---

① 俞天愤:《白巾祸》,《红玫瑰》第二卷第二十九期至第二卷第三十一期,1926 年(标**蝶飞探案**)。
② 程小青:《一只鞋》,收录于《海上文学百家文库 36·范烟桥、程小青卷》,上海:上海文艺出版社,2010 年,第 178 页。
③ 俞天愤:《风景画》,收录于《中国侦探谈》,上海:上海清华书局,1918 年 11 月初版,第 96—100 页。

中会面,再暗中将会面的"那种景状已给摄成一张照片"①,作为要挟顾英芬的把柄。面对这一紧急情况,侦探霍桑所采取的破解办法竟然是"以毒攻毒"——拍摄另外一张照片:"今天早晨当你在假山上摄影的时候,可曾觉得假山左旁的罗汉松荫中,也有一个人带着快镜,同样在那里摄影吗?不过你摄的是翦翠亭中的一男一女;我摄的就是在假山上的你!"②即霍桑通过拍摄王智生偷拍顾英芬时场景与动作的一张照片来反证王智生的刻意诬陷罪。在这个意义上,小说正是利用了早期摄影术的真实性来打破了其不容怀疑的真实性本身,从而将侦探小说中照片的证明与证伪功能辩证引入了一个更为复杂且有趣的境地。

"二我图"与早期照片合成术

照片固然是极为有力的证据,但同时照片也可以"作伪",尤其是在照片合成技术出现之后,通过伪造照片来诬陷或勒索也成为一种让人感到头痛的犯罪手段。早在20世纪20年代,中国的侦探小说作家们已经可以安排犯罪分子熟练地运用照片合成技术来造假作伪,再让侦探的"火眼金睛"来洞穿一切真相。比如在朱瘦的侦探小说《冰人》(1926)中,两个恶少就是通过拼贴照片的技术来制造"假合影",伪造出吴家小姐和其他男性的合影,从而试图离间即将结婚的夫妇的感情,借此拆散二人,并最终骗得男方剑虹信以为真,中途毁婚。当然这"拼照

---

① 程小青:《第二张照》,收录于《程小青文集4——霍桑探案选》,北京:中国文联出版公司,1986年,第62页。
② 同上书,第79页。

的恶计"并不能骗过目光如炬的侦探的眼睛,小说里的侦探杨芷芳即敏锐地发现"这照当然是玉芬在照相馆摄的,不过原照只玉芬一人,现在却给匪人把别张照的底片和原照的底片剪拼了晒出来陷害伊的",理由是"你看那一叠照片,男子却是两人,并且张张形态各异,显见不是同时摄取的,那么玉芬的服装和形态也应当跟着各异了。现在你瞧这些照上,不过光线有些明暗,装束状态却丝毫不变,你想玉芬既不是石像,怎会摄成这般刻板照片呢?紫云你难道这些鉴辨力都没有么?"①

与上述类似,在程小青的《险婚姻》(1923 年,最初发表时名为《我的婚姻》)中,包朗和高佩芹女士的婚姻大事也险些因为一张伪造的"合成照片"而出现波澜。犯罪分子先是伪造了一张包朗和其他女性的合影,然后将其寄给包朗的未婚妻高佩芹,在二人中间造成误会,致使高佩芹将包朗视为"无赖的文人",对其避而不见,甚至一度险些解除婚约。最后还是霍桑独具慧眼地解开谜题:"你瞧,这一张照片原是拼合印成的。那张原片,就是我们俩的合影,也就是报纸上分割刊登的一张。但瞧两个人的姿势神态不相匀称,已是很明显。"同时霍桑还指出:"这本是一出老把戏,可惜你的未婚夫人不加深察,便轻信人言。"②可见通过技术处理照片来弄虚作假的行为在当时并不算罕见,而破解这种"伪照片"的手法就是对其进行"细读"。在这些作品里,原本是用来捕捉"犯罪身体"、凝固犯罪行为、呈现犯罪真相的"摄影术",在其技术本身进一步发展之后,产生了照片合成技术,因而本来用来"证实"的现代技术手段却反过来提供了新的犯罪与

---

① 朱瘦:《冰人》,《紫罗兰》第一卷第六期,1926 年。
② 程小青:《险婚姻》,收录于《中国现代文学百家·程小青代表作》,北京:华夏出版社 ,1999 年,第 34 页。

"作伪"的可能。但在民国侦探小说中,这种"作伪"最终仍一定要回归到侦探查案的真相毕露与水落石出,而"真"与"伪"、技术与人力在这些文本空间中也因此产生了奇妙的互文与转化的可能性。

回到20世纪20年代的中国现实社会,照片合成技术早已经不是什么新鲜事。只不过在现实的日常生活中,人们运用这种技术并不仅是为了伪造别人的合影,以诬陷或勒索他人,而更多是用来拍摄"分身相"以自娱。鲁迅在《论照相之类》(1925)一文中就已经提到,在浙江绍兴("S城")很早就有通过照片合成技术来自娱自乐的"二我图":"较为通行的是先将自己照下两张,服饰态度各不同,然后合照为一张,两个自己即或如宾主,或如主仆,名曰'二我图'。"甚至于这种"二我图"还可以进一步细分出"求己图"一类:"但设若一个自己傲然地坐着,一个自己卑劣可怜地,向了坐着的那一个自己跪着的时候,名色又两样了:'求己图'。"[①]根据一些摄影史家的考证,在20世纪早期,关于"二我图"的拍摄服务,不仅在上海这种现代化大都市中很流行,而且在当时的一些"二三线城市"中也已经出现,比如杭州有"二我轩",浙江丽水有"真吾照相馆",等等。而在1921年的《消闲月刊》第四期上,就刊登过两幅很有趣味的"二我图":其中一幅名为"明道之化身弈棋",主角是当时知名的小说家顾明道;另一幅名为"天愤之身外身",主角就是前文中提到过的民国侦探小说作家俞天愤。

---

① 鲁迅:《论照相之类》,收录于《鲁迅全集》(第一卷),北京:人民文学出版社,2005年,第193页。

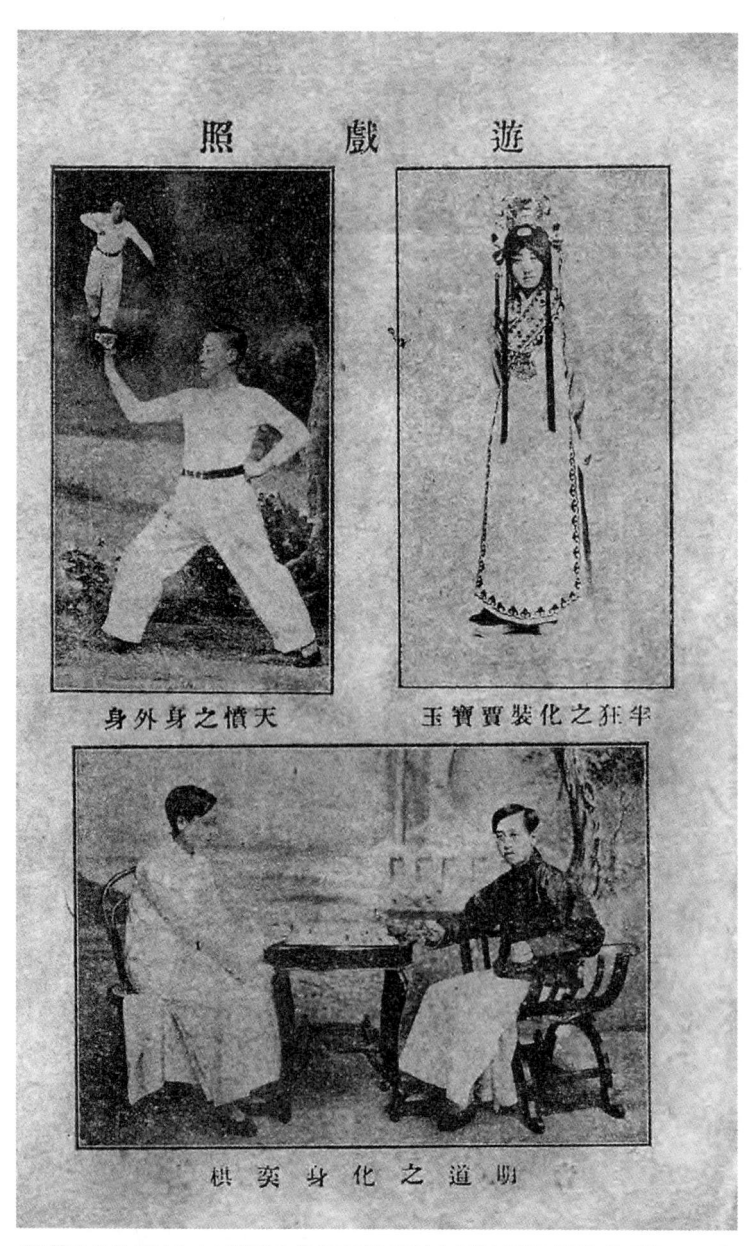

《天愤之身外身》(左上)《明道之化身弈棋》(下方),刊于《消闲月刊》第四期,1921年
(图片来源:"全国报刊索引"数据库)

直至今日,照片与侦探小说/侦探影视剧作品之间仍有着密切的关联。从推理剧《隐秘的角落》中张东升借拍照之机将岳父岳母推下山崖,却又被几个小学生正在录制的视频无意间捕捉到,留下了不容否认的罪证;到《沉默的真相》中,所有犯罪分子最为惧怕且拼命想销毁的证物恰好是侯贵平当年拍下的一张酒店门口的照片;再到去年春节档电影《人潮汹涌》中,与刘德华互换了身份的肖央,之所以迟迟没有被识破,也正得益于电影中对刘德华此前身份神秘,很少拍照片的角色设定,而刘德华所谓的"杀手"生意,也不过是利用伪造的"凶案现场录像"来瞒天过海……照片/视频既是判断嫌疑人在场与定罪的关键性证据,同时又可以作为伪造和欺瞒的有效手段。

甚至进一步延伸来说,如今是一个图像与影像的时代,照片或"影像"是我们了解事件的关键性媒介,其可以使得事件发生时"不在场"的人们获得某种直观的感受和"在场"的幻觉,似乎我们通过照片与影像就可以把握事件的本来面目,即所谓"有图有真相"。但与此同时,对同一张照片理解的多义性却使得这种"真相"并不那么牢靠,而随着更为复杂的PS手段的发展与"视频换脸"技术的实现,当代侦探小说中的侦探们要如何保持慧眼如炬,看破技术的迷雾与幻象,洞穿其背后事件的真相,仍是一个值得继续思考的有趣问题。

侦探小说研究中的类型理论与"远读"方法随想

从文本到文类

随着弗兰科·莫莱蒂（Franco Moretti）"远读"（Distant Reading）概念的提出及其在英语世界所引发的广泛讨论，另一个与之相伴而再次受到关注的文学研究范畴就是"文学类型"（Literary Genre）。众所周知，自英美新批评蔚然成势以降，"文本"的概念被提升至空前重要的核心地位，"文学类型"则滑落至相对边缘的位置。而继克里斯蒂娃"互文本性"、热奈特（Gérard Genette）"隐迹稿本"（Palimpsestes）、罗兰·巴特"织物"等理论的相继提出，以及后现代书写中的各种文本拼贴、文本游戏和文本实验，学界对于"文本"的认识和讨论已经进入一个相当复杂且动态、多元的层面。

但莫莱蒂对此并不很以为然，他认为文类与技巧才是形成文学史发展的主要力量。莫莱蒂这种文学观念的形成，一方面固然和巴赫金、普罗普、托多罗夫、詹姆逊等人在"文学类型"研究领域的理论和实践密不可分。另一方面，这也和莫莱蒂自己"对世界文学的猜想"与"远读"方法的提出形成一个紧密的逻辑闭环。在莫莱蒂看来，现在的文学史书写更多的是由经典"文本"构成，这很大程度上是学院与精英们的学术话语体系与审美趣味所致，而在历史上真正的文学生产与阅读场域中，则有着数量远超于经典文学文本的非经典作品存在——斯坦福大学教授玛格丽特·科恩(Magaret Cohen)称这些作品为"大量的未读"(Great Unread)——并指出基于这些大量作品及其宏观发展态势的整体性研究才是理想中的文学史研究,否则文学史不过是一个"文学的屠宰场"(The Slaughterhouse of Literature)。而对待这些凭人力阅读难以穷尽的"大量的未读"时,莫莱蒂提出了"远读"的研究策略,并借此形成了对传统"文本"研究中的"细读"(Close Reading)方法的某种反拨。相比于"细读"中"close"语义学上天然带有的封闭性特征,"远读"在强调其距离感(distant)的同时,也必然要求宏观与整体的观察视角。而莫莱蒂对于文学史中"大量的未读"的重视、对"世界文学"宏观发展态势的把握以及"远读"方法论的实践,都内在包含了其对于"回归文学类型"的研究诉求。

"去经典化""消解大家"与何为典范?

莫莱蒂这种"去经典化"和对文学宏观发展态势的整体把握等研究思路在某种程度上可以说触碰到了类型文学研究的核心要义。陈平原教授是中国晚清小说与中国近现代类型小说研究的"开路人",他在总结《中国现代小说的起点:清末民初小说研究》一书的写作方法和研究心得时曾说:"我论述的重点不在哪一个作家哪一部作品的功过得失,而是整个小说史的发展线索;给这一段小说'定位',描述其前后左右联系,确定其在整个小说发展史上的地位和作用。这就要求突破过去小说史写作的框架,不再是'儒林传''文苑传'的变种,不再只是'梁山泊英雄排座次';而是注重进程,突出演变的脉络。在描述小说发展线索时兼及具体作家作品,但不为某一作家作品设专章专节。"①据此，陈平原教授自言："给自己写作中的小说史定了十六个字：'承上启下，中西合璧，注重进程，消解大家。'"②陈平原教授所说的"消解大家"在莫莱蒂那里正是他所谓的"去经典化"，而"注重进程"则和莫莱蒂重视"大量的未读"以及对文学宏观发展态势进行整体性把握的主张不谋而合。东西方两位学者从各自不同的研究路径（一位是从某一段具体的文学史研究出发，另一位则是从宏观的文学史构想出发）进入类型文学的研究领域，并最终在核心研究思路和观点上达成了某种有趣的共识。

需要注意的是，陈平原教授所说的"消解大家"正如他自己在文中所补充强调的那样："'消解大家'不是不考虑作家的特征和贡献，而是在文学进程中把握作家创作，不再列专章专节论述。"③他在这里不仅是在对自己的著作书写方式做一个总结和自白，更涉及对于文学类型与代表性文本之间关系的深入思考。由此出发，我们可以进一步借用法国学者让-玛丽·谢弗的说法："类型关系始终是某一特定文本与先前的某些作为模式或规范的文本的复制和（或）变异的关系，在这种程度上，类型关系才可能在超文本关系的领域中构成。"④即同一文学类型中存在"作为模式或规范的文本"，而其他文学文本则与之构成维特根斯坦所说的"家族相似性"关系。但这里呼之欲出的一个关键问题就是，那些在类型文学中成为"作为模式或规范的文本"，何以获得

---

① 陈平原：《〈二十世纪中国小说史〉讨论纪要》，收录于《陈平原小说史论集（下）》，石家庄：河北人民出版社，1997年，第1462页。

②③ 陈平原：《〈二十世纪中国小说史〉第一卷卷后语》，收录于《书生意气》，上海：汉语大词典出版社，1996年，第105页。

④ 让-玛丽·谢弗著，王晓路译：《文学类型与文本类型性》，收录于[美]拉尔夫·科恩主编：《文学理论的未来》，北京：中国社会科学出版社，1993年，第431页。

市场认可与影响力,并最终成为"模式"与"规范"?

对此,莫莱蒂曾以柯南·道尔的侦探小说和同时期其他侦探小说为具体研究案例。他以这些侦探小说中的"线索"(clues)为核心要素,绘制出了福尔摩斯探案系列小说的"线索进化树"(presence of clues),并且将其和同时代那些"大量的未读"的侦探小说进行横向比较,指出"线索"虽然是侦探小说中的形式装置,但其在不同侦探小说作品中的反复出现使其具备了较为稳定的叙事功能,而柯南·道尔正是因为善于运用"线索"这一形式装置,并充分发挥其叙事功能才最终从众多同时代侦探小说作家作品中脱颖而出,取得文学市场上的成功。莫莱蒂的这一研究固然有其一定的解释力,但也存在他自己所一直批判的文学研究的封闭性之嫌,即他可能过于强调小说中的某一研究要素或特征,而忽略了影响小说获得市场畅销与影响力的复杂原因。比如埃利夫·巴特曼(Elif Batuman)就曾批评莫莱蒂在这一案例研究中忽略了福尔摩斯系列小说获得成功背后的哥特风格、异域情调与惊险情节等丰富影响因素。

把文类作为中介

当然,关于文学类型的研究从来都不是仅限于文学内部,正如詹姆逊高屋建瓴地指出:"文类概念的战略价值显然在于一种文类概念的中介作用,它使单个文本固有的形式分析可以与那种形式历史和社会生活进化的孪生的共时观协调起来。"[①]即其认为"文学类型"因为其作品数量的集中性和形式特征的稳定性

---

① [美]弗雷德里克·詹姆逊著,王逢振、陈永国译:《政治无意识:作为社会象征行为的叙事》,北京:中国社会科学出版社,1999年,第92页。

而成为"单个文本固有的形式分析"和"形式历史和社会生活"的研究中介,每一种文学类型背后都承载着一套政治无意识,文学类型是我们借以把握时代症候的有效抓手。葛红兵教授在分析中国当代类型小说时也关注到中国当代小说类型化趋势加剧的背后有着其深刻的社会政治经济根源:"小说创作的类型化是经济市场化深入发展的结果,经济市场化的深入发展带来了社会的阶层化,社会的阶层化导致了文学审美的阶层化,审美趣味的阶层分化是小说创作类型化的直接动力。"[①]

而具体到侦探小说的研究之中,将侦探小说与社会历史结合起来的考察必然绕不开侦探小说与现代都市关系的思考。简单来说,侦探小说作为一种诞生于现代都市中的小说类型,其和现代都市本身有着密不可分的天然联系——无论是本雅明所提出的诸如"人群中的人""都市漫游者"和"惊颤体验"等精辟洞见,还是在具体创作实践中爱伦·坡笔下的巴黎、福尔摩斯生活的伦敦,以及民国时期众多中国侦探(霍桑、鲁平、李飞等)所居住并展开行动的上海,无一例外都是现代化大都市,或者是早期侦探小说中所呈现出的都市公共空间(拱廊街、汽车路、舞厅、酒店大堂)、现代交通与通信工具(马车、汽车、火车、电话),以及新兴的犯罪和侦破技术手段(摄影术、化学检验)与现代都市感觉结构等——都将侦探小说深深根植于现代都市的文化沃土与幻象感受之上,即如本雅明所讲的"侦探小说尽管有冷静的推算,但它也参与制造了巴黎生活的幻觉"。而在侦探小说与现代都市关系方面,莫莱蒂也做出了相当有趣且富有创见的个案研究。他受到查尔斯·布斯(Charles Booth)在《伦敦人的生活与劳动》

---

① 葛红兵、肖青峰:《小说类型理论与批评实践——小说类型学研究论纲》,《上海大学学报(社会科学版)》2008年第15卷第5期。

(1897)一书中所附带的关于伦敦阶层分布空间与罪案分布空间地图的启发,指出福尔摩斯探案小说中案件频发的都市空间与查尔斯·布斯所绘制的历史上真实的伦敦罪案空间完全相反。具体而言,柯南·道尔笔下的罪案往往发生在伦敦西区,那里是富人区,而现实中罪案频发的地带则是位于伦敦东区的穷人区。关于这一小说虚构空间与现实空间情况的错位,莫莱蒂提出了一套自己的解释:现实中罪案发生的频次和密度显然与城市贫困和社会治安情况有关,这作为显而易见的逻辑并不具有任何神秘性可言。但在侦探小说中,犯罪行为必须具有神秘性,这才能够为侦探后来的查案和破案提供足够的悬念紧张和情节吸引力。因此,一起发生于富人家宅府邸的谋杀案显然更具备这种神秘与耸动的表达效果。即在这个意义上,侦探小说不是对现实案件的还原和纪实书写,而是有着对案件本身"赋魅"的叙述需求(Atlas of the European Novel, 1800—1900)。

余论:一点随想

其实,除了莫莱蒂已经做出的极富启发性同时也带有争议性的对侦探小说的"远读"观察和类型研究之外,还有很多值得用"远读"方法去尝试的有趣的研究题目。此处仅举两例:第一,侦探小说作为一种类型小说,其除了自身有一套稳定的类型特征之外,还有着诸如"密室杀人""暴风雪山庄""叙述性诡计"等更为细致的"子类型"划分,而对于这些"子类型"小说的类型特征、核心要素以及时代症候意义的把握也可以借助"远读"的研究策略来进行整体性分析,比如对"暴风雪山庄"的地理空间设置与建筑装修风格的分析,对"密室杀人"案件中"密室"形成分类及演变趋势的分析等。第二,在20世纪40年代的上海,有很多根据真实案件新闻即时改编而成的侦探小说或犯罪小说,有些甚至直接标明为"实事侦探案",俨然成为一种新的文学"子类型"。而对于同一案件,新闻报道、侦探小说与定位在两者之间的"实事侦探案"各自有着怎样的侧重和不同的改编,受莫莱蒂关于福尔摩斯小说与伦敦罪案地图研究案例的启发,我们似乎也可以对"二战"后国民党城市治理失败与城市治安问题及相关文学虚构之间的关系和原因,提出一个新的观察和思考的角度。

后记：做学术，像侦探一样

牛津大学的 Professor Colin Bundy 曾经在一次关于"犯罪小说"的演讲中比较了侦探工作与学术研究之间的共同之处："他们都追求真理，他们都权衡和评估证据，他们非常注重细节，他们通过逻辑和理性来得出结论。"的确，在浩如烟海的文献与资料中苦苦爬梳，在字里行间寻找文本的"裂隙"，不断比较不同作品版本之间的区别，试图通过当事人的只言片语与零星回忆来复原文学史现场，充分运用自己并不怎么丰富的"灰色的脑细胞"展开解读、推理与思考……在这些基本的工作方式上，学术研究与侦探查案之间还真是有着很多的相似之处。在做学术研究时，把自己想象成一名侦探，或许多少有点"中二"的嫌疑；但在对理性保有基本的信仰、对真理和真相有着执着的追求（这里的真相从来都不止一个）、对没有解答的问题永远怀揣着一颗好奇之心、对已经被回答的问题时刻保持着警惕与怀疑的态度等诸多方面，我们仍然可以说：做学术，要像侦探一样。

这也正是我喜欢侦探小说的理由之一，也是我会选择从事侦探小说研究的重要原因之一。当然，研究侦探小说并不只是为了侦探小说本身。这里不妨将心思说得稍微大一点，对中国侦探小说发展演变的考察，其背后最根本的问题意识和思想关切还在于对百年来中国发展过程中的几个核心命题——如现代、革命、理性、正义等——的追寻和反思，或许细心的读者从这本小书各辑文章的标题中已然能够有所察觉。当然,我借助侦探小说这一文类形式"中介"所做的追寻和反思在力度和深度上都还远远不足,只能算是对暂时思考结果的一点潦草记录罢了。

说回本文的题目,做学术固然需要一种侦探般的敏锐与坚持,但在学术之外的生活中似乎完全没有必要也把自己随时想象成一名侦探。毕竟不论是福尔摩斯还是霍桑,在世俗意义的生活上都不能算是很幸福美满,更不用说"那位神秘朋友鲁平,生平和字典上的'家'字,从不曾发生过密切的关系"。在本书一系列文章的写作过程中,甚至在我选择从事学术研究工作之后,妻子的支持、照顾与陪伴都是不可或缺的。虽然我自信能够像福尔摩斯一眼看穿华生"从阿富汗来"一样,瞬间判断出她从来都没有读完过我的书稿,但我还是要对她表示感谢,并且要把这本她并不会看完的书完完全全地献给她。

战玉冰

2021年9月30日凌晨